# LE FIANCÉ

DE

# M<sup>LLE</sup> SAINT-MAUR

PAR

## VICTOR CHERBULIEZ

PARIS

LIBRAIRIE HACHETTE ET C<sup>ie</sup>

79, BOULEVARD SAINT-GERMAIN, 79

—

1876

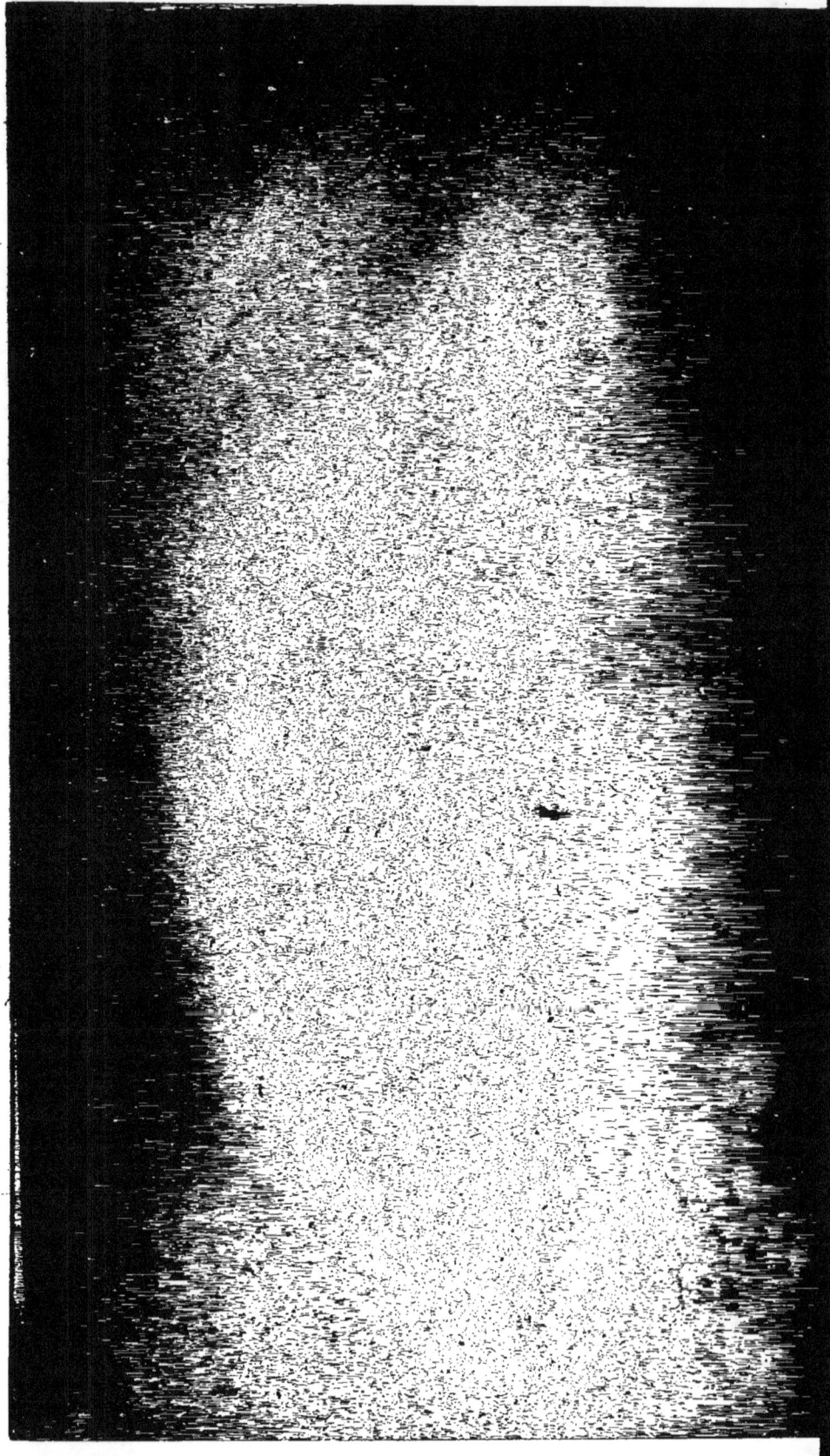

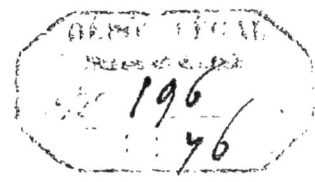
# LE FIANCÉ

# DE M<sup>LLE</sup> SAINT-MAUR

# LE FIANCÉ

DE

# M<sup>LLE</sup> SAINT-MAUR

PAR

## VICTOR CHERBULIEZ

———

## PARIS
### LIBRAIRIE HACHETTE ET C<sup>ie</sup>
79, BOULEVARD SAINT-GERMAIN, 79

—

### 1876

# LE FIANCÉ

# DE M^{LLE} SAINT-MAUR

I

L'intime amitié de Séverin Maubourg et de
Maurice, vicomte d'Arolles, datait de leur première
jeunesse. Ils avaient fait connaissance au lycée, et
ils ne s'étaient pas vus deux fois sans qu'un irré-
sistible penchant les entraînât l'un vers l'autre. Ce
coup de sympathie fit mentir le proverbe : Qui se
ressemble s'assemble. L'homme est un être in-
complet qui cherche à se compléter, et il aime à
mêler des contrastes à ses habitudes. Maurice d'A-
rolles et Séverin Maubourg se ressemblaient fort
peu ; la différence de leurs situations et de leurs
caractères fut pour quelque chose dans la promptitude de leur liaison. Il y a des esprits naturelle-

ment dressés qui s'apprivoisent bientôt avec la
vie ; la première fois qu'elle les appelle en sifflant,
ils tressaillent, ils ont reconnu leur maître. Il en
est d'autres qui sont pleins d'objections et la chi-
canent sur tout ce qu'elle leur propose ; ils se re-
fusent à comprendre qu'il n'est point de bonheur
ici-bas où il n'entre une part d'obéissance. Séverin
appartenait à la race des disciplinés ; Maurice était
l'un de ces conscrits réfractaires qui protestent
contre la loi du recrutement et se cachent pour ne
pas servir Bonaparte. Vous entendez que Bonaparte
était le métier auquel on le destinait dans sa famille, laquelle n'était pas une famille d'oisifs.
De père en fils, de génération en génération, les
d'Arolles avaient tous fait quelque chose ; ils avaient
de l'étoffe et de l'ambition, ils s'étaient distingués,
les uns dans l'armée, d'autres dans la politique ou
dans les ambassades, quelques-uns dans les lettres.
Ils avaient de plus l'habitude de régler les avenirs
comme un papier de musique. A peine Maurice
eut-il douze ans, il fut décidé qu'il entrerait à l'É-
cole polytechnique, qu'il en sortirait brillamment,
et que cinq ans plus tard il épouserait sa cousine
germaine, Mlle Simone Saint-Maur, fille d'un brave
colonel retraité, qui avait une jambe de bois et
une tête de fer. Le jour où Simone avait été bap-
tisée, on s'était amusé à la fiancer à son cousin, et
cette plaisanterie avait été prise au sérieux par le

colonel, qui ne riait pas toutes les semaines. On
l'entendait quelquefois s'écrier : « Qu'on donne le
fouet à cette vicomtesse d'Arolles, si elle ne veut
pas apprendre ses lettres ! » Il n'importait guère à
Maurice ; ce qui le chagrinait davantage, c'est qu'on
prétendît l'obliger à prendre un état, quand il n'a-
vait aucune vocation et qu'il était assuré d'avoir
assez de rentes pour pouvoir vivre à sa fantaisie sans rien faire. Il avait une ouverture d'esprit,
une facilité étonnante pour tout genre d'étude ;
malheureusement il n'avait de goût prononcé pour
rien. La géométrie, l'algèbre, comme les langues,
il apprenait tout en se jouant ; mais il se disait :
A quoi bon ? Il en résulta que, lorsqu'il passa ses
examens pour entrer à l'École polytechnique, il eut
soin de les manquer, et voilà ce qui me faisait dire
qu'il avait pris ses mesures pour ne pas servir Bonaparte. Cela ne l'empêchait pas de rechercher avec
une sorte de passion la société du studieux Séverin Maubourg ; il admirait sa discipline, et la discipline de Séverin trouvait un charme particulier
dans le nonchaloir du vicomte d'Arolles. Le fort-
en-thème et le cancre s'adoraient.

   La différence de leurs caractères était l'œuvre
des circonstances autant que de la nature. Séverin
Maubourg avait été conduit, surveillé, stimulé par
son père, homme de cœur, d'énergie et architecte
de grand talent, dont les commencements avaient

été rudes. Après avoir eu de la peine à percer, il était en passe de faire fortune. Il répétait volontiers avec un poëte grec « qu'il ne faut pas se fâcher contre les choses parce qu'elles n'en ont cure, » et il citait aussi le mot de Virgile : *Labor improbus omnia vincit*. Il s'était appliqué à faire entrer ce grec et ce latin dans la tête de son fils, dont la bonne foi égalait la bonne volonté. Séverin écoutait les sentences paternelles comme des oracles, et il avait acquis de bonne heure la conviction que ce qu'il y a de mieux à faire en ce monde, c'est d'y bâtir des maisons et de travailler d'arrache-pied, sans se fâcher contre les choses. Au reste, il n'avait eu dans son enfance aucun sujet de se fâcher ; choyé par sa mère, il avait à discrétion le pain, le bonheur et les conseils. Elle aurait voulu le garder toujours près de sa jupe, et ce n'était pas sans regret qu'elle l'avait vu entrer au collége pour s'y dégorger en eau courante. Cette eau courante n'était pas toujours absolument limpide ; elle employait les dimanches et les jours de fête à la filtrer.

Beaucoup moins heureux que le meilleur de ses amis, Maurice d'Arolles n'avait pas connu sa mère. Elle avait eu avant lui cinq enfants, dont aucun ne vécut, hormis l'aîné qui avait de la séve pour quatre ; le dernier venu, qui était Maurice, lui avait coûté la vie en naissant. Il venait d'entrer à Louis-

le-Grand quand il perdit son père. Il fut mis sous
la tutelle de son oncle, le colonel Saint-Maur. Le
père de Mlle Simone voulait tout le bien possible à
son pupille et futur gendre, et il s'occupait cons-
ciencieusement de la gestion de son bien, mais il
l'aimait à distance. Depuis qu'il avait perdu la
jambe droite à la bataille de Solférino, il boudait le
monde, et s'était retiré avec ses deux filles dans
une terre qu'il possédait au bord de la Seine, à
trois kilomètres de Fontainebleau. C'est de là qu'il
adressait à Maurice de courtes épîtres, écrites en
style de hussard et destinées à lui démontrer que
l'homme qui a le rare bonheur de posséder deux
jambes doit s'en servir pour aller à la gloire ou au
diable. Le véritable tuteur de Maurice était son
frère Geoffroy, comte d'Arolles, qui avait quinze
ans de plus que lui. Intelligent, adroit, très-ambi-
tieux, plein de ressources et de projets, sachant
d'instinct quels chemins il faut prendre pour arriver, Geoffroy d'Arolles était par excellence un de
ces bons lévriers que la vie n'a besoin de siffler
qu'une fois, et qui accourent en lui disant : Me
voilà. Il ressemblait si peu à son frère qu'avec tout
son esprit il ne parvenait pas à le comprendre. Il
prenait ce superbe indifférent pour un vulgaire pa-
resseux et il le chapitrait d'importance sur sa mol-
lesse au travail ; il lui représentait que sans ins-
truction, sans industrie et sans efforts on ne réus-

sit à rien, pas même à épouser sa cousine Simone,
et il terminait d'habitude son sermon en lui rappelant que qui veut la fin veut les moyens ; mais
c'était précisément de la fin que Maurice ne se
souciait pas. — Mon frère, pensait-il, est vraiment
trop bon. Il se donne bien de la peine pour m'endoctriner, pour m'inoculer sa sagesse d'homme
du monde qui sera quelque jour un personnage
politique ; mais il est comme ces gens qui vous
font l'amitié de vous prendre sous leur parapluie
et qui ne le penchent pas du côté d'où vient le
vent.

Si Maurice était un indifférent, il ne l'était pas
toujours. Il y avait en lui une flamme secrète, qui
par moments lui montait aux joues et aux yeux. En
dépit de son apparente nonchalance, il avait les
passions vives, mais ce n'étaient pas celles qui aident un homme à faire son chemin. Une injustice
commise à ses dépens le laissait froid ; était-elle
faite à un autre que lui, il prenait feu et se démenait pour en obtenir la réparation. Il ne pouvait
voir un faible maltraité par un fort sans voler à sa
défense, et si on ne l'eût retenu, il se fût porté aux
dernières extrémités, après quoi, il était le premier
à se moquer de lui et de ce qu'il appelait son ridicule don-quichotisme. La maladie de cette âme
généreuse était un scepticisme précoce, lequel
avait démêlé trop tôt l'envers de toute chose.

« Si tu pouvais m'apprendre à quoi je suis bon,
dit-il un jour à Séverin, je t'en serais fort obligé,
car, ma parole d'honneur, ce n'est pas mon frère
Geoffroy qui me le dira.

— Tu es bon à te faire remarquer des jolies
femmes, » lui répondit Séverin.

C'était jour de vacances, et ils sortaient d'un petit
théâtre où Maurice avait obtenu d'une beauté extra-
mondaine des marques répétées d'attention, qui
pouvaient passer pour un commencement de bonne
fortune. Ce n'était pas la première fois que Séverin
Maubourg rendait un naïf hommage à l'admirable
tournure et aux grâces patriciennes de son cher
copain. Il était, quant à lui, plutôt bien que mal.
Ayant été pétri d'une excellente et vigoureuse ar-
gile, il plaisait par son air de santé, par la franchise
de son sourire, et quand on y regardait de près
on n'était pas longtemps à découvrir que ce plé-
béien n'avait pas l'âme plébéienne. Il n'était pas
besoin d'y regarder de près pour s'assurer que le
vicomte d'Arolles avait de la race et que la nature
avait planté sur ses épaules une tête de héros de
roman. Il n'était pas seulement un superbe garçon, son visage avait quelque chose de nouveau et
d'étrange, qui irritait la curiosité. On voit accro-
chées aux murailles du salon carré certaines figures qui inspirent une admiration mêlée d'étonnement ; elles ont un charme plein de mystère, ce

sont des rébus de génie que la critique n'a pas encore devinés. A deux pas de cette fameuse Mona Lisa, dont le sourire est la plus agaçante des énigmes, se trouve le portrait d'un inconnu, vêtu de noir, qu'on attribue, je ne sais pourquoi, à Francia. Il est debout, la tête tournée de trois quarts, coiffé d'une toque à oreilles. Il a le visage amaigri, les traits fins et déliés, la bouche mince et dédaigneuse, le nez aquilin, une ardeur sombre dans les yeux. Appuyé sur un socle de pierre, il a posé sa main droite sur le poignet de sa main gauche. On dirait que son cadre est une fenêtre, et en effet il s'est mis à la fenêtre du monde pour regarder ce qui s'y passe. A quoi songe-t-il? Peut-être à ce qu'il ferait, s'il était roi, peut-être à la vanité de toutes les ambitions, peut-être aussi à la vengeance qu'il veut tirer d'un ennemi, car je ne réponds pas de la bénignité de son caractère. Tâchez de surprendre son secret, il ne l'a dit à âme vivante ; mais soyez certain qu'il ne pense pas à sa cousine Simone. Aux oreillons près, le vicomte d'Arolles ressemblait beaucoup à cet inconnu vêtu de noir. Toutefois Séverin n'en était pas réduit à deviner ses secrets ; Maurice n'attendait pas ses questions, il lui disait tout, se plaignant seulement que son inséparable ne lui rendît pas confidence pour confidence. Hélas ! Séverin n'avait rien à raconter, ni aucune scélératesse à confesser. Ils eurent bientôt fait de se distribuer leurs rôles dans les épanchements de leur amitié naissante; l'un était le récit, l'autre était le conseil.

Le jour où le vicomte d'Arolles manqua ses examens, son frère lui adressa la plus vive mercuriale et le somma de lui déclarer, séance tenante, ce qu'il comptait faire. Mis au pied du mur, il opta pour le droit. On croira sans peine qu'il fréquenta peu les cours ; en revanche, il allait quelquefois au Palais; il aimait à se promener dans la salle des Pas-Perdus, qu'il considérait comme le parfait emblème de la vie. On le voyait plus souvent encore sur le boulevard. C'était, selon lui, la patrie de tous ceux qui n'en ont point et le seul endroit de notre petit globe terraqué, où l'on trouve le moyen de vivre sans avoir besoin de s'en mêler. Séverin était entré à l'École des Beaux-Arts, il y travaillait comme un enragé ; il eut le prix de Rome à vingt-trois ans, le vicomte d'Arolles s'arrangea pour être le premier à lui en apporter la nouvelle. « Si pendant ton absence, lui dit-il, j'en viens à commettre un crime pour me désennuyer, ce sera ta faute, tu ne pourras t'en prendre qu'à toi et à ton goût malsain pour l'architecture. »

Heureusement il ne commit aucun crime; grâce aux femmes, il réussit à se désennuyer autrement. Il eut dans le monde et hors du monde des succès

d'une étourdissante rapidité. Il se donna beaucoup
de peine pour arriver à se convaincre

> ........... Que le bonheur sur terre
> Peut n'avoir qu'une nuit, comme la gloire un jour;

mais l'expérience est une denrée qu'on ne paie
jamais trop cher. Il usa et abusa, il écorna son
revenu, le baccarat le remit à flot ; il avait au jeu
un bonheur insolent. Il était en correspondance
réglée avec l'absent. Il lui mandait qu'il avait une
foule de choses intéressantes à lui conter, qu'il le
conjurait de hâter son retour. « L'homme qui se
respecte, lui écrivait-il, doit changer souvent de
maîtresse, mais il ne peut sans déshonneur changer de confident. Il n'y a dans ce monde, ajoutait-
il, qu'un objet de première nécessité, c'est un ami
à qui l'on peut tout dire. »

De cruelles circonstances abrégèrent l'absence
de Séverin Maubourg. Un jour du mois d'août 1870,
il était occupé à faire un dessin du temple de
Vesta, quand il apprit d'un passant les premiers
désastres de l'armée française. Il déchira son dessin commencé, et partit le soir pour aller s'engager. Il était certain que son père l'approuverait,
mais il appréhendait les sarcasmes de Maurice.
Une heure après son arrivée à Paris, il courut
chez son ami, qui lui sauta au cou en pleurant.

Séverin eut peine à le reconnaître, il avait le teint défait, les joues avalées, le visage ravagé, on lisait dans ses yeux une poignante douleur. Le canon de Reischoffen et de Forbach s'était chargé d'apprendre à ce cosmopolite qu'il y avait une France. Les vérités éternelles lui étaient apparues dans le feu dévorant d'un éclair.

Deux semaines plus tard, ils étaient soldats dans le même régiment et dans la même compagnie. Leur campagne fut courte, ils firent en quelques heures leurs premières et leurs dernières armes. Le matin, dans un engagement d'avant-postes, Séverin fut blessé ; Maurice lui sauva la vie en brûlant la cervelle au uhlan qui s'apprêtait à l'achever. Le soir, ils étaient prisonniers l'un et l'autre. Ils furent envoyés à Kœnigsberg. La captivité, la haine de tout ce qui l'entourait, la pesanteur d'un ciel éternellement gris qui semblait parler allemand, l'amère douleur d'être réduit à l'inaction, de ne pouvoir plus rien faire pour son pays, cette épreuve était trop forte pour le vicomte d'Arolles ; il avait tous les courages, hormis celui de la patience qui attend et se résigne. Un farouche ennui le rongeait. Quand il apprit la nouvelle de la capitulation de Metz, il eut un accès de rage et de désespoir. Peu après, il tomba si gravement malade que le médecin qui le soignait le condamna. Séverin appela de la sentence. Quatre

semaines durant, il ne quitta son malade ni jour
ni nuit, et il eut la joie de le sauver.

« Nous sommes manche à manche, lui dit Maurice quand il fut guéri ; nous verrons qui gagnera
la belle. »

Le vicomte d'Arolles dut se féliciter de ne s'être
pas trouvé à Paris dans les premiers jours de la
commune ; on ne peut savoir quel parti il eût pris. Il
rapportait en France une sombre exaspération, qui
le rendait capable de tout ; il extravaguait, il voyait
rouge. Le souvenir de ce qui s'était passé depuis
dix mois l'obsédait comme un cauchemar. Il lui
semblait que le gouvernement de l'univers avait
donné sa démission, que l'histoire était en dé-
mence et qu'il n'y avait plus de raisonnable que
des coups de désespoir. Dans l'état d'exaltation où
il se trouvait, il absolvait les incendiaires ; il estimait qu'après Sedan il n'y avait rien de mieux à
faire que d'anéantir le passé en mettant le feu aux
quatre coins du monde. Son frère Geoffroy ne par-
tageait point son opinion. Il s'était conduit en bon
Français dans les douloureuses épreuves que venait de traverser son pays ; il avait noblement
payé de sa personne et de sa fortune. Son patrio-
tisme avait obtenu sa récompense, car il y a des
gens qui ont ce singulier bonheur que toutes leurs
bonnes actions sont récompensées. Le comte d'A-
rolles venait d'être nommé député ; après avoir

vainement frappé sous l'empire à la porte du corps législatif, il voyait s'ouvrir devant lui la carrière après laquelle il soupirait. Le navire était solide, bien gréé, bien calfaté ; le pilote n'était pas un lourdaud, et le vent gonflait sa voile. Tout cela dispose à la philosophie ; le patriote se laissait consoler par le député, qui lui promettait qu'avant peu il serait ministre ou ambassadeur. Il en usa débonnairement avec son frère, dont les virulentes sorties le chagrinaient. Après lui avoir remontré qu'on ne brûle pas un livre parce qu'il renferme une mauvaise page, qu'au surplus les énergumènes sont des esprits courts quand ils ne sont pas des scélérats, il jugea que Maurice était malade, qu'on ne le guérirait pas par des raisonnements. Il l'exhorta à voyager pour se distraire, pour se calmer et, comme il le disait, pour se refaire un bon sens. Maurice mit pour condition que Séverin l'accompagnerait, à quoi M. Maubourg le père eut peine à consentir. Le comte d'Arolles se chargea de vaincre sa résistance, et les deux bons compagnons s'embarquèrent pour les États-Unis.

Le comte d'Arolles avait su choisir le traitement qui convenait à son frère. Au bout de six semaines de voyage, sa tête reprit son assiette et son aplomb ; il recouvra les trois quarts de son indifférence, ses torches s'éteignirent, son idéalisme incendiaire fit place à un républicanisme du genre tempéré qui ne l'empêchait pas de dormir. Après avoir visité les lacs, il décida son ami à pousser jusqu'à San-Francisco, où il eut la satisfaction de lui sauver une seconde fois la vie. Ils se baignaient dans la baie. Séverin fut pris d'une crampe, le courant l'entraîna, et bientôt il alla au fond. Maurice dut plonger à deux reprises avant de pouvoir le ramener au rivage. Il le croyait perdu ; mais Séverin avait l'âme solidement chevillée dans le corps, et il revint tout doucement à l'existence. Quand il eut repris ses sens, il entendit Maurice qui lui disait : « J'ai gagné la belle.

— Je demande ma revanche, répondit-il ; le jeu reste ouvert.

— Je nage comme un poisson, répliqua le vicomte d'Arolles ; je ne te ferai jamais le plaisir de me noyer.

— C'est ce que nous verrons, repartit Séverin ; il y a tant de manières de se noyer ! »

Trois mois après avoir quitté l'Europe, Maurice avait reçu des nouvelles de son frère, qui venait de faire un vrai coup de partie. Depuis un demi-siècle, l'étoile qui présidait aux destinées de la maison d'Arolles avait subi une éclipse. Soit imprudence, soit malignité du sort, elle avait aliéné une partie de ses biens, et sa fortune n'était plus à la hauteur de ses souvenirs, de son mérite et de son ambition. L'heureux Geoffroy avait conjuré

cette fatale influence. Il annonçait à son frère qu'il
venait d'épouser une charmante héritière de vingt-
trois ans, fille unique de la duchesse douairière de
Riaucourt, et qu'elle lui apportait en dot deux
millions qu'elle avait hérités de son père. Les gens
sont-ils réputés habiles parce qu'ils réussissent
dans tout ce qu'ils entreprennent? ou faut-il croire
qu'ils réussissent parce qu'ils sont habiles ? Qui
fera dans nos succès la part de notre industrie et
celle de notre bonheur ?

« Je ne connais pas ma belle-sœur, mais il me
semble que je la vois d'ici, pensa Maurice. Mon
frère a fait un mariage d'argent, elle a fait un mariage d'ambition ; il épouse des écus, elle épouse
l'espérance d'un portefeuille. Dieu la bénisse ! elle
doit être laide comme une chenille. »

La lettre de Geoffroy se terminait ainsi :

« Mon cher petit Maurice, tu as eu jusqu'aujour-
d'hui l'esprit vagabond et le cœur nomade ; dès
que tu retomberas sous ma coupe, nous nous oc-
cuperons de te caser, de fixer tes pensées et tes
affections. Il m'est revenu que le colonel Saint-
Maur n'était pas content de toi. Il se plaint que tu
n'aies pas daigné l'aller voir avant ton départ. Il a
dit à quelqu'un, qui me l'a redit, qu'avant deux
ans et demi Simone en aura vingt, et qu'il ne sera
pas embarrassé de lui trouver un parti sérieux.
J'ai profité d'un instant de loisir pour relancer

l'ours dans sa caverne, qu'il ne quitte plus. Je lui ai représenté que tu étais en voie de devenir un homme très-sérieux et que tu n'avais jamais cessé de penser sérieusement à Simone. Il m'a répondu un peu sèchement que les maris qui ne font rien font le malheur de leur femme, qu'il entendait que sa fille fût heureuse, qu'il n'agréerait jamais pour gendre un oisif. Je lui ai répliqué que ceci me regardait, et que je n'attendais que ton retour pour te mettre le pied à l'étrier. Il a fini par se radoucir, et j'imagine qu'il avait voulu simplement nous inquiéter. Dans le fond il t'aime beaucoup et renoncerait difficilement à toi; n'est-ce pas le sort des mauvais sujets d'être adorés? Simone est un parti que nous aurions grand tort de laisser échapper. Elle a hérité de sa mère quatre cent mille francs, son père lui en laissera autant; avec cela très-blonde, un minois chiffonné qui travaille à s'arranger, bonne musicienne, timide, mais point sotte, très-bien élevée par son père, qui, au travers de ses quintes, est un homme de sens, et par une institutrice anglaise qui a des principes et des moustaches. Monstre, que te faut-il de plus? Sois sage et remercie-moi. Je t'embrasse, comment dirai-je?.. paternellement. »

« Que dis-tu de cette tuile? s'écria Maurice en montrant à Séverin la lettre de son frère.

— Te voilà bien à plaindre! Tu m'as dit dans le

temps que Mlle Saint-Maur promettait, qu'un jour elle serait charmante.

— C'est possible ; mais la dernière fois que je l'ai vue elle jouait encore à la poupée. Il faut savoir ce qu'elle a su faire de sa personne pendant ces deux ans. Je me défie beaucoup de l'esthétique de Geoffroy ; sois sûr qu'il a été littéralement ébloui par la beauté de Mlle de Riaucourt, qui, selon toute vraisemblance, est laide à faire peur... D'ailleurs ce n'est pas Simone qui m'inquiète, c'est le mariage... Ah çà, quand te maries-tu, beau sire, qui te résignes si facilement au malheur des autres ?

— Pas de sitôt. J'entends au préalable avoir une maison à moi, une maison que je me bâtirai moi-même, selon mon idée, aux bords de la Seine, dans un endroit qui me plaît, en face d'une petite île plantée de trembles et d'osiers. Tu m'en diras des nouvelles ; mais bâtissons d'abord, nous meublerons ensuite.

— Heureux homme et grand architecte ! s'écria Maurice, et il ajouta : — Que diable ai-je donc fait à mon illustre frère pour qu'il s'obstine à me placer et à me marier ? N'est-ce pas assez qu'il y ait un mari et un homme sérieux dans une famille ! »

Quelques mois plus tard, Séverin reçut une lettre de son père, qui le pressait d'abréger son voyage : « Je suis surchargé de travail, lui écrivait-il, et il me tarde que tu en prennes ta part. Fainéant, n'aimes-tu donc plus la truelle ? » Séverin aimait passionnément la truelle. Son père ignorait qu'il avait trouvé à San-Francisco de quoi s'occuper. Une riche congrégation l'avait chargé de lui construire une chapelle. Il y mettait tous ses soins ; il avait couvé cet œuf avec tendresse, il n'était pas homme à abandonner son enfant avant d'avoir assuré son sort. Il en résulta que, lorsque les deux voyageurs débarquèrent au Havre, leur absence avait duré près de deux ans. Séverin était ravi de respirer de nouveau l'air natal, le vicomte d'Arolles l'était moins. Il avait une réelle affection pour son frère et infiniment d'estime pour le colonel Saint-Maur ; il eût été plus désireux de les revoir, s'ils n'avaient pas eu l'un et l'autre des intentions sur lui.

## II

L'assemblée nationale était dans ses vacances
d'automne. Après avoir pris part aux travaux de
son conseil-général, le comte d'Arolles était allé
chercher un peu de repos dans une terre apparte-
nant à sa femme et située à trois ou quatre lieues
de Bayonne. C'est là qu'il attendait la visite de
son frère ; il avait eu soin de l'en informer en l'engageant à lui amener son compagnon de voyage.
Il lui avait recommandé aussi de faire au préalable
une pointe sur Fontainebleau pour y rendre ses
devoirs au colonel Saint-Maur. Il se trouva que
dans le chef-lieu de l'un des départements du midi
un concours venait d'être ouvert pour la construction d'un théâtre. Le programme plut à Séverin, et,
son père l'encourageant à tenter l'épreuve, il résolut d'aller sur les lieux pour y chercher une in-

spiration. Un matin Maurice se rendit à Fontainebleau, en revint dans l'après-midi, et le soir trouva
Séverin qui l'attendait à la gare du chemin de fer
d'Orléans, prêt à partir avec lui pour Bayonne ; il
avait promis qu'avant d'aller à ses affaires il tou-
cherait barres à la Tour : ainsi se nommait le château de la comtesse d'Arolles.

Quand ils furent seuls dans un wagon : « Eh
bien ! demanda Séverin, l'affaire est-elle dans le
sac ? Notre beau-père a-t-il été accueillant ? La fu-
ture est-elle engageante ? Avons-nous pris jour
pour le contrat ?.. Parle donc. Tu as l'air d'un
chat qui vient de tremper son museau dans une
crème et qui se consulte pour savoir si elle lui
revient.

— Que te dirai-je, mon cher ? répondit enfin le
vicomte d'Arolles. Tout s'est passé convenablement. Le colonel n'a point parlé mariage ; il est
probable que c'est pour lui une affaire réglée, sur
laquelle il n'y a pas à revenir. Il s'est contenté de
m'apprendre que Geoffroy tient une place à ma
disposition. Quelle est cette place ? Il n'en sait rien,
ni moi non plus ; mais il est convaincu d'avance
qu'elle m'ira comme un gant, et il ne lui entre pas
dans l'esprit que je puisse être capable de la refuser.
Ce vaillant colonel n'a pas manqué une occasion
de dauber sur les oisifs. Que lui ont-ils fait, ces
pauvres diables, puisqu'ils ne font rien ?

— Et que lui as-tu répondu ?

— Que les oisifs ont du bon, que Dieu, qui est juste, leur tiendra compte du mal qu'il n'ont pas fait. Il s'est emporté, et j'ai baissé pavillon. La partie n'était pas égale entre nous ; il tenait à la main sa béquille, et je n'en ai pas.

— Et Simone, que disait-elle pendant cet orageux débat ?

— Rien, absolument rien. La discussion lui passait à dix-huit pieds par-dessus la tête.

— Est-elle bien ?

— Pas trop mal.

— Jolie.

— A peu près, ce me semble.

— Blonde ?

— Oh ! pour cela, j'en suis presque sûr.

— Mais tu l'as à peine regardée, malheureux !

— En conscience, je la connais moins qu'avant de l'avoir revue.

— Elle est donc bien mystérieuse ?

— Ou fort insignifiante. Rien n'est plus profond que les choses qui n'ont pas de sens... Ah ! par exemple, elle a un timbre de voix fort agréable, argenté comme le blond de ses cheveux. Quand on lui dit : Vous allez bien, ma cousine ? et qu'elle répond : Merci, mon cousin, et vous ?.. — ces cinq mots sonnent gentiment à l'oreille, et voilà ce que je lui ai entendu dire de plus saillant. Que veux-tu ! c'est une bonne petite fille, qui connaît de la vie tout ce qu'on en peut voir par le trou d'une aiguille à broder.

— En un mot, épouses-tu ? n'épouses-tu pas ?

— Je n'en sais rien ; je n'ai pas de raisons pour dire oui, j'en ai encore moins pour dire non... J'envie du fond de mon âme les gens qui possèdent la précieuse faculté d'avoir des préférences... Préfères-tu décidément que je me marie ?

— Dieu me garde de me prononcer ! Si cela tournait mal, tu me dirais tous les jours de ta vie : C'est toi qui l'as voulu.

— Il faudra pourtant que tu te prononces. Bon gré, mal gré, tu verras Mlle Saint-Maur, tu m'en diras ton avis ; mais l'essentiel est de savoir d'abord ce que me veut mon frère et quelle place il me tient en réserve. Je le crois capable de tout dans ce genre... Pour le moment, parlons d'autre chose ! pour Dieu, parlons d'autre chose ! »

Ils parlèrent en effet d'autre chose. Les sujets de conversation ne leur manquaient pas ; ils n'étaient jamais demeurés court dans le tête-à-tête. Leur entretien et les nombreux cigares qu'ils fumèrent les tinrent éveillés toute la nuit. Au matin, ils arrivaient à Bordeaux, où le train stationne. Après avoir déjeuné, ils venaient de remonter en wagon, lorsque Maurice, qui regardait par la portière, s'écria tout à coup : « Oh ! l'adorable

créature ! » Et d'un signe de tête il montrait à
Séverin une jeune femme qui faisait son apparition sur le quai.

C'était une brune au teint clair, à la taille de
nymphe, et d'une exquise élégance. Elle devait
être quelque chose dans le monde ; le préfet du
département et sa famille s'étaient levés de bonne
heure pour la reconduire jusqu'à la gare. Un employé vint à elle et l'avertit que le train allait se
mettre en marche. Elle prit gracieusement congé
des personnes qui l'entouraient, et, suivie de sa
femme de chambre, elle se dirigea vers le wagon
le plus proche. L'instant d'après, elle se trouvait
assise en face du vicomte d'Arolles. Sa camériste
avait gagné l'autre extrémité du compartiment, où
après avoir hoché quelque temps le menton, elle
ne tarda pas à s'endormir. Séverin, qui avait une
nuit blanche à réparer, suivit bientôt son exemple,
et Maurice demeura tête à tête avec la belle inconnue. Il l'examinait autant que la discrétion le lui
permettait. Après avoir contemplé l'ensemble, il
détaillait sa beauté ; il admirait tour à tour son
abondante chevelure d'un châtain sombre, ses
grands yeux noirs, son regard velouté, la finesse
de son teint et les grâces d'un pied cambré, qui sou-
levait par instants le bord d'une robe de soie couleur
marron. Il lui parut que de son côté l'inconnue
l'observait avec une attention soutenue et bienveil-

lante. A plusieurs reprises leurs yeux se rencontrè-
rent.

On entra bientôt en propos ; on causa d'abord
du vent et du soleil, et à peine eut-on épuisé ces
préliminaires, l'entretien chemina si vite qu'au bout
d'une demi-heure Maurice avait appris ou deviné
beaucoup de choses. Il savait que l'inconnue s'appelait la baronne de Vernange, que Vernange était
un château situé à trois lieues de la Tour, que la
charmante baronne connaissait, pour les avoir vus
dans le monde, le comte et la comtesse d'Arolles,
qu'elle faisait grand cas de l'un et de l'autre, surtout de la comtesse, à qui elle ne trouvait à reprocher qu'une gravité excessive qui touchait à la
pruderie. Il était naturel que ce genre de défaut
choquât un peu la baronne de Vernange ; elle avait
l'humeur gracieuse et enjouée. Maurice s'étonnait
même de la facilité avec laquelle elle se communi-
quait à un inconnu. Après vingt minutes de conversation, elle le traitait presque comme une vieille
connaissance, et quoiqu'il n'y eût rien dans ses
manières et dans son langage qui passât les bornes
d'une honnête modestie, il était obligé de convenir qu'il n'avait jamais rencontré dans ses voyages
une femme du monde aussi prompte à s'apprivoi-
ser. Si elle ne lui fit pas du premier coup toutes
ses confidences, il crut pouvoir inférer de ce qu'elle
lui disait qu'elle n'avait pas trouvé dans le mariage

tout le bonheur qu'il est permis à une femme de
rêver, que le baron de Vernange était un de ces
maris qu'on peut tromper sans remords, et que
partant la baronne était non-seulement la plus dé-
sirable des conquêtes, mais une de celles qu'on
peut entreprendre avec quelque chance de succès.
Le vicomte sentait son imagination s'échauffer, sa
tête se prendre. Mme de Vernange le regardait par
intervalles avec un demi-sourire où il croyait reconnaître ce je ne sais quoi d'engageant qui dit à
un homme : osez! Il ne demandait pas mieux que
d'oser. Par malheur les moments étaient comptés,
il venait d'apprendre que la baronne devait descendre à la station de Morcenx, et le train avait
dépassé Labouheyre. Le vicomte d'Arolles n'avait
plus que vingt minutes pour jouir d'un entretien
auquel il prenait toujours plus d'intérêt. Soudain
il devint pensif et taciturne.

« Il me semble que nous ne causons plus, lui dit
la baronne d'un air à la fois caressant et moqueur.

— Je cause avec moi-même, madame. Hélas ! je
me dis que dans un quart d'heure la place où vous
êtes assise sera vide, et que j'aurai quelque peine
à m'en consoler.

— J'avais mieux jugé de votre esprit, répondit-
elle d'un ton de reproche; voilà un compliment un
peu fade auquel je ne m'attendais pas et qui m'af-
flige.

— Est-ce bien un compliment? répliqua-t-il, et, brûlant tout à coup ses vaisseaux, il ajouta : Si c'était une déclaration!

— Déjà! fit-elle en levant les mains au ciel. J'aurais plus de raisons que vous ne pensez de m'en fâcher.

— Ce qui me rassure, c'est que vous reprochiez tantôt à la comtesse d'Arolles, ma belle-sœur, d'être un peu collet monté. J'en conclus que vous me ferez la grâce de ne pas vous fâcher.

— Encore est-il des cas,... mais je vous ferai cette grâce. Après tout, une femme n'est pas tenue de s'indigner parce qu'on la trouve agréable.

— Ou adorable, » dit-il en baissant le ton et avec un accent passionné.

Elle se mit à rire, et tambourinant du doigt contre la glace de la portière : « Plus un mot, répondit-elle, ou je réveille tout le monde.

— Oh! madame, je vous en prie, reprit-il d'une voix suppliante en se tournant vers Séverin, qui dormait à poings fermés, ne réveillez pas ma raison, qui s'est endormie sur ce coussin, et permettez-moi d'être fou pendant dix minutes encore. »

Elle regarda sa montre : « C'est cinq minutes que vous voulez dire, répliqua-t-elle ; avant cinq minutes nous serons à Morcenx, où vous me ferez vos adieux avec la certitude de ne jamais me revoir.

— Voilà ce que je n'admets pas. Vous avez eu la bonté de m'apprendre que Vernange n'est qu'à deux lieues de la Tour, où je vais.

— A trois bonnes lieues, qui en valent quatre.

— Pour un homme qui revient de Californie, ce n'est pas précisément un voyage.

— Et vous figurez-vous par hasard qu'on entre à Vernange comme dans un moulin ? '

— Oh ! j'inventerai quelque chose... La chasse est ouverte, c'est la saison des accidents. Supposez qu'on vous apporte un jour sur un brancard un jeune homme très-mal en point... Il courait après un lièvre, il a eu la maladresse de se laisser tomber dans une fondrière... Ce jeune homme mourant, ce sera moi.

— Ne vous faites pas d'illusion, nous vous enverrons à l'auberge, mon cher monsieur, vous et votre brancard, répondit-elle avec un peu de hauteur.

— C'en est donc fait, la vision va s'évanouir ! » s'écria-t-il dans un élan de désespoir presque sincère. La baronne de Vernange était en ce moment belle comme le jour, et elle le regardait en dessous avec une coquetterie diabolique qui le mettait hors de lui. « Je suis comme un enfant, poursuivit-il, qui a vu le plus beau des papillons voltiger un instant devant lui. Il s'était flatté de le retenir prisonnier dans ses mains. Il pourrait croire qu'il a rêvé, s'il ne lui restait aux doigts une poussière d'or et d'argent. Je vais demeurer seul avec la poussière dorée de mes souvenirs.

— Avec vos souvenirs et avec vos métaphores de l'autre siècle, repartit Mme de Vernange ; voilà le papillon qui s'envole. »

Elle se leva aussitôt, et, par un mouvement brusque, elle abaissa la glace. On venait d'entendre un coup de sifflet, déjà le train ralentissait sa marche.

« L'invention que je cherchais, je l'ai trouvée, » s'écria Maurice d'un air de triomphe. Et en même temps il ramassait en hâte une agrafe que Mme de Vernange avait piquée à son mantelet de velours et qui s'en était détachée au moment où elle se levait. « Vous voyez cette agrafe, madame ?

— J'espère que vous allez me la rendre.

— Vous y tenez ? C'est un bijou de prix ?

— Veuillez l'examiner, il me semble qu'elle est montée en diamants. Auriez-vous l'intention de la garder ?

— Ne pourrait-on pas admettre qu'elle m'est tombée sous la main après que vous étiez descendue de wagon ? Comme je suis un fort galant homme, je m'en irai au premier jour à Vernange vous restituer ce trésor... Ah ! ne dites pas non, madame, je vous en conjure. »

Elle haussa les épaules et secoua la tête d'un air

de pitié : « Soit, dit-elle, j'y consens. J'ai toujours aimé les fous. »

Il demeura aussi étonné que ravi de sa réponse. Le train s'arrêta, la baronne appela sa femme de chambre, et descendit du wagon sans saluer le vicomte. Quand elle eut atteint le trottoir de la gare, elle ne put s'empêcher de se retourner vers lui et de lui faire en riant un signe de la main.

Maurice secoua son compagnon de voyage et se donna le plaisir de lui conter son aventure, qu'il trouvait charmante et que Séverin trouva singulière et même suspecte. « Es-tu bien sûr que c'est une vraie baronne ? lui demanda-t-il.

— Elle est aussi vraie que le préfet de la Gironde, qui l'avait accompagnée à la gare de Bordeaux, est un vrai préfet, et que les diamants que voici sont de vrais diamants.

— Voilà un petit bijou, reprit Séverin en examinant l'agrafe, qui doit coûter dix mille francs. Tu es un imprudent. Que ferais-tu si tu venais à le perdre ?

— Le perdre ! dit Maurice. Perdre ce gage de la plus délicieuse bonne fortune qui me soit échue depuis que je suis au monde ! Il ne me quittera pas, et avant trois jours j'aurai le bonheur de le rapporter contre récompense honnête. »

Là-dessus, son enthousiasme fit à Séverin un portrait chaud de couleur, savant et circonstancié

de la baronne de Vernange, si bien que Séverin
finit par s'écrier : « Le bon billet qu'a Mlle Saint-
Maur ! et n'a-t-elle pas sujet de se plaindre de
toi ? Tu as passé une demi-journée avec elle, et
tu ne sais pas même me dire la couleur de ses
yeux ; tu passes une heure avec Mme de Vernange, et tu la connais comme si tu l'avais faite.

— Que veux-tu ? il y a des jours où je regarde
sans voir et d'autres où j'y vois assez bien presque
sans regarder.

— Et tu penses sérieusement à aller à Vernange ?

— Si j'y pense ! J'abhorre ce baron de Vernange,
il s'est approprié mon bien : en l'obligeant à res-
titution, je remplirai l'auguste office du ministère
public. » Et, serrant le bras de Séverin, il ajouta :
« Les yeux de cette femme m'ont ensorcelé.

— Te voilà bien, repartit Séverin. De glace pour
tes intérêts, tout feu pour tes fantaisies ! La seule
chose qui t'agrée dans la vie, ce sont les hors-
d'œuvre. Tu me rappelles certaine petite fille qui
me voulait du bien et avec qui j'ai dîné plus d'une
fois quand j'étais à l'École des Beaux Arts. Un
jour, je lui permis d'ordonner le menu, et j'en fus
pour quinze francs d'huîtres, de crevettes et de
melon. Un superbe repas, ma foi ! Il n'y manquait que le rôti. Voilà votre histoire, vicomte
d'Arolles.

— Soit, répliqua-t-il, et va pour les hors-d'œuvre. Que mon grand frère mange à son aise le rôti
de la vie ! M'est avis que nous allons le trouver
engraissé, le cher homme ; il a toujours eu les
opinions qui engraissent. C'est égal, il a du bon,
ce monstre d'éloquence ; je dirais volontiers de
lui :

> Il me fait trop de mal pour en dire du bien,
> Il me fait trop de bien pour en dire du mal.

Vers midi, ils arrivaient à Bayonne, où ils prirent une voiture qui les conduisit en deux heures
à la Tour. Quand ils firent leur entrée au château,
le comte d'Arolles était assis, comme saint Louis,
au pied d'un chêne, dépouillant son courrier qu'on
venait de lui remettre et qui était fort volumineux.
La table de pierre qu'il avait devant lui était cou-
verte de plis officiels, de lettres d'affaires, d'en-
veloppes à demi déchirées ; on sentait qu'elles
avaient été décachetées par une main à la fois
hâtive et dédaigneuse. Sur le gravier gisait pêle-
mêle toute une collection de paperasses et de journaux, les uns dépliés, les autres dans leurs bandes.
En apercevant les deux voyageurs, il jeta un cri.
Pour aller jusqu'à lui, Maurice dut enjamber un
numéro du *Journal officiel* et son supplément.
Ils s'embrassèrent avec tendresse ; après s'être
embrassés, ils se regardèrent.

« Je vous remercie, monsieur Maubourg, s'écria
Geoffroy ; vous me l'avez ramené sain et sauf,
aussi beau garçon que jadis, la moustache frisée
et portant au vent. Je l'aime comme il est, je n'aurais pas voulu qu'on me le changeât. Je regrette,
Maurice, de ne pouvoir te présenter dans la minute à ta belle-sœur. Gabrielle est en tournée de
visites ; mais je l'attends ce soir. »

Maurice trouvait son frère non pas engraissé
comme il s'y attendait, mais un peu bouffi, fatigué
et vieilli. Depuis qu'ils s'étaient quittés, Geoffroy
n'avait guère connu le repos ni abusé du sommeil.
Ses débuts à la tribune avaient été fort remarqués ;
il s'était acquis en peu de temps la réputation de
l'un des premiers orateurs d'affaires de l'assemblée nationale et d'un *debater* accompli. Possédant
l'esprit de conduite au même degré que le talent de
la parole, il s'était fait une grande situation dans
la chambre. Il était un véritable maître en straté-
gie parlementaire, l'un des chefs de file qui déci-
dent de la tactique à suivre dans toutes les importantes discussions, un de ces politiques qui règnent
sur la coulisse, dont on prend l'avis sur toute chose
et qu'on ménage beaucoup, parce qu'ils sont en
mesure sinon de tout faire, du moins de tout empêcher. Bref, le comte d'Arolles était devenu un
personnage, un homme considérable ; mais, comme
il était homme d'esprit, il n'avait contracté aucun

travers ridicule. Il n'était ni gourmé ni pédant, et
ne pérorait point dans l'intimité. Il ne laissait pas
d'avoir le ton dogmatique, de l'autorité dans le regard, de la profondeur dans le silence, car c'est
surtout à sa manière de se taire qu'on reconnaît
un ministre en expectative. Il avait aussi dans le
teint ces blancheurs vagues et au coin des tempes
ces terribles pattes de loup qui sont le signalement
des ambitieux. Il lui arrivait parfois de prendre
des attitudes songeuses, et on aurait pu croire
qu'il regardait voler les mouches ; ce qu'il apercevait dans l'air, presqu'à portée de sa main, c'était
le portefeuille de ses rêves, qu'il voyait tourner
autour de lui comme une hirondelle, tantôt rasant
la terre, tantôt pointant vers le ciel. Maurice fut
quelques instants sans pouvoir définir le changement qui s'était fait dans son frère et l'impression
qu'il en ressentait. Son regard s'étant porté sur
une melonnière qui occupait l'extrémité du jardin
et que le soleil caressait d'un chaud rayon : « Parbleu ! se dit-il, je viens de trouver la comparaison
que je cherchais, mon frère est un ministre qui
mûrit sous sa cloche. »

Après que les deux jeunes gens se furent rafraî-
chis, Geoffroy les emmena faire un tour dans le
parc. Il les interrogea sur leurs voyages, et par
intervalles il hochait la tête d'un air encourageant ; il constatait avec plaisir qu'ils avaient su voir

3

et bien voir. La politique ayant été mise sur le
tapis, le futur ministre prit la parole à son tour, et
les entretint fort éloquemment de l'union conser-
vatrice et du péril social ; il leur démontra qu'il
était urgent de restaurer en France sous toutes
ses formes le principe d'autorité. Maurice faisait à
part soi ses réflexions. Sous l'empire, le comte
d'Arolles s'était signalé par la véhémence de son
libéralisme ; dans ce temps, il ne voyait pas d'autre péril social qu'un pouvoir absolu sans contrôle
efficace, et il professait que l'autorité ne doit être
respectée qu'autant qu'elle est respectable. Maurice eut peine à ne pas sourire en l'entendant déclarer que toute saine politique doit s'appuyer sur
le clergé. Il connaissait son frère pour un mécréant endurci, pour un libre-penseur si absolu,
si affirmatif, qu'il l'avait surnommé jadis un vol-
tairien de sacristie. Geoffroy, qui voyait courir le
vent, devina l'impression que ses palinodies pro-
duisaient sur le vicomte. « Que veux-tu, jeune
homme ? lui dit-il en lui frappant sur l'épaule, il
n'y a que Dieu et les imbéciles qui ne changent
pas. » A la fin de la promenade, il accusa les deux
amis d'être une paire de jacobins. Dieu sait si le
reproche portait à faux ; l'un était un républicain
de fantaisie, l'autre l'était par raison, et tous les
deux trempaient leur vin. « Ce qui me rassure, leur disait le comte, c'est que le jacobinisme

est une maladie de jeunesse dont les hommes d'esprit sont assurés de guérir. » Et il citait en grec le vers d'Homère, qui dit : « Les esprits bien faits sont guérissables, ἀκεσταὶ τοι φρένες ἐσθλῶν. » Il admirait beaucoup les hommes d'état anglais, et c'était pour leur ressembler qu'il avait pris l'habitude de citer les poètes grecs en grec. A cela près, il pratiquait peu leurs leçons. En Angleterre, on naît tory et on devient libéral ; en France, on suit la méthode inverse, et le comte d'Arolles la jugeait meilleure.

Quand la cloche du dîner sonna, la comtesse d'Arolles n'était pas encore de retour ; on se mit à table sans elle. Ils en étaient au second service quand Geoffroy dit à son frère : « Vraiment tu n'es pas curieux, petit Maurice, tu ne m'as pas encore demandé ce que je compte faire de toi. J'ai eu l'autre jour avec le ministre de l'intérieur un entretien dont tu as fait tous les frais. Il y aura sous peu un remaniement ministériel, et il m'a promis de te réserver une sous-préfecture. »

A ce mot Maurice échangea avec Séverin au travers de la table un regard qui signifiait : « Que t'avais-je dit ? » Le comte happa ce regard au passage.

« Oh ! là, jeunes gens, ce plat ne vous revient pas ? leur dit-il. Aurais-tu par hasard une objection à faire, Maurice ?

— Non pas une, mais plusieurs.

— Dis-les, mais tâche de les mettre en bon français, je n'ai jamais accepté la monnaie de singe.

— Avec ta permission, je te représenterai d'abord que le devoir le plus essentiel d'un sous-préfet est de se prendre au sérieux, et que voilà un effort dont je me sens incapable.

— Si toutes tes objections sont de cette force !.. Se prendre au sérieux, c'est le pont aux ânes. Affaire d'habitude, mon cher. Je ne te donne pas huit jours pour qu'un matin, en faisant ta barbe, tu aperçoives dans ton miroir la figure du plus gourmé des sous-préfets. Il n'y a que la première grimace qui coûte.

— En second lieu, reprit Maurice, à dire d'expert, je suis jacobin.

— Qu'est-ce que cela te fait ? et de quoi vas-tu t'embarrasser ? Est-ce que tes principes t'ont jamais gêné ? En prenant l'habit de ton état, tu en prendras les opinions. Tu m'as compris ?

— Ma troisième objection...

— Ah çà ! combien en as-tu ?

— C'est la dernière, mais la plus grave. N'est-il pas certain et constant qu'on ne peut se mêler de gouverner un royaume ou une bicoque sans y faire un peu de police ?

— Parbleu ! Napoléon 1er disait qu'un bon gou-

vernement, c'est un ministre de la police qui est
un homme d'esprit.

— Il s'ensuit, continua Maurice, que, pour être
sous-préfet comme pour être président du conseil,
il faut accepter ou subir les bons offices de gens
un peu suspects, qui ne sont pas précisément la
fleur des pois en matière d'honneur et de délica-
tesse, et ces gens-là, on est tenu d'en répondre et
parfois de les couvrir. Eh bien! franchement c'est
une condition dont j'aurais peine à m'accommoder;
je suis très-soigneux de ma personne, je suis
même un peu douillet.

— Quel enfantillage! repartit le comte. Un poète
de l'antiquité, Aristophane, que j'adore parce qu'il
exécrait les sans-culottes, a dit qu'il ne faut pas gouverner au profit des coquins, mais qu'il est impossible de gouverner sans eux. Cela signifie que tout
homme de gouvernement doit être un incorrup-
tible corrupteur. Eh! bon Dieu, mon cher garçon,
à moins de se faire ermite, le moyen de vivre et
de réussir sans courir le risque d'être un jour ou
l'autre l'obligé d'un drôle? On n'en meurt pas. Et
je te prie, à quoi reconnaît-on les gens bien élevés?
A ce qu'ils se lavent souvent les mains. Cela prouve
qu'ils en ont souvent besoin. On a une cuvette, et
on s'en sert; autrement à quoi serviraient les
cuvettes? Vous ne dites rien, monsieur Maubourg?

— A la vérité, répondit Séverin, je ne vois pas très-bien Maurice en sous-préfet.

— En quoi le voyez-vous? en curé de village? en administrateur des pompes funèbres?

— Maurice sous-préfet! répéta Séverin en secouant la tête d'un air de profond scepticisme.

— Vous aimez mieux être son ami que son arrondissement; vous auriez peur d'être mal administré?

— Ou du moins avec un peu de distraction; dès qu'il s'agit de ses intérêts, Maurice en a de prodigieuses, et s'il ne les avait pas, je crois que je l'en aimerais un peu moins.

— O romantisme de l'amitié! s'écria Geoffroy. Que diable! nous ne sommes pas ici pour nous faire des déclarations... Enfin, Maurice, si tu ne veux pas de ma sous-préfecture, tu auras la bonté de me dire ce que je dois te proposer. Mlle Saint-Maur est à ce prix... Vous riez encore, monsieur Maubourg?

— Je crois, monsieur le comte, qu'à la rigueur Maurice consentirait à s'embarquer dans une sous-préfecture, si c'était un moyen assuré de ne pas épouser sa cousine.

— Mais tu ne l'as donc pas vue, cette blondine aux yeux gris?

— Il l'a si mal vue que tantôt il me soutenait qu'elle a les cheveux gris et les yeux blonds.

— Ne plaisantons pas sur les choses sérieuses,
répliqua le comte, ni sur les choses blondes, qui
sont quelquefois les plus sérieuses de toutes. Mari
de Simone et provisoirement sous-préfet, voilà ton
lot, Maurice!.. Mais le jour de ton arrivée, je ne
veux pas t'ennuyer; nous reparlerons plus tard de
tout cela. Pour le moment, raconte-moi un peu
toutes les folies que tu as bien pu faire à San-Francisco.

— J'en suis arrivé à ce degré de sagesse, lui
répondit son frère, que, si je fais encore des folies,
je n'en parle plus. »

L'entretien continua sur ce ton jusqu'à la fin du
repas. Quand on fut sorti de table et qu'on eut
passé au salon, Maurice s'avisa tout à coup de
questionner Geoffroy sur les promenades qu'on
pouvait faire sur ses terres et dans les lieux cir-
convoisins, et il finit par lui demander si le château de Vernange était situé au nord ou au midi
de la Tour.

« Je ne connais aucun château de ce nom, lui
répondit Geoffroy.

— Tu n'as jamais entendu parler d'un baron de
Vernange?

— Jamais. Qu'en veux-tu faire?

— Pas grand'chose. C'est un bonhomme assez
ridicule, avec qui j'ai lié connaissance en wagon.
Il s'est vanté à moi d'avoir la plus belle chasse de

France, et il l'avait mise fort honnêtement à ma
disposition. J'avais cru comprendre qu'il perchait
dans ton voisinage.

— Nous nous informerons de lui auprès de Gabrielle, repartit le comte ; elle sait son département
sur le bout du doigt... Silence ! ajouta-t-il en prê-
tant l'oreille. Je crois que la voilà qui rentre. »

La cour du château retentissait d'aboiements de
dogues auxquels se joignit le roulement d'une voiture. Bientôt les dogues n'aboyèrent plus. Ils jap-
pèrent, ils poussèrent ces cris mêlés de joie, de
colère et de reproche que les chiens de garde font
entendre, quand ils reconnaissent subitement un
maître ou un ami dans l'intrus qu'ils s'apprêtaient
à éconduire à coups de crocs.

Geoffroy sortit pour s'assurer que c'était bien la
comtesse qui rentrait. Il revint au bout de quelques
minutes, la tenant par la main. Elle portait un
voile de dentelle qui lui cachait entièrement le
visage. Le comte, l'ayant amenée au milieu du
salon, souleva ce voile, et, couvant sa femme d'un
regard où on lisait le joyeux orgueil d'un propriétaire qui connaît la valeur de son trésor : « Maurice, s'écria-t-il, comment la trouves-tu ? »

Maurice était hors d'état de lui répondre. Son
trouble était si grand que, sans trop savoir ce qu'il
faisait, au lieu d'accourir au-devant de sa belle-
sœur, il recula jusqu'à la muraille, où il se fût

enfoncé de grand cœur, si elle n'avait résisté. Ce grand trouble mêlé de confusion n'est pas difficile à expliquer : Maurice voyait devant lui sa belle-sœur et il revoyait en elle la prétendue baronne de Vernange.

Son frère le regardait avec étonnement. « Ma chère, l'admiration le rend muet, dit-il à la comtesse. Voilà un trouble bien flatteur pour vous, Gabrielle ; on ne pouvait mieux vous témoigner qu'on a couru deux ans l'Amérique sans y trouver une femme aussi charmante que vous.

— Charmante ! vous voulez dire adorable, lui répondit-elle en articulant et scandant ce dernier mot comme l'avait fait quelques heures plus tôt le vicomte d'Arolles, qui rougit jusqu'à la racine des cheveux.

— Assez de cérémonies, dit le comte. Avance un peu, Maurice. Gabrielle, je vous présente notre frère ; Maurice, je te présente ta sœur. »

La comtesse s'avança vers son beau-frère et lui prit la main de l'air le plus naturel du monde. On eût juré qu'elle le voyait pour la première fois ; elle le regardait avec curiosité comme on regarde quelqu'un dont on a beaucoup entendu parler.

« Votre photographie, que vous nous avez envoyée de New-York, est excellente, lui dit-elle, et je vous aurais reconnu où que ce fût à première vue. »

Elle lui adressa toutes les questions qui étaient de circonstance. Il y répondit de son mieux ; il s'était refait un maintien, mais il lui arriva plus d'une fois de dire un mot pour un autre. La comtesse cessa bientôt de s'occuper de lui et réserva toutes ses attentions pour Séverin.

Quand la pendule eut sonné onze heures : « Tu as l'air de lutter contre le sommeil, dit le comte d'Arolles à son frère. Apparemment tu n'as pas dormi la nuit dernière. Ne te gêne pas, va te reposer.

— M. Maubourg supporte mieux les veilles, dit Gabrielle en se levant. Peut-être aussi a-t-il le talent de dormir en chemin de fer ; c'est un don précieux que tout le monde n'a pas. »

Geoffroy sonna. Un domestique parut et reçut l'ordre de conduire Maurice et Séverin dans leurs chambres. Comme ils arrivaient au bout d'un long corridor, Maurice, qui marchait le dernier, entendit derrière lui le frôlement d'une robe de soie. Il retourna la tête.

« Mon cher vicomte, lui dit rapidement la comtesse d'Arolles en passant à côté de lui, j'espère que vous ne tarderez pas à me restituer mon agrafe. »

Elle accompagna ces mots d'un petit rire mal étouffé et gravit d'un pas léger l'escalier qui menait à son appartement.

Aussitôt que les deux amis furent tête à tête, Séverin essaya de plaisanter Maurice sur sa mésa-

venture ; Maurice ne se dérida pas, et Séverin
changea de ton « Beau fils, lui dit-il, tu as fait une
école ce matin ; qui n'en fait pas ? Ce n'est pas une
raison pour avoir un air si ténébreux. » Puis, le regardant fixement dans les yeux : « Or çà, est-ce
que par hasard... »

Le vicomte d'Arolles réussit à rire. « Oh ! n'a-
chève pas ta phrase, répondit-il. Tu as peur que
je ne persiste à être amoureux de la baronne de
Vernange ? Rassure-toi ; ce que je crains pour ma
part, c'est de ne pouvoir lui pardonner l'assez
mauvais tour qu'elle s'est amusée à me jouer... Je
l'ai prise en grippe, cette baronne, et je serais
fâché que mon frère s'en aperçût.

— Bah ! répliqua Séverin. Elle a l'humeur enjouée, toi-même tu auras recouvré demain ta
gaîté ; vous vous expliquerez l'un et l'autre en plai-
santant. Règle générale, il ne faut jamais laisser à
son péché le temps de vieillir, et, autre règle non
moins sûre, la gaîté est le meilleur moyen de sortir
d'un mauvais pas.

— Ainsi soit-il ! Bonne nuit, » lui repartit Maurice, et il passa dans sa chambre.

La première chose qu'il fit en y entrant fut de
se débarrasser de l'agrafe, qu'il avait précieuse-
ment serrée dans l'une de ses poches. Il l'en retira
si brusquement qu'il se fit une égratignure à la
main.

# III

Ni le lendemain, ni le surlendemain, le vicomte d'Arolles ne put avoir avec sa belle-sœur l'explication enjouée qui, au dire de Séverin, eût été le meilleur remède à une situation embarrassante. Il ne se passa pas vingt-quatre heures avant que le château ne fût envahi par une fournée d'invités des deux sexes et de tout âge, qui venaient s'y établir pour deux ou trois semaines. La comtesse d'Arolles fut tout occupée de recevoir ses hôtes, de leur faire fête, de les amuser, de les tenir en haleine. Elle s'acquittait de ce devoir avec une admirable précision de coup d'œil et de volonté. Promenades en voitures, cavalcades, parties de chasse, déjeuners champêtres ; le soir, des concerts improvisés, des charades, un peu de sauterie, on comprendra qu'au milieu de tout ce grand tracas elle eût peu de temps à consacrer à son beau-frère. A peine lui adressait-elle à de longs intervalles quelques regards indifférents, quelques paroles insignifiantes ; il s'écoula même des journées entières pendant lesquelles elle ne parut pas s'apercevoir de son existence. Maurice renonça bien vite à courir après la faveur d'un tête-à-tête qui le fuyait. Il jugea qu'après s'être divertie pendant un demi-jour à ses dépens, sa belle-sœur s'était décidée à lui faire grâce, à laisser pousser l'herbe de l'oubli sur son péché ; peut-être aussi le trouvait-elle un trop mince personnage pour se souvenir longtemps qu'il se fût passé quelque chose entre eux. Sans paraître s'inquiéter si ses oublis étaient une marque de hauteur ou de clémence, il affecta lui-même d'avoir oublié. Quand par hasard, à la fin d'un repas ou d'une promenade, les yeux de Gabrielle s'arrêtaient sur lui, il soutenait ce regard d'un air de nonchalance à la fois gracieux et superbe, qui lui était particulier et qui étonnait un peu la comtesse. Dans le wagon où ils s'étaient rencontrés, elle ne l'avait pas vu sous cet aspect.

S'il n'eût consulté que son goût, il ne serait pas demeuré longtemps à la Tour. Il avait beaucoup fréquenté le monde, il l'appréciait encore à ses heures et ne demandait pas mieux que de l'aller chercher ; mais il avait l'humeur trop libre pour

aimer à vivre avec lui porte à porte. Il se chargeait
de choisir lui-même ses plaisirs, ceux qu'on lui imposait lui plaisaient peu. Séverin, pressé d'aller à
ses affaires, partit au bout de deux jours, en pro-
mettant de revenir. Maurice resta ; son frère n'a-
vait garde de lui rendre sa liberté. Après tout la
volière était assez grande pour qu'il n'y fût pas à la
gêne ; il tâcha d'y faire bonne figure, de chanter
de temps à autre son air de bravoure, sans que
personne se doutât qu'il lui tardait de prendre sa
volée. Le pays était giboyeux, et Maurice avait la
passion de la chasse, même quand on lui défendait
de chasser sur les terres du baron de Vernange.

Une autre occupation l'empêcha de s'ennuyer.
Il avait des curiosités à satisfaire ; il était désireux
de savoir exactement quelle espèce de femme était
sa belle-sœur, et il tenait à s'assurer si son frère
était parfaitement heureux. Sur ce dernier point,
il fut bien vite édifié. Il constata que Geoffroy na-
geait dans le bonheur, qu'il était à l'aise dans sa
destinée comme dans un habit qui va bien et ne
fait de plis nulle part. Ce qui frappa Maurice, c'est
que cet homme d'autorité, qui en politique ne connaissait que son idée et s'entendait à l'imposer aux
autres, se laissait dans l'habitude de la vie presque
entièrement gouverner par Gabrielle, comtesse d'A-
rolles. Il approuvait ses décisions, sans les discuter ;
il avait des égards infinis pour ses caprices, même

pour ceux qui lui déplaisaient. Les femmes n'a-
vaient jamais joué un grand rôle dans la vie de cet
ambitieux, absorbé par le désir d'arriver et sans
cesse occupé à compter les as qu'il avait en main.
Son premier roman sérieux avait été son mariage.
Une héritière de vingt-trois ans, belle et charmante, après avoir refusé plusieurs partis, l'avait
distingué et préféré à vingt autres soupirants, quoiqu'il ne fût pas beau, quoiqu'il eût seize ans de plus
qu'elle, et qu'il commençât de grisonner. Il était encore sous le charme de cette aventure, et bien qu'il
eût épousé son roman, le roman gardait toute sa
saveur. Maurice n'avait pas tort de supposer qu'en
choisissant son frère Gabrielle avait fait un mariage
de haute politique, qu'elle était une de ces brunes
dont l'esprit mûrit avant la saison, et que sa précoce clairvoyance avait su lire dans les étoiles l'a-
venir du comte d'Arolles. L'ambitieux Geoffroy
avait trouvé dans sa femme une aide aussi active
qu'intelligente. Elle avait attelé ses grâces au char
qui portait César et sa fortune; ses petites mains
blanches poussaient vaillamment à la roue. Dans
plus d'une circonstance importante elle lui avait
donné d'excellents conseils; ne ménageant ni ses
pas, ni ses paroles, adroite, insinuante, sachant
pincer le vent, elle avait assuré le succès de plus.
d'une négociation délicate, et, quand le comte
d'Arolles passait en revue ses amitiés utiles, il s'é-

tonnait de découvrir parmi les hommes dont les
bons offices lui étaient acquis plus d'un ennemi ou
d'un jaloux de la veille, qui s'était laissé subjuguer
par le sourire, par le manége, par les avances flat-
teuses de l'adorable Gabrielle. Toutefois, quand on
se nomme Gabrielle, qu'on est adorable et qu'on a
vingt-cinq ans à peine, on ne peut employer toute
sa vie à faire de la politique. On a des échappées
de jeunesse, des remontées d'imagination ; on a
besoin par intervalles d'un peu de relâche, on
prend des vacances, on fait l'école buissonnière,
et on la fait sans remords parce qu'on est sûre de
soi et résolue à s'abstenir de tout ce qui pourrait
compromettre une ambition qui vous est sacrée.
Un jour qu'à Paris elle s'était mis en tête de donner chez elle la comédie :

« Fort bien, lui avait dit Geoffroy, mais à la condition que vous n'y jouerez pas.

— Alors où sera le plaisir ?

— Pensez-y donc, Gabrielle, une femme telle
que vous fait monter les autres sur les tréteaux,
mais elle n'y monte pas elle-même.

— Est-ce bien à vous de mépriser les tréteaux ?
Qu'est-ce donc, je vous prie, que votre chère tribune ?

— Ma chère tribune est un tréteau classique.
Est-elle bien classique au moins, la pièce que vous
voulez jouer ?

— Non, mais elle est si convenable qu'elle en devient presque ennuyeuse. Et ne craignez pas qu'on y prenne avec moi aucune familiarité. J'y joue un rôle de dragon de vertu, de porc-épic.

— On ne croira pas à ce porc-épic ; c'est un rôle que vous jouerez bien mal.

— Ainsi vous consentez ?

— Non, ma chère ; vous jouerez la comédie quand nous serons à la Tour, entre amis, entre voisins.

— Encore une fois où sera le plaisir ? » Et, posant ses deux mains sur les épaules de son mari, elle ajouta : « Convenez que j'aime beaucoup mon mari et que je ne lui suis pas inutile. Eh bien ! voyez-vous, pour me mettre en règle avec ma jeunesse, j'éprouve le besoin de faire chaque année deux ou trois petites folies, très-courtes et très-innocentes.

— Soit, répondit-il en l'embrassant, ma raison ouvre à vos fantaisies un crédit illimité. »

Il savait bien qu'elle n'abuserait pas de ce crédit ; en effet elle s'abstint de jouer la comédie, il lui en sut un gré infini et la dédommagea de son renoncement. L'assemblée nationale et, pour se délasser, un roman intitulé *Gabrielle*, dont il était en train de savourer le second chapitre après avoir dévoré le premier, suffisaient à son propre bonheur ; mais il était trop raisonnable pour ne pas se souvenir qu'il

4

n'avait pas le même âge que sa femme, et il trouvait
fort naturel qu'elle eût de temps en temps comme
une fringale de plaisirs. Il ne la chicanait point sur
ses amusements et même ne la surveillait pas. Elle
lui inspirait une confiance absolue ; il était convaincu que ses folies seraient toujours innocentes,
qu'après s'être donné campos, au premier son de
cloche elle rentrerait sans effort et sans regret
dans le sérieux de la vie. Bref, il avait pour elle les
attentions qu'a pour sa maîtresse un homme bien
épris et l'indulgence d'un père pour sa fille. Cela
se voyait dans sa manière de la regarder, laquelle
était paternellement amoureuse ou amoureusement
paternelle. Voilà du moins la définition que trouva
Maurice dès le lendemain de son arrivée à la Tour.

Comme on a du temps à la campagne, il employa
les jours qui suivirent à se demander si Gabrielle
méritait bien la grande confiance que lui témoignait
son mari, s'il avait raison de lui laisser la bride sur
le cou. Parmi les hôtes masculins du château, qui
tous étaient fort attentifs auprès de la comtesse
d'Arolles et se disputaient ses regards, se trouvait
un conseiller d'état en service ordinaire, le marquis de Niollis. Il avait quarante-six ans sonnés et
ne les paraissait pas. C'était un fort bel homme,
non sans mérite, disait-on, et qui savait tout ce
qu'il valait. Il avait la parole en main, il était brill-
lant dans la conversation, riche en anecdotes et en

petits propos, qu'il plaçait avec art et débitait sur un ton de mystère, avec l'assurance d'un acteur certain de ne jamais manquer ses effets.

Maurice avait décidé de prime abord que le marquis de Niollis lui déplaisait souverainement, que ce bel homme était un bellâtre, que cet homme de mérite avait l'esprit commun, que son éloquence était du caquet, que ses anecdotes étaient tirées d'un recueil d'anas, et que ses bons mots avaient traîné dans tous les petits journaux. Ce qui ajouta bientôt à son antipathie naturelle pour le marquis, c'est qu'il crut s'apercevoir que ce conseiller d'état était pour le moment en service ordinaire auprès de la comtesse d'Arolles, qu'il s'occupait d'elle avec excès, qu'il la poursuivait de ses empressements, qu'il lui parlait quelquefois d'un ton un peu familier, dont elle avait le tort de ne pas se formaliser. Ils avaient ensemble de petits *a parte*, des entretiens intimes, et en lui débitant ses fadeurs, M. de Niollis avait une façon particulière de se pencher vers elle, de s'emparer de son éventail ou de la fleur qu'elle tenait à la main. Le vicomte d'Arolles s'avisa tout à coup de prendre fort à cœur les intérêts de son frère ; il lui en voulait de n'être pas assez jaloux de son bien, de ne pas imiter ces propriétaires qui enclosent leur domaine et qui hérissent leurs murs de tessons de bouteilles. Il va sans dire qu'il gardait ses ré-

flexions pour lui. A qui en eût-il fait part ? Sa
belle-sœur semblait peu disposée à lui demander
son avis sur quoi que ce fût. Une semaine tout entière se passa sans qu'elle trouvât plus de trois
paroles à lui dire. Cependant il vint un jour où
elle fit plus d'attention à lui que d'habitude. Il y
eut une grande chasse à courre dont il fut le
héros ; il eut l'honneur de forcer la bête. On lui
fit une ovation à laquelle il se prêta en bon prince.
Gabrielle, qui avait assisté à ses prouesses, lui
adressa quelques mots obligeants, et dans la soirée
il sentit plus d'une fois deux grands yeux noirs se
poser sur lui.

Pendant cette partie de chasse, Maurice avait
admiré la beauté d'une clairière, au milieu de
laquelle dormait un étang, couché dans un lit de
roseaux et de nénufars. Le lendemain à son réveil,
la fantaisie lui vint de dessiner cette clairière. Il
maniait habilement le crayon, car il avait, comme
le disait son frère, tous les talents, tous les goûts et
tous les dégoûts. Un portefeuille sous le bras, il se
mit en campagne, et parvenu dans l'endroit qu'il
cherchait, s'asseyant au pied d'un grand pin, il
commença son croquis et le conduisit avec cette
fougue qu'il apportait à tous les commencements.
A peine l'eut-il débrouillé, il se dit que le charmant paysage qu'il avait sous les yeux était un
théâtre de choix pour une scène mythologique ; il

imagina d'y placer une Diane et ses chiens. Avant
de dessiner sa Diane, il en voulut faire une étude
de grandeur demi-nature. Il chercha quelque
temps la tête de la déesse ; après quelques tâton-
nements, il finit par la trouver. Il lui donna un
visage du plus pur ovale, des sourcils fiers et om-
brageux, un nez légèrement arqué, une bouche
aux lèvres minces, tendues comme un arc qui va
décocher la flèche. Puis, la complétant par l'imagination, il lui parut qu'elle avait d'un instant à
l'autre l'expression séduisante ou un peu dure,
comme si elle ne pouvait chercher à plaire sans
s'en repentir aussitôt ; il lui parut aussi que son
regard donnait tour à tour froid ou chaud et qu'on
ne pouvait admirer ses grâces olympiennes sans
éprouver en même temps une sorte d'inquiétude,
un frisson. Il contempla son étude avec quelque
complaisance. Sa Diane était bien la fière chasse-
resse, dure à ceux qui l'aiment, implacable aux
passions qu'elle se plaît à provoquer, la lèvre sou-
riante et des yeux cherchant sa meute pour la
lancer contre Actéon. Par malheur il s'avisa du
même coup qu'elle ressemblait d'une manière
étonnante à la comtesse d'Arolles. A son insu laissant aller son crayon sur sa bonne foi, il venait de
faire le portrait parlant de sa belle-sœur. Il fronça
le sourcil, regarda une fois encore la déesse, la
barbouilla et referma son portefeuille.

Il se disposait à retourner au château, quand il entendit du bruit au bout de l'avenue qui longeait la clairière et dont il n'était séparé que par un hallier. Il écarta une ronce qui gênait sa vue, et aperçut la comtesse d'Arolles et M. de Niollis à cheval. On avait fait ce jour-là une grande cavalcade matinale. Gabrielle, emportée par son ardeur, avait pris les devants ; le marquis l'avait suivie, et ils avaient bientôt perdu le gros de la troupe. Ils venaient de rendre la bride à leurs montures et s'acheminaient au pas en jasant, ou plutôt c'était M. de Niollis qui jasait ; Gabrielle l'écoutait et de temps à autre chatouillait de sa cravache l'oreille de son cheval ou en frappait de grands coups sur les branches basses des pins, dont elle faisait pleuvoir les aiguilles sur la route. Effrayé par le cri perçant d'un oiseau, qui dans le silence de la forêt prit subitement la parole, l'alezan fit un écart si brusque que la comtesse tomba, mais sur ses talons et sans lâcher la bride. Le marquis s'élança à terre ; elle se hâta de le rassurer. Il lui prit le pied pour la remettre en selle. Une averse était tombée pendant la nuit, le sable était humide. La bottine de Gabrielle laissa son empreinte sur le gant de M. de Niollis. Moitié rieur, moitié solennel, il ôta ce gant, le porta dévotement à ses lèvres et le serra dans sa poche comme une relique. Mme d'Arolles le regardait faire avec une indulgence moqueuse. En cet instant, elle avisa au travers du hallier la tête et les yeux de son beau-frère. Elle se détourna, sangla un coup de houssine à son cheval, partit à bride abattue. M. de Niollis, qui n'avait rien vu, enfourcha sa monture et fit diligence pour rattraper la belle fugitive.

« Ce fat m'est insupportable, » grommela entre ses dents Maurice en se remettant en chemin.

Ce fat lui était si insupportable qu'à déjeuner, se départant de sa réserve et de son indolence de grand seigneur, il se mêla vivement de la conversation pour contredire le marquis et lui décocher plus d'un brocard ; mais il n'était pas facile de troubler le marquis de Niollis dans le contentement qu'il avait de lui-même ; il avait l'amour-propre blindé et cuirassé. Il para gaîment les bottes que lui portait Maurice, et ne parut pas se douter de son mauvais vouloir.

En sortant de table, le vicomte fut quelques instants tête à tête avec son frère. Il ne put se tenir de lui dire d'un ton bourru : « C'est un assommant personnage que ton Niollis.

— Quelle mouche te pique ? lui répondit Geoffroy. Que t'a donc fait mon Niollis ?

— Rien du tout ; mais je n'ai jamais goûté les Apollons sur le retour.

— Sur le retour ? il ne revient pas, le marquis, il va, il ira toujours. C'est le roi des verts galants.

Au demeurant, c'est un homme complet ; il unit le grave au léger.

— C'est le plus léger des conseillers d'état et le plus grave de tous les diseurs de riens.

— Oh ! çà, ne va pas me brouiller avec lui, fit Geoffroy en riant ; il est du nombre des animaux utiles.

— Ce grand politique ne voit rien ou ne veut rien voir, » marmotta Maurice en gagnant la porte.

Il alla promener sa mauvaise humeur dans le jardin. Il s'assit sur un banc et passa vingt minutes à fouiller la terre avec le bout de sa canne. Soudain, à sa vive surprise, il entendit une voix qui lui disait :

« Vous avez l'air mélancolique, mon cher vicomte. A quoi pensez-vous dans cette solitude ? à quoi rêvez-vous ? Serait-ce à la fuite du temps, à l'ennui de la vie de château, ou aux Peaux-Rouges, ou à quelque Atala que vous avez laissée dans le Nouveau-Monde ? Elle est peut-être un peu jaune, mais il se pourrait que le jaune fût votre couleur. »

Ainsi parlant, la comtesse d'Arolles lui faisait la grâce de prendre place à côté de lui et de le regarder.

« Le jaune n'est pas ma couleur, répondit-il sèchement, et je serais fort embarrassé de vous dire à quoi je pense. »

Elle se mit à rire. « Serait-ce par hasard à la baronne de Vernange ?

— Oh ! point du tout, répliqua-t il d'un ton dégagé ; je dirais volontiers d'elle avec la chanson :

> Elle était belle, elle était sage,
> Et pourtant n'était point sauvage.
> Elle mourut, on l'enterra,
> Onques depuis il n'y pensa.

— En vérité ? dit-elle. Vous ne l'avez pas re-grettée plus que cela, cette pauvre baronne ?

— Plaignez-la donc ! Je lui ai procuré deux heures de divertissement ; que puis-je faire de plus pour son service ?

— Ah ! oui, vous l'avez divertie. Songez un peu qu'on vous avait vanté à elle comme un jeune homme de l'esprit le plus délié, le plus fin. Elle a voulu vous mettre à l'épreuve, elle s'attendait qu'au troisième mot vous l'arrêteriez en lui disant : « Ma-dame, je sais qui vous êtes ; vous moquez-vous de moi ?.. Point du tout, ce jeune homme si fin...

— Est un sot, madame, je le confesse. »

Elle se rapprocha de lui, et lui administrant sur l'épaule un petit coup de son éventail : « Là, soyez de bonne foi. Convenez que vous pleurez à chaudes larmes cette adorable baronne, que sa fin prématurée vous a laissé un vide affreux, qu'elle vous manque infiniment. Le beau rêve qu'elle vous

a fait faire ! Cet accident de chasse, cette fondrière
où vous deviez tomber, ce brancard, ce jeune
homme mourant, cette femme qui s'attendrit,...
quel tableau ! Et dire que tout cela s'en est allé en
fumée ! Hélas ! le département des Basses-Pyré-
nées s'est changé en un triste désert, et le jeune
homme mourant en est réduit à s'asseoir tout seul
sur un banc pour y regarder son ombre.

— Vous êtes impitoyable, madame, vous ne res-
pectez pas mon désespoir.

— Oh ! mon Dieu, il y a du remède, reprit-elle.
Vous avez l'imagination si vive, si inflammable !
Quand un homme comme vous a perdu une ba-
ronne de Vernange, il s'en refait bien vite une autre.

— Eh ! justement en voilà une, » lui répondit-il en
lui montrant Mme de Niollis, qui arpentait une
allée un journal à la main.

La marquise était une femme de trente-cinq ans,
célèbre dans tout son monde par ses petits yeux
chinois, par son nez de furet, par sa laideur chif-
fonnée, spirituelle, exquise et saugrenue.

« L'excellente idée ! s'écria Gabrielle. Hé ! vite,
allez faire votre cour à la marquise. Je veux qu'a-
vant dix minutes vous soyez amoureux d'elle à en
perdre les yeux.

— Ce sera une bonne œuvre, dit-il, Mme de
Niollis a besoin qu'on la console. »

— De quoi donc, je vous prie ?

— Oubliez-vous que depuis ce matin son mari n'a plus qu'un gant, ayant jugé à propos de faire de l'autre une relique? »

Elle le regarda d'un air provocant. « Pourquoi n'aimez-vous pas M. de Niollis? lui dit-elle. Il me plaît infiniment.

— Ne le lui dites pas, madame, il ne le sait que trop.

— Croyez-vous? Il n'a pas l'air de le savoir.

— Il est si modeste, une vraie violette des bois!

— Vous ne nierez pas du moins qu'il n'ait beaucoup d'esprit.

— Il y a des hommes, répliqua-t-il, qui n'ont que trois cheveux, mais qui savent la manière de s'en servir. Ils les ramènent sur leur front avec tant d'art que personne ne s'avise de les compter. M. de Niollis est un de ces chauves qui ramènent... Mais Dieu me garde de vouloir vous contrarier dans vos admirations. »

A ces mots, il se leva. Elle lui fit signe de se rasseoir. « Non, dit-il, vous m'avez ordonné d'aller faire ma cour à Mme de Niollis, j'y vais de ce pas. Je ne connais que ma consigne, et ce sera toujours pour moi une joie de vous obéir. »

Il la salua profondément. Elle haussa les épaules et lui montra le bout de ses dents; elle avait l'air de lui dire « Pauvre garçon! si je voulais!.. » Puis elle lui tourna le dos, et s'en alla en fredonnant une ariette.

Le vicomte s'achemina vers l'allée où se promenait Mme de Niollis, qui en le voyant venir plia son journal et fit quelques pas au-devant de lui. Il ne la connaissait que pour avoir les jours précédents échangé avec elle quelques propos oiseux, et il arrivait déterminé à lui faire sa cour. Il n'eut pas besoin de la regarder deux fois pour reconnaître qu'il lui serait impossible de jouer son rôle au naturel, et dès les premiers mots qu'elle lui adressa de sa voix de tête un peu rêche, il acquit la conviction qu'il ne réussirait pas à lui en imposer. La marquise n'était pas une femme à qui il fût commode de se jouer, tout le monde en convenait ; sur le reste, les avis étaient partagés. Les uns disaient qu'elle était méchante, et la tenaient pour une fée à laquelle il ne manquait que la baguette, mais ils ne pouvaient citer d'elle aucun trait de méchanceté bien avérée. D'autres lui reprochaient ses coups de langue et de planter au nez des gens tout ce qu'elle avait sur le cœur ; ils ajoutaient que c'était une indiscrète, une tête de papillon, à quoi les premiers répondaient que ses indiscrétions étaient calculées et que ce papillon était une guêpe. On l'accusait aussi de se faire passer pour myope et d'avoir la vue aussi perçante que l'ouïe. D'autres enfin la trouvaient fort amusante, et prétendaient que dans le fond elle était sûre, bien intentionnée, incapable d'un mauvais procédé. A dire le vrai, la marquise

n'était pas heureuse dans son intérieur. M. de Niollis, qui l'avait épousée pour son argent, ne se pi-
quait pas de fidélité conjugale et ne prenait pas la
peine de lui rien cacher. Si elle avait été jolie,
peut-être se fût-elle vengée, mais elle avait trop
d'esprit pour ne pas se rendre justice. Elle se fâcha
deux ou trois fois, puis vers trente ans elle se fit
une philosophie, se résigna gaîment à ses mésaventures qui jadis l'avaient désolée et qui mainte-
nant amusaient son esprit. Les déconvenues qu'es-
suyait quelquefois M. de Niollis la divertissaient
comme une histoire drolatique qu'on lui aurait
contée; elle se dédommageait de tout par la malice et la curiosité. Les femmes qui ne se font pas
d'illusions sur elles-mêmes ne sont pas tenues de
s'en faire sur les autres, les femmes qui ne se plai-
gnent de rien ne sont pas obligées de s'apitoyer sur
les malheurs d'autrui. Il n'y avait dans le cœur de
la marquise ni aigreurs ni tendresses. Le nez au
vent, elle assistait à la vie comme à un spectacle et
nettoyait avec soin les verres de sa lorgnette. Elle
n'avait jamais poussé son prochain dans un trou,
mais peut-être n'était-elle pas trop chagrine de l'y
voir tomber, quitte à venir à son secours en lui
tendant la main ou le bout du doigt.

Au lieu d'engager avec la marquise une conversation de sentiment qui n'eût pas été bien loin, le
vicomte d'Arolles fut curieux de savoir ce qu'elle

pensait de sa belle-sœur. Il la mit d'abord sur le tiers et le quart ; ils passèrent en revue tous les hôtes du château de la Tour, elle donna son paquet à chacun ; puis elle dit à Maurice :

« Votre belle-sœur est pour vous une découverte ; comment la trouvez-vous ?

— Belle demande ! répondit-il ; comme tout le monde, je la trouve charmante.

— Elle ne vous plaît qu'à moitié ? reprit-elle.

— Pourquoi cela ? Ne vous ai-je pas dit qu'elle est charmante ?

— Vous le dites, mais de mauvaise grâce. Je m'explique très-bien qu'elle vous déplaise. Ce n'est pas une femme à jeunes gens. Un homme n'existe pour elle que passé la trentaine. Je suis sûre que tel que vous voilà, vicomte, elle croit vous voir au maillot, avec un toquet sur la tête. Quand elle était aux Oiseaux, l'Amadis de ses rêves avait quarante ans, un commencement de calvitie et un porte-feuille de ministre sous le bras. Vous voyez qu'elle a trouvé son compte, car votre frère ira loin. En attendant, il me fait l'effet d'un homme parfaitement heureux.

— Sans contredit, répondit-il.

— Quoi ! vous en doutez ?

— Pas le moins du monde. Comment faut-il vous répondre, madame ?

— A votre âge n'avoir pas le courage de son opinion ! Je vous dis, moi, que ce grand député est le plus heureux des maris.

— Je voudrais bien voir qu'il ne le fût pas, dit Maurice en s'échauffant.

— Ne soyez pas plus royaliste que le roi et n'enfoncez pas votre bonnet en méchant garçon. Soyez sûr que votre frère n'a pas besoin de garde champêtre. C'est la foi qui sauve, et il l'a. Gabrielle, mon cher monsieur, est une de ces coquettes froides qui font faire aux hommes des folies, mais qui n'en font pas. Oh ! ne vous scandalisez point, je le lui ai dit cent fois à elle-même, et peu s'en faut qu'elle n'en soit convenue... Et tenez, je connais des malheureux qui tournent autour d'elle depuis un an, et qui sont aussi avancés que le premier jour. Elle regarde le poisson frétiller au bout de sa ligne, elle finira par le remettre à l'eau. Ce genre de poissons veut qu'on le mange ; mais elle pêche et ne mange pas... Mon Dieu ! que Beaumarchais avait raison ! et qu'il y a de bêtise dans les gens d'esprit ! »

Là-dessus, rompant les chiens, elle lui récita point par point son journal, qui était, disait-elle, d'un intérêt palpitant. Il ne l'écoutait que d'une oreille ; il se disait que les yeux chinois de Mme de Niollis voyaient très-loin et très-juste, et il se reprochait de ne s'être pas assez observé quelques heures auparavant, puisqu'elle avait lu dans son jeu. Cependant elle s'interrompit au milieu de son discours pour lui faire admirer des dahlias, qu'elle prenait pour des roses. Il faut croire qu'elle était affligée d'une myopie intermittente.

Quelques instants avant le dîner, le vicomte se trouvait seul au salon quand sa belle-sœur y entra.

« Est-ce fait ? lui demanda-t-elle.

— Qu'est-ce à dire, madame ?

— Pourquoi m'appelez-vous madame ? Vous savez que cela impatiente votre frère. Pour lui faire plaisir, je vous autorise à m'appeler Gabrielle.

— C'est une liberté que je prendrai, madame, quand je serai certain que vous n'avez à mon égard que de bonnes intentions.

— Qu'entendez-vous par de bonnes intentions ? M'est-il défendu de me moquer un peu de vous?

— Vous y prenez un plaisir extrême ?

— Extrême, je ne sais ; mais cela m'amuse.

— Autant qu'une chatte s'amuse d'une souris ?

— A peu près.

— Prenez-y garde, il se trouve quelquefois que la souris est un rat qui se défend.

— Bah ! dit-elle d'un air de défi, mais vous n'avez pas répondu à ma question. Êtes-vous amoureux de Mme de Niollis ?

— Éperdûment. Cinq minutes ont suffi, et j'en tiens pour la vie.

— A la bonne heure. Nous n'aurons plus besoin
de jouer des charades, la petite comédie que vous
nous donnerez les remplacera avec avantage ; je
suis sûre que vous y serez parfait.

— Je ferai de mon mieux, et si vous obteniez de
M. de Niollis qu'il consentît à me donner quelques
leçons...

— O sainte morale, où vas-tu te nicher ! » interrompit-elle en le regardant d'un air de pitié.

Après le dîner, on dansa ; après avoir dansé, on
soupa. Mme d'Arolles avait l'air fort excité, et semblait désirer que tout le monde se mît à son diapa-
son. Elle fit enlever des tables toutes les carafes
d'eau et n'y laissa que les bouteilles de moët. Puis,
s'adressant à M. de Niollis comme la princesse des
contes arabes à sa sœur la sultane, elle le pria de
lui raconter une de ces histoires qu'il contait si
bien, mais elle désirait que ce fût une histoire terrible, qui lui fît dresser les cheveux sur la tête.
M. de Niollis, qu'on ne prenait jamais sans vert,
s'embarqua aussitôt dans le récit d'une tragique
aventure qui lui était arrivée, et que Maurice se
souvint d'avoir lue quelque part. Il y avait là-dedans
des brigands, des souterrains, des situations aussi
terrifiantes que les *Mystères d'Udolphe*. Le marquis contait bien, et prouva qu'il s'entendait à
broyer le noir comme le rose. La comtesse paraissait suspendue à ses lèvres, elle soulignait des

yeux avec affectation les plus beaux endroits de son discours.

Quand il eut fini, le comte d'Arolles, à qui l'histoire avait paru longue et qui craignait qu'il n'en recommençât une autre, s'empressa de dire à sa femme : «Oh! bien, la lune est dans son plein ; ma chère, si vous tenez à nous procurer des émotions, emmenez-nous en caravane à l'extrémité de votre parc, vers cette fameuse ruine où l'on prétend qu'il revient.

— De quelle ruine parles-tu? lui demanda son frère.

— Je te l'ai montrée l'autre jour. Ce sont les restes d'une vieille abbaye de filles, qui fut saccagée pendant la révolution et dont la dernière abbesse mourut sur l'échafaud. Tous les paysans de nos environs jurent leurs grands dieux que son ombre s'amuse à se promener la nuit dans le cloître ; malheur à qui l'y rencontre!

— Cela est si bien prouvé, dit Gabrielle, qu'il y a peu d'années un gardeur de moutons ayant fait la gageure d'aller passer une nuit dans la ruine, on le retrouva au matin évanoui et comme mort. On eut grand'peine à le rappeler à la vie ; mais on eut beau le questionner, il refusa de répondre, et quelques jours plus tard il disparut subitement sans qu'on sache ce qu'il est devenu... Mon histoire vous fait sourire, Maurice? ajouta-t-elle en appelant pour la première fois son beau-frère par son petit nom.

— Excusez-moi, fit-il, je crois comme à l'Évangile aux souterrains et aux brigands de M. de Niollis ; mais les revenants sont passés de mode.

— On croit ne pas croire, dit-elle, ce qui n'empêche pas que, la nuit, au clair de lune, dans une solitude... En bonne foi, seriez-vous homme à renouveler la gageure du gardeur de moutons ?

— A qui parlez-vous, Gabrielle ? s'écria le comte. Vous ne savez donc pas que Maurice est le chevalier sans peur et sans reproche ?

— Sans reproche, je ne sais ; sans peur, je le souhaite. C'est égal, je serais bien aise de le mettre à l'épreuve. »

Elle insista tellement sur cette plaisanterie que Maurice finit par perdre patience. On raconte sur les bords du lac Léman qu'un jour Mme de Staël se promenait en bateau avec lord Byron, et que, selon sa coutume, elle le harcelait de ses épigrammes et de ses morales. Lorsqu'il en eut assez : « Madame, lui cria-t-il, avez-vous jamais vu un homme nager ? » Et, piquant une tête, il regagna la rive à grandes brassées. Le vicomte d'Arolles se tira d'affaire par une fugue du même genre. Il se leva de table et dit à sa belle-sœur : « Je cours, madame, où vous m'envoyez. Si j'ai le bonheur de survivre à cette effroyable aventure, je vous raconterai demain ce qui se sera passé entre l'abbesse et moi. »

En traversant l'antichambre, il s'empara d'un châle écossais qu'il trouva pendu à une cheville. Il arrivait au bout de la cour lorsque son frère, ouvrant une fenêtre, lui cria : « Quel vertigo te prend? Si tu allais là-bas, ce n'est pas une abbesse que tu y trouverais, c'est un rhume.

— La nuit est presque tiède, lui répondit-il, et j'ai couru l'Amérique sans m'y enrhumer. »

Il poursuivit sa marche. Ce qu'il ne pouvait dire à son frère, c'est qu'il éprouvait une impression de soulagement, de bien-être singulier, de délivrance, en songeant qu'il ne passerait pas cette nuit sous le même toit que la comtesse d'Arolles.

Un quart d'heure plus tard, s'orientant de son mieux, il avait traversé le parc, et il arrivait en vue de la ruine, que la lune éclairait. Il ne restait du vieux monastère que le cloître et sa double rangée d'arcades. Par une rampe aux marches brisées, le vicomte réussit, non sans butter plus d'une fois, à gagner le premier étage, lequel consistait en un long corridor circulaire. Des cellules dont il était jadis bordé, à peine en subsistait-il encore deux ou trois. Il entra dans une de ces cellules, dont la grande baie défoncée s'ouvrait sur la campagne comme un œil béant. Au pied de la muraille s'étendait une pelouse en pente, où quel-

ques chênes séculaires dessinaient leur ombre
noire. Maurice demeura près d'un quart d'heure
accoudé sur l'appui de la fenêtre ; il était aussi immobile que l'ombre des chênes. Il ne regardait ni
la lune, ni les étoiles, ni la pelouse, et, s'il pensait
à quelque chose, ce n'était pas à l'abbesse dont on
lui avait promis la visite. Il finit par se redresser,
fronça le sourcil comme s'il avait été en colère
contre lui-même, secoua la tête pour en faire tomber une pensée incommode qui lui pesait, et il dit
à demi-voix : « Tâchons de dormir. »

Il regagna la galerie, où il avait aperçu, gisant
parmi des gravats, un chapiteau de colonne qui,
faute de mieux, pouvait lui servir d'oreiller. En ce
moment, il reconnut que le châle qu'il avait apporté à son bras appartenait à sa belle-sœur. Il le
jeta brusquement de côté ; puis, s'étant ravisé, il
s'y enveloppa jusqu'aux yeux, s'allongea sur la
dalle, et, à force d'invoquer le sommeil, une tor-
peur s'empara de lui. Il venait de s'assoupir quand
un bruit léger, une sorte de grésillement assez bizarre le réveilla en sursaut. Il leva la tête, rouvrit
les yeux, les promena dans l'espace. Le cloître
était plongé dans un profond repos ; il n'était hanté
que par l'astre du silence, qui a des attentions particulières pour les décombres, pour les endroits
morts, et répand ses blancs pavots sur leurs son-
ges. Après s'être tenu aux aguets pendant quelques

minutes, honteux de son erreur, Maurice se recoucha; mais il n'eut pas le temps de se rendormir. Il entendit de nouveau le grésillement qui l'avait réveillé, et cette fois il en découvrit la cause; il s'avisa qu'une petite pluie de sable fin venait de tomber sur lui et autour de lui. Il se secoua, se mit sur ses pieds, et ayant tourné la tête, il découvrit au bout de la galerie, dans une sombre encoignure, quelque chose de blanc appuyé contre la muraille. On a beau ne pas croire aux revenants, quand après minuit on se trouve seul dans une ruine, on a des étonnements et des curiosités qu'on n'aurait pas dans son cabinet au coup de midi. Maurice ressentit une légère émotion en contemplant cette blancheur mystérieuse. Il lui parut qu'elle avait forme humaine. Il ne put en douter lorsqu'il la vit l'instant d'après se détacher de la muraille, s'avancer vers lui à pas lents, et bientôt émerger de l'ombre. Morte ou vivante, ce ne pouvait être qu'une femme. Elle était enveloppée dans un linceul ou peut-être dans un domino, dont elle avait rabattu le capuchon sur ses yeux; un voile noir cachait le reste de son visage. Elle marchait tout d'une pièce, raide comme une statue, avec une sorte de majesté d'outre-tombe. Somme toute, c'était un revenant fort réussi.

L'émotion de Maurice s'était bien vite dissipée. L'idée lui était venue que, pour mettre Bayard à

l'épreuve, la comtesse lui avait dépêché l'une de
ses femmes de chambre, déguisée en fantôme. Il
se prit à rire et s'écria : « Un peu de patience, madame l'abbesse, je suis à vous dans l'instant. » A
ces mots, il plia méthodiquement son châle, le
posa sur son bras, et se dirigea vers l'apparition.
Le voyant venir, elle s'arrêta, allongea le bras,
prit une attitude tragique et menaçante. Comme il
continuait d'avancer, elle s'émut à son tour, lui
montra le dos et les talons et battit en retraite.

« Où allez-vous donc, ma chère? lui cria le vicomte. Il me tarde de causer avec vous et de vous
faire raconter les sensations que vous avez éprou-
vées quand on vous coupa la tête. Elle me paraît,
ma foi! avoir été solidement rajustée sur vos épaules. » Ce disant, il hâta le pas. L'apparition s'enfuit, légère, agile, laissant voltiger derrière elle la
traîne de son manteau. Il n'entendait pas qu'elle
lui échappât, il se mit à courir. Elle, s'enfuyant,
lui, la poursuivant, ils firent deux fois le tour de
la galerie. Il gagnait du terrain, il allait l'atteindre;
il la vit chanceler, et peut-être fût-elle tombée, s'il
ne s'était trouvé là juste à point pour la recevoir
dans ses bras. Hors d'haleine, n'en pouvant plus,
elle ne tenta point de se dérober à son étreinte.

« Enfin, dit-il, je vais contempler cet effroyable
visage qui rend muets les gardeurs de moutons. »

Il releva le capuchon de l'abbesse, lui ôta son

voile, et il devint muet comme le pâtre de la légende. Il venait de reconnaître un visage dont la beauté l'effrayait, une bouche et un sourire qui le narguaient, deux yeux noirs, attachés sur lui, où brillait une flamme étrange, et qui semblaient lui dire : Eh bien! oui, c'est moi; qu'allez-vous faire?

. La situation était trop forte pour les nerfs et la tête du vicomte d'Arolles. Il eut une minute d'étourdissement, pendant laquelle il oublia qu'il se trouvait dans une abbaye en ruine qui faisait partie du domaine de la Tour. Il se crut transporté dans ce château de Vernange qu'il n'avait jamais vu et pour cause. Il l'habitait depuis quelques jours, il y faisait une cour assidue à la plus belle des baronnes qui n'ont jamais existé. Il avait réussi à lui faire partager sa passion, il avait obtenu un rendez-vous, elle y était venue, il la tenait dans ses bras, elle était à lui. La couvant des yeux, il baissa lentement la tête, et il approchait ses lèvres d'une bouche entr'ouverte qui respirait le défi, quand il entendit sortir de la muraille ou de sa conscience éperdue une voix qui lui criait : « Ce n'est pas elle, c'est une autre femme, c'est la femme de ton frère. »

Il fut saisi d'un frisson, d'une véritable terreur. Par un geste violent, il repoussa la comtesse, recula précipitamment de cinq ou six pas, mettant entre sa belle-sœur et lui toute la largeur de la galerie. Quelques secondes plus tard apparaissait au haut de la rampe un homme un peu gros et très-réel, qui s'appelait le comte d'Arolles. « Eh bien! qui a gagné? cria-t-il à sa femme.

— C'est moi, » répondit-elle en riant.

Elle lui montrait Maurice du doigt. « Il a eu peur, reprit-elle. Oh! certes, il a eu peur; regardez-le plutôt. »

Geoffroy s'approcha de son frère, qui n'était pas encore parvenu à surmonter son trouble. « En vérité, lui dit-il, tu as l'air de revenir de l'autre monde. Gabrielle avait parié qu'elle te ferait peur, j'ai eu le tort de tenir le pari ; mais ce qu'une femme veut... Après tout, petit Maurice, il ne faut pas te croire déshonoré pour cela, les plus grands cœurs ont leurs instants de faiblesse. Turenne, le grand Turenne, claqua des dents à la vue d'un capucin noir qu'il avait pris pour un fantôme. Tu ne claques pas des dents, mais te voilà pâle comme un marbre. Faut-il te faire respirer des sels?

— Je voudrais t'y voir, lui répondit Maurice en tâchant de composer son visage. Quand on surprend un homme dans son premier réveil, il n'est pas tenu d'être un héros. »

En ce moment, on entendit à la porte du cloître un murmure de voix et de gaîtés confuses. Tous les habitants du château avaient accompagné Mme d'Arolles dans son expédition et attendaient

avec impatience qu'on leur en fît connaître le résultat. « Gabrielle, s'écria du dehors Mme de
Niollis, que se passe-t-il donc là-haut? Combien de
temps nous ferez-vous poser?

— J'ai misérablement perdu ma gageure, répondit
Gabrielle. Le chevalier sans peur est au-dessus de
toutes les émotions. C'est un homme de pierre,
ma chère Hortense. »

En parlant ainsi, elle regardait Maurice.

« Je vous remercie, madame, vous êtes généreuse, lui répondit-il d'un ton glacial.

— C'est égal, ma chère, dit le comte, défiez-vous
de lui. Vous lui avez joué un mauvais tour qu'il
vous revaudra. »

Il ne faut pas calomnier la vie. Elle place des
poteaux indicateurs et des avertissements très-
lisibles à l'entrée de tous les mauvais chemins;
tant pis pour ceux qui ne savent pas lire. Peut-
être la comtesse d'Arolles fit-elle un soudain retour
sur elle-même, peut-être s'avisa-t-elle tout à coup
que le jeu auquel elle s'amusait depuis douze heures
pouvait avoir de dangereuses conséquences. Le fait
est que son visage changea d'expression, et qu'elle
tendit la main à son beau-frère, en lui disant d'un
ton presque bon enfant : « Sans rancune, n'est-ce
pas? » Il ne tenait qu'à lui de signer un traité de
paix avec elle; mais il effleura à peine du bout de
ses doigts la main qu'elle lui présentait et qu'elle

se hâta de retirer. Elle reprit son châle, le jeta sur
ses épaules, et descendit lestement la rampe pour
rejoindre la joyeuse bande qui l'attendait.

Une heure plus tard, tout le monde dormait au
château, excepté Maurice. A la pointe du jour, il
était sur pied. Séverin lui avait écrit pour lui annoncer son arrivée. A l'heure qu'il lui marquait,
le vicomte fut l'attendre devant la grille du parc.

« Tu es doublement le bienvenu, lui dit-il, tu
m'apportes ma feuille de route. Mon frère te pres-
sera de rester ici deux ou trois jours. Refuse et
tiens bon. » Et il ajouta d'un ton presque véhé-
ment : « Je veux m'en aller; tu m'entends, je veux
m'en aller.

— Tu t'ennuies donc bien ici, mon pauvre garçon ? lui répondit Séverin étonné.

— J'ai pris en horreur cette baraque et les co-
médies qu'on y joue, répliqua-t-il. »

Séverin résista comme un roc à toutes les instances que lui fit le comte d'Arolles pour le retenir
jusqu'au lendemain. La comtesse joignit ses prières
à celles de son mari, elle ne fut pas plus heureuse.
Sa clairvoyance de femme s'en prit de son échec à
Maurice, et la chatte, qui n'avait plus de remords,
sut mauvais gré à la souris de ce qu'il lui restait
assez de résolution pour tenter de lui échapper.

Après le déjeuner, Geoffroy emmena son frère et
Séverin dans son cabinet « Ah çà, messieurs, leur

dit-il, convenons de nos faits. As-tu réfléchi, Maurice? Cette sous-préfecture, oui ou non, l'acceptes-tu?

— J'ai réfléchi, répondit-il, et dans l'intérêt de l'administration je la refuse.

— Alors, encore un coup, propose-moi autre chose, dit le comte en frappant du plat de la main sur la table. Je ne te lâche pas, j'ai juré que tu ne grossirais pas de ton aimable personne la triste foule de ces inutiles qui sont, avec les songe-creux, la perdition de notre cher pays.

— Il m'est venu une idée, reprit le vicomte.

— C'est heureux. Dis-la bien vite, ton idée.

— De toutes les carrières pour lesquelles je n'ai pas de vocation, celle pour qui j'en ai le plus est la diplomatie. Ne peux-tu pas faire de moi un attaché d'ambassade, un troisième secrétaire, et m'expédier quelque part, à Athènes, à Constantinople, où tu voudras?

— Oh! pour cela non; quand on n'a pas d'ambition, c'est un métier de musard. Il n'y a que les responsabilités qui tiennent un homme en haleine. Puisque tu ne veux pas être sous-préfet, je te garde à Paris, je ne te quitte pas des yeux. Aussi bien il pourrait se présenter telle circonstance... »

Séverin se chargea d'achever pour lui sa phrase, en disant : « Quand vous serez ministre, monsieur le comte, il sera votre secrétaire. »

Le front du comte d'Arolles s'illumina. « Qui songe à être ministre? s'écria-t-il. *Pueri, favete linguis !*

— En attendant, reprit Séverin, ne pourriez-vous faire attacher Maurice au ministère des affaires étrangères ?

— Je ne dis pas non, j'y penserai.

— Fort bien, dit à son tour le vicomte ; mais, si j'ai voix au chapitre, je fais mes conditions. Je crois qu'il est fâcheux dans ce monde de demeurer sur un échec de sa volonté ; cela porte malheur.

— Est-ce bien lui qui parle? fit le comte en poussant le coude de Séverin. Monsieur Maubourg, vous êtes ventriloque.

— Ah! si l'on refuse de m'écouter..., reprit Maurice.

— Je t'écoute de mes deux oreilles.

— J'ai fait mes études de droit tant bien que mal, poursuivit-il d'un ton délibéré.

— Plutôt mal que bien.

— Mieux que tu ne crois ; il y a des gens à qui la science vient en boulevardant. Quand la guerre a éclaté, j'allais prendre ma licence. Je la prendrai.

— Dans six ans?

— Dans six mois, après quoi tu feras de moi ce qu'il te plaira.

— C'est sérieux ?

— Je t'en donne ma parole.

— Ta parole vaut de l'or, lui dit Geoffroy en lui serrant la main ; tu ne la prodigues pas ; jusqu'à ce jour je n'avais pu obtenir de toi rien qui ressemblât à un engagement. »

Convaincu de la sincérité de son frère, il approuva chaleureusement sa résolution, et en effet Maurice était sincère. Peut-être sa pensée de derrière la tête était-elle de gagner du temps, peut-être avait-il quelque autre intention.

« Va, mon fils, lui dit Geoffroy, nourris soigneusement ce beau feu,... sors vainqueur d'un combat dont Simone est le prix ! »

On annonça que la voiture qui devait emmener à Bayonne le vicomte et son ami était avancée. Ils cherchèrent Mme d'Arolles pour lui faire leurs adieux. Elle était sortie.

« Ma chère marquise, pourriez-vous me dire où est ma femme ? demanda le comte d'Arolles à Mme de Niollis, qui à son ordinaire se promenait dans le jardin avec un livre.

— Mon cher comte, pourriez-vous me dire où est mon mari ? lui répondit-elle » en souriant du bout de son nez pointu, comme le bûcheron de Rabelais.

Maurice et Séverin avaient dépassé la grille du parc et roulaient sur la route de Bayonne, quand il virent arriver un break attelé de quatre chevaux noirs, qui allaient comme le vent. M. de Niollis, qui les conduisait, les avait lancés à toute vitesse; on aurait pu croire qu'ils avaient pris le mors aux dents. Le break contenait six jeunes femmes, dont cinq craignaient un accident et poussaient des cris aigus, tandis que la sixième, qui était la comtesse d'Arolles, se moquait sans miséricorde de leur effroi. Lorsque les deux voitures se croisèrent, elle n'eut que le temps de crier à son beau-frère : « Bon voyage ! nous nous reverrons à Paris. »

Il la salua ; Séverin, qui avait les yeux sur lui, le vit pâlir. Maurice s'aperçut que son ami le regardait, et, affectant un ton de froide indifférence : «Je plains mon frère, lui dit-il, car il a épousé la perle des enfants gâtés. »

Pendant le reste du jour, il fut taciturne, et Séverin respecta son silence. Il réussit à dormir dans le chemin de fer ; il se réveilla près de Bordeaux et poussa un grand soupir de soulagement en supputant le nombre de kilomètres qui le séparaient du château de la comtesse d'Arolles. M. Maubourg le père avait une affaire en suspens dans les environs de Gien, il avait chargé son fils de la régler à son retour. Séverin avertit Maurice qu'il prendrait congé de lui à Orléans et le laisserait continuer seul sa route sur Paris.

« Soit, lui dit Maurice, mais tu te rappelles ce que tu m'as promis,

— Qu'ai-je bien pu te promettre ?

— De t'en aller à Fontainebleau et d'y faire la connaissance de Mlle Saint-Maur.

— A quel titre me présenterai-je?

— A titre d'ambassadeur ; je te donnerai, si tu veux, des lettres de créance. Par la même occasion, tu expliqueras au colonel que je ne suis pas encore sous-préfet.

— Tu lui donneras toi-même tes explications, répondit Séverin.

— Non, tu t'en tireras mieux que moi. Je n'ai jamais su causer avec ce bouillant colonel; c'est un de ces esprits qui, comme Guzman, ne connaissent point d'obstacle, qui vont droit devant eux comme un boulet de canon. Je me jette de côté pour éviter le boulet, et il en résulte qu'il me reproche de manquer de conversation. Vous vous entendrez à merveille. Je t'ai vanté à lui comme un phénix, il sera charmé de te voir. Tu lui diras que, si je ne suis pas sous-préfet, j'ai pris l'héroïque résolution de retourner sur les bancs de l'école, que dans six mois je serai licencié en droit, que trois mois plus tard, jour pour jour, je ne puis manquer d'être nommé ambassadeur à Londres, que c'est toi qui en réponds, et qu'il convient d'ajourner jusqu'alors la cérémonie de mon mariage.

Je ne me soucie pas d'avoir une femme qui se demande chaque matin avec une inénarrable anxiété : Aura-t-il trois boules blanches, ou deux rouges et une noire? J'ai connu dans le temps une actrice célèbre qui avait des bontés pour un élève en rhétorique. Elle s'évanouit de bonheur en recevant au milieu d'une répétition une dépêche ainsi conçue : « O mon ange, je suis bachelier ! » Évitons le ridicule, c'est le premier article de ma morale.

— Mon cher ami, lui répliqua Séverin, traitons délicatement les questions délicates. Si tu es résolu, comme je le crois, à ne jamais épouser ta cousine, il faut le lui dire franchement et lui rendre sa liberté.

— Voilà où tu te trompes, reprit Maurice. J'ai jeté la plume au vent, le vent a tourné et me pousse à la côte ; or je n'ai pas de raisons de préférer à Mlle Saint-Maur tel autre parti qu'on pourrait me proposer. Il se peut qu'en l'épousant je fasse une sottise, il se peut aussi que j'en fasse une en ne l'épousant pas. Je compte sur toi pour me tirer de cette incertitude.

— Bien obligé, je n'accepte pas le paquet.

— Entends-moi donc jusqu'au bout, on ne rembarre pas ainsi les gens. Ma seule inquiétude est que Simone ne soit une petite fille parfaitement nulle. Je suis résolu à la voir par tes yeux ; tu

examineras, tu apprécieras, tu décideras. L'autre
jour, dans le château que tu sais, un volume de
Vauvenargues m'est tombé dans les mains, et j'ai
lu ceci : « Je suis faible, inquiet, farouche, sans
goût pour les biens communs, opiniâtre, singulier,
tout ce qu'il vous plaira. » Me voilà bien, me dis-
je, et Vauvenargues m'avait connu. Eh bien! mon
cher, quand on est farouche et tout ce qu'il vous
plaira, on renonce à se gouverner soi-même, et
quand on a le bonheur d'avoir sous la main un
architecte aussi raisonnable qu'obligeant, on l'emploie. Il y a cela de bon dans la raison, que lorsqu'il y en a pour un, il y en a pour deux.

Séverin se défendit énergiquement d'accepter la
singulière mission que lui imposait le vicomte. Il
argumenta, protesta; mais Maurice le pressa tant
qu'il finit par céder. En le quittant à la gare d'Orléans, il lui promit que dans quelques jours il se
rendrait à Montargis et de Montargis à Fontainebleau, pour s'assurer si, oui ou non, Mlle Simone Saint-Maur était une petite fille parfaitement
nulle.

IV

Ce fut par une belle après-midi de novembre
que Séverin Maubourg se présenta à la Rosière,
jolie villa et beau domaine à une petite lieue de
Fontainebleau. La mission qu'il y venait remplir
ne laissait pas de l'embarrasser un peu ; ses débuts furent difficiles. Il trouva le colonel Saint-
Maur à demi couché dans une chaise longue, au
pied de son perron, sa pipe à la bouche. Le colonel toisa l'ambassadeur des pieds à la tête, et
quand il eut appris de quoi il s'agissait, il ne lui
fit pas d'autres compliments que de s'écrier :
« Mon beau neveu se moque-t-il de nous ? » Le
mot qu'il employa était moins poli.

Le colonel Saint-Maur n'était pas le plus commode des colonels. Il avait l'humeur vive, les manières un peu brusques ; ce qui est pis, il était

devenu misanthrope. Il ne pouvait prendre son
parti du funeste accident qui, sous la forme d'un
boulet de canon, lui avait emporté la jambe droite
et s'était permis d'interrompre brutalement une
carrière brillamment commencée, dont il avait le
droit d'espérer beaucoup. Il nourrissait une secrète jalousie pour tous les hommes qui ont eu le
bonheur de conserver leurs deux jambes. Il avait
cependant ses bons jours et même ses bonnes semaines ; cela dépendait des caprices du vent et du
va-et-vient de ses rhumatismes. Les chats, comme
on sait, passent leur vie à se persuader tour à tour
que leur queue n'est pas à eux, et ils la mordent,
ou à se convaincre qu'elle est bien à eux, et ils lui
témoignent les plus grands égards. Le colonel
Saint-Maur en usait à peu près de même avec sa
jambe de bois. Dans ses bons jours, il admettait
qu'elle faisait partie intégrante de sa personne, il
la regardait tout au moins comme étant de la maison, comme une sorte de fille adoptive, à laquelle
il s'était chargé de faire un sort ; il plaisantait avec
elle, il lui disait d'un ton presque affectueux : « Ma
belle, allons voir ce qui se passe dans notre pota-
ger. » Le lendemain, elle n'était plus pour lui
qu'une intruse, une odieuse étrangère, dont il
était condamné à subir la société, et peu s'en fallait qu'il ne lui administrât des coups de cravache.
Malheureusement pour Séverin, lorsqu'il fit la con-

naissance du colonel Saint-Maur, le colonel était dans un de ses mauvais jours, son rhumatisme lui faisait souffrir mort et martyre.

« Mon beau neveu se moque-t-il de nous ? répéta-t-il de sa voix la plus rêche. S'il a quelque chose à me dire, que ne vient-il s'expliquer lui-même ? Se propose-t-il de se marier par procuration ? Que signifient ces simagrées ? Et d'abord, qui êtes-vous, monsieur ? Je n'ai pas l'honneur de vous connaître.

— Maurice m'avait assuré, répondit tranquillement Séverin, qu'il vous avait parlé plus d'une fois de Séverin Maubourg.

— Plus d'une fois ! Il m'en a ressassé les oreilles. C'est le fond de sa conversation ; jugez de l'agrément... Ah ! monsieur, vous êtes donc le confident et le conseiller intime de ce fou ? Je vous en fais bien mon compliment. Allez lui dire, je vous prie, que je suis son serviteur, qu'il se mette à l'aise, que nous nous passerons très-bien de lui. S'imagine-t-il par hasard que ce sont les partis qui nous manquent ?

— Vous ne m'avez pas compris, colonel. Procédons par ordre, s'il vous plaît. Vous avez décidé, si je ne me trompe, que, pour obtenir la main de Mlle Saint-Maur, le vicomte d'Arolles devait au préalable se procurer une occupation.

— N'en doutez pas ; plutôt que de m'embarrasser d'un gendre qui ne fasse rien, qu'on me donne tout de suite deux jambes de bois !.. Monsieur Séverin Maubourg, si nous avions un gouvernement, il ferait couper le cou à tous les oisifs. .

— C'est possible, colonel ; mais vous admettez bien que Maurice a eu raison de refuser la place de sous-préfet que lui proposait son frère ?

— Le joli sous-préfet ! Savez-vous ce qu'il aurait fait de son arrondissement ? Un jour qu'il aurait été à sec, il l'aurait joué en un cent de piquet... Monsieur Séverin Maubourg, si nous avions un gouvernement...

— Il mettrait à l'ombre tous les joueurs, interrompit Séverin. Vous vous trompez, colonel ; si Maurice a été joueur, il ne l'est plus.

— C'est dommage ; il a tous les vices, et je serais fâché qu'il dépareillât sa collection.

— Vous êtes fort injuste à son égard. Pour vous complaire, il a résolu de se remettre à l'étude du droit, et avant quelques mois il aura sa licence.

— C'est la seule qui lui reste à prendre depuis qu'il se permet de me dépêcher des ambassadeurs..... Eh bien ! le voilà licencié. Et après ?

— Il entrera dans la diplomatie, le comte d'Arolles lui en ouvrira la porte.

— Charmant métier ! parlons-en. Ce sont ces messieurs qui nous ont plongés dans le gâchis où nous sommes.

— Et si nous avions un gouvernement, reprit
Séverin en riant, il ferait pendre tous les diplo-
mates.

— Je crois vraiment que vous vous moquez de
moi ! s'écria le colonel en serrant avec tant de
force le fourneau de sa pipe entre ses doigts os-
seux qu'il le fit voler en éclats. Il n'y a qu'un mot
qui serve. Pourquoi est-ce à vous et non à mon
neveu que j'ai aujourd'hui l'agrément de parler ?

— Maurice a eu le tort de s'imaginer que je
plaiderais sa cause mieux que lui-même. Il m'a
chargé de vous instruire de la résolution qu'il
vient de prendre..

— Est-ce que je crois aux résolutions de mon
neveu ? Je n'ai jamais cru qu'à ses indécisions...
Eh ! parbleu, qu'il n'épouse pas ! Du diable si je
pensais encore à ce mariage quand son frère est
venu m'en rafraîchir la mémoire... Que ce bel oiseau soit licencié, diplomate, tout ce que vous
voudrez, je marierai ma fille comme il me plaira...
Savez-vous causer avec les demoiselles, monsieur
Maubourg?

— Pourquoi me demandez-vous cela, colonel ?

— Causez avec Simone. Si vous savez vous y
prendre, elle vous confessera qu'elle se soucie de
son cousin comme du Grand-Turc.

— Vous l'a-t-elle dit ?

— Non, elle ne dit rien ; mais je le sais, et j'en

suis charmé, cela me permettra de donner dès demain à cet impertinent son congé définitif.

— Après-demain vous vous en repentiriez, colonel; il me semble que déjà je commence à vous connaître. »

En ce moment apparut à l'angle de la maison un grand chapeau de paille. Sous ce chapeau, il y avait une tête, que les uns trouvaient plus singulière que charmante, les autres aussi charmante que singulière. Mlle Simone Saint-Maur ne plaisait pas à tout le monde, mais elle ne plaisait jamais à moitié. Elle avait une figure de fantaisie, un nez retroussé, la bouche petite et vermeille, la lèvre supérieure un peu trop relevée, le teint frais et délicat comme une fleur d'amandier, des cheveux d'un blond argenté, qui descendaient à droit fil jusqu'au milieu de son front, des yeux allongés, d'une teinte particulière, gris comme l'aile d'une tourterelle. D'habitude elle avait le tort de les tenir à moitié clos; quand elle se décidait à les ouvrir, on y voyait beaucoup de choses, des étonnements, des curiosités, des inquiétudes, des vérités à demi soupçonnées, une foule de bonnes intentions. Elle avait beaucoup de défiance d'elle-même et une confiance naturelle dans les autres, ce qui faisait qu'elle était tour à tour très-timide et presque téméraire. Sa timidité fut mise à une rude épreuve quand son père, la voyant paraître, lui

cria du même ton qu'il eût commandé une charge
de cavalerie : « Arrive un peu, Simonette, voilà
un monsieur qui a quelque chose à te dire. »

Elle s'arrêta court, demeura un instant immobile, la tête penchée en avant. Elle tâchait de reconnaître l'ennemi. Puis elle prit son courage à
deux mains, redressa sa taille longue et mince, et
marcha droit au danger, comme une personne qui
a fait résolûment le sacrifice de sa vie. Elle tortil-
lait dans ses doigts une malheureuse tige de
·chrysanthème qui n'en pouvait mais.

« Mademoiselle Saint-Maur, reprit le colonel
quand elle eut approché, j'ai l'honneur de vous
présenter M. Séverin Maubourg, le meilleur ami
de votre cousin, qui l'a chargé de vous apprendre
qu'il ne sera jamais sous-préfet. Il lui est venu
depuis avant-hier un goût prononcé pour la diplomatie, mais il lui faut six mois pour se préparer à
cette belle carrière, ce qui signifie qu'il a besoin
de six mois encore pour brûler joyeusement sa
jeunesse dans un grand feu de la Saint-Jean.

— Ah ! monsieur, je vous en prie ! interrompit Séverin, touché de l'embarras croissant de
Mlle Saint-Maur.

— Après quoi, poursuivit le colonel, il viendra
déposer à tes pieds un cœur tout battant neuf...
et tu ne seras pas la première à qui on aura fait
prendre du vieux pour du neuf.

— Les traducteurs sont des traîtres, interrompit de nouveau Séverin. Vous me permettrez, mademoiselle, de vous faire moi-même mon ambassade.

— Simone, as-tu lu *Robinson*? s'écria le colonel d'une voix de stentor... Enfin, l'as-tu lu, ou ne l'as-tu pas lu?.. Bien, tu l'as lu. Il s'imaginait que son île était toute neuve. La première fois qu'il en fit le tour, il eut la mortification d'apercevoir sur le sable l'empreinte en creux d'un pied d'homme... Suis-tu mon raisonnement? Il t'arrivera la même aventure, tu auras le chagrin de découvrir que ton île a été habitée avant toi et même très-peuplée.

— Secouez vos oreilles, mademoiselle, s'écria Séverin ; ne croyez pas le premier mot de ce que vous dit monsieur votre père.

— Vraiment je calomnie ton cousin, reprit l'impitoyable bourru en tirant sa fille par sa manche. Le nouveau délai qu'il réclame doit lui servir à s'assurer définitivement s'il pourra s'accoutumer à ton visage... Morbleu! il a le goût difficile! Il me semble que Simone n'est pas si déchirée que cela... Relève un peu la tête, petite... Que vous en semble, monsieur Maubourg? n'a-t-elle pas le nez à peu près au milieu du visage?

— Il pleut des hallebardes, mademoiselle, dit gaîment Séverin ; ouvrons nos parapluies.

— Une fois pour toutes, Simone, dis-nous fran-

chement ta pensée. N'est-il pas vrai que tu as de
ton cousin par-dessus la tête ?.. Tu l'épousais pour
me faire plaisir, et du moment que cela ne me fait
pas plaisir... Vous l'entendez, monsieur Maubourg ?

— Je vous jure, colonel, que Mlle Saint-Maur
n'a pas soufflé mot.

— Et moi, je vous jure que je la comprends à
demi-mot. Elle me charge de vous dire que le vicomte d'Arolles peut s'en aller à tous les diables,
qu'elle n'ira pas l'y chercher. »

Simone avait écouté ces discours dans un parfait silence, changeant souvent de couleur, portant
un regard tantôt sur son père, tantôt sur Séverin,
tantôt sur la fleur qu'elle écrasait dans sa main. A
deux reprises, elle essaya d'ouvrir la bouche, les
paroles ne lui vinrent pas ; peut-être aussi son
idée n'était pas claire. Elle sentait qu'elle ne réus-
sissait pas à cacher sa détresse, elle aurait voulu
rentrer sous terre. Par bonheur, sa levrette, qui
survint en temps opportun, s'approcha d'elle, et,
s'allongeant à ses pieds, la contempla d'un œil attendri, comme si elle avait eu pitié de sa doulou-
reuse situation. Simone se pencha sur cette secou-
rable amie pour la caresser, lui tira deux ou trois
fois les oreilles, et aussitôt, la prenant par son
collier, s'enfuit avec elle dans le jardin.

« Elle est gentille, pensa Séverin ; mais dans

cette pensionnaire à peine sortie de la coque y a-t-il l'étoffe d'une vicomtesse d'Arolles ?

— Eh bien ! où donc va-t-elle ? s'écria le colonel Saint-Maur. Elle nous plante là sans façons.

— Vous l'avez mise en fuite. Si je dois vous dire mon sentiment, vous traitez les affaires de cœur avec une certaine brutalité. »

Un redoublement aigu de son rhumatisme fit pâlir le colonel. « Sacrebleu ! monsieur, si vous n'êtes pas content... vous avez su trouver la porte pour entrer, vous saurez bien la trouver pour sortir.

— Assurément, » répondit Séverin, qui se leva sans plus tarder.

Il n'avait pas fait dix pas que le colonel le rejoignit clopin-clopant et, le saisissant par le bras, le força de rebrousser chemin et de se rasseoir. « Vous ne voyez donc rien ? lui dit-il. Vous ne vous êtes pas encore aperçu que je suis aujourd'hui d'une humeur massacrante ?

— Je ne m'en aperçois que trop, repartit Séverin, et j'aurais dû deviner que vous souffrez beaucoup.

— Qui vous dit que je souffre ? Ce sont mes affaires, ce ne sont pas les vôtres ; mais quand je suis de mauvaise humeur, il me faut absolument avoir quelqu'un à quereller. Je vous ai, je vous garde. »

Séverin se résigna à son sort. Il tenait à remplir
en conscience jusqu'au bout ses devoirs d'ambassadeur, quoique à vrai dire il n'attachât plus qu'un
médiocre intérêt au succès de sa mission. La première impression qu'il avait eue de Simone n'était
pas favorable. Elle avait de beaux cheveux; mais
était-il prouvé qu'elle ne jouât plus à la poupée?
Tout en agitant cette question, il répondit de son
mieux à celles que lui adressait le colonel, qui
avait entrepris de lui faire dire combien il y a de
kilomètres de San-Francisco à la Nouvelle-Orléans,
de la Nouvelle-Orléans à New-York et de New-York
à Liverpool. Très-fort sur ces matières, il cherchait
à le prendre en faute et n'y réussit pas. Cela lui
donna tout à la fois quelque dépit et une grande
estime pour Séverin. Il ne respectait dans ce
monde que les sciences exactes et les esprits exacts,
et méprisait profondément les hommes qui négli-
gent les fractions dans leurs additions. Il était convaincu que tous les malheurs de la France lui
étaient venus de s'être contentée d'à-peu-près et
de cotes mal taillées. La fortune se lasse d'avoir
des complaisances, et l'arithmétique n'en a point.
Il n'est jamais arrivé de retrouver sur une guêtre
plus de boutons qu'on n'en avait mis.

Séverin lui fit des réponses si nettes qu'il finit
par s'écrier : « Comment vous y prenez-vous pour
être l'ami intime d'un étourneau qui en est encore

à confondre la lieue géographique, la lieue de poste et la lieue marine ?

. — Il est inexcusable, répondit Séverin ; mais il a tant d'autres qualités !

— Lesquelles ?

— Point, je conviens que c'est un monstre ; mais convenez, colonel, que dans le fond de l'âme vous l'adorez...

— Que la fièvre vous serre ! je vous défends de me parler de lui.

— Colonel, par où s'en va-t-on ? fit Séverin en se soulevant à moitié sur sa chaise.

— Je vais vous faire reconduire, » répliqua-t-il, et soufflant dans un cornet à bouquin, il fit venir son valet de chambre et lui dit : « Monsieur est venu passer deux jours à la Rosière. Qu'on aille chercher son bagage à l'hôtel.

— Permettez, s'écria Séverin épouvanté, mes affaires me rappellent aujourd'hui même à Paris.

— Je les connais, vos affaires ; elles consistent à faire des maisons. Eh bien ! je veux bâtir, moi qui vous parle, car je n'entends pas loger mon gendre, quel qu'il soit, quand il m'honorera de ses visites, et je veux me réserver la faculté de ne le voir que les jours où son museau me plaira. Nous reparlerons de cela à dîner. Voilà des cigares, allez vous promener dans mon parc. »

Séverin avait beaucoup de philosophie naturelle,

il était disposé à prendre ses mésaventures en
gaîté. Il alluma un cigare et entreprit de faire le
tour du jardin. Comme il passait devant une charmille, il y jeta les yeux et aperçut Mlle Saint-Maur
assise sur un banc, ses coudes posés sur ses genoux, son visage caché dans ses mains. Elle avait
laissé tomber à terre son chapeau de paille, et sa
levrette accroupie en mordillait les rubans, tout en
relevant par intervalles son regard sur sa maîtresse
comme pour lui demander compte de son silence
et de son attitude. Cette fidèle gardienne avisa Séverin, montra les dents, fit entendre un gronde-
ment de colère. Simone redressa la tête et sa confusion fut extrême ; elle attachait sur le fâcheux
des yeux interdits, qui étaient un peu rouges. Séverin pensa d'abord à battre en retraite ; mais il
est du devoir d'un diplomate de pousser la curiosité jusqu'à l'indiscrétion. Il jeta son cigare,
entra d'un pas délibéré dans la charmille et prit
place sur le banc à côté de Simone qui, s'efforçant
de sourire, lui dit : « Voilà un joli bosquet, n'est-
ce pas, monsieur ?

— Il est charmant, mademoiselle ; mais je voudrais bien savoir pourquoi vous avez pleuré. »

La hardiesse de cette question la surprit et la
choqua : « Ah ! monsieur,... » fit-elle d'un ton de
reproche. Elle s'interrompit pour regarder en face
Séverin, dont la figure lui inspira confiance. Elle

reprit : « Eh bien ! oui, monsieur, j'ai pleuré de honte et de colère. Tantôt j'ai été si sotte, si gauche !

— Eh ! mademoiselle, c'est une cruelle engeance que les pères terribles. Combien de larmes ils ont déjà fait couler !.. mais je veux être indiscret jusqu'au bout. Est-ce bien de honte ou de colère que vous pleuriez ? Ce monstre qu'on vous a peint sous de si fausses couleurs, ne pourrait-il pas se faire... »

Elle s'écria impétueusement : « Oh ! monsieur, je vous en supplie, ne le lui dites pas ! »

Ce cri parti du cœur valait tous les aveux du monde et fit une vive impression sur Séverin. Il se repentit d'avoir trop vite jugé Mlle Saint-Maur.

« Et pourquoi ne lui dirais-je pas que vous l'aimez un peu ou même beaucoup ?

— Parce qu'il se croirait tenu de faire semblant de m'aimer, répondit-elle vivement. Je ne veux pas être aimée par charité.

— Et qui vous dit qu'il ne vous aime pas, lui aussi, un peu ou beaucoup ?

— Ne cherchez pas à me tromper. Je lui suis tellement indifférente qu'il ne s'est pas même aperçu qu'il me plaisait.

— Vous en êtes sûre ? Cela ferait honneur à sa modestie.

— Oh ! monsieur, je ne lui reproche rien. Il a été charmant pendant la demi-journée qu'il a pas-

sée ici. Il m'a présenté un liseron couleur de ciel
en me disant : Ma cousine, voilà une fleur qui est
de la couleur de vos yeux... Ai-je les yeux bleus ?
ajouta-t-elle en avançant la tête vers Séverin, qui
constata que positivement ils étaient gris, et que
Mlle Saint-Maur aurait tort d'en changer.

— Ainsi vous ne me croiriez pas si je vous affir-
mais que Maurice vous adore ?

— Comme on se moque de nous, Mirette ! dit-
elle à sa chienne... Tout ce que je demande à
Maurice, c'est de ne pas me juger sur l'échan-
tillon que je lui ai donné de mon esprit. Quelle
pauvre idée il a dû se faire de moi ! La peur que
j'avais de lui déplaire me rendait idiote. Je ne
crois pas lui avoir dit un mot qui eût le sens
commun.

— Eh bien ! mademoiselle, reprit Séverin, je ne
crois pas que Maurice vous adore, il ne vous connaît pas encore assez ; mais je ne serais pas étonné
que vous lui plaisiez beaucoup. »

Elle secoua la tête d'un air d'incrédulité, et,
après une pause : « Monsieur, reprit-elle, vous
voyez quelle confiance j'ai en vous. Soyez très-
franc avec moi. Pouvez-vous me jurer que Maurice
a le cœur parfaitement libre, que Maurice n'aime
personne ?.. Si vous ne pouvez le jurer, cela me
fera beaucoup de chagrin ; mais mon parti est
pris... Je ne demande pas que l'homme qui doit

m'épouser m'adore, mais je veux qu'il soit à moi
et qu'il ne soit qu'à moi. Je le veux. »

Elle s'arrêta sur ce dernier mot, confuse de son
audace, étonnée d'en avoir tant dit, d'être sortie à
ce point d'elle-même ; puis elle regarda Séverin
pour s'assurer qu'il ne riait pas. Il n'avait garde ;
il était charmé de l'accent de conviction avec lequel elle avait prononcé son : Je le veux. Il était
pris, elle venait de faire sa conquête.

« Je vous jure, lui répliqua-t-il, que Maurice est
le cœur le plus loyal que je connaisse. S'il avait une
affection qu'il ne pût vous avouer, il vous aurait
écrit depuis longtemps pour vous rendre votre
liberté et pour dégager sa parole.

— Merci, dit-elle avec effusion ; c'est bien ainsi
que je le jugeais.

— Oh ! vous ne le connaissez encore qu'à moitié, »
reprit-il. Et là-dessus il déploya sa plus chaleu-
reuse éloquence pour lui faire l'éloge du vicomte
d'Arolles, énumérant toutes ses qualités, sans rien
dire de ses défauts. C'était un portrait sans ombres, que Mlle Saint-Maur goûta, tout en faisant
ses réserves. Les exagérations de l'amitié lui plaisaient, quoiqu'elle ne les prît pas pour de l'argent
comptant, car elle avait beaucoup de bon sens.

La cloche du dîner interrompit leur entretien.
Simone se leva, répara le désordre de ses cheveux,
ramassa son chapeau et s'achemina rapidement

vers la maison. Séverin la regardait marcher devant lui ; il admirait la finesse de sa taille, la légèreté de son pas, les balancements gracieux de cette jeune tête, qui tour à tour se pliait ou se redressait comme une branche d'où vient de s'envoler un oiseau. Le mot de Vauvenargues lui était revenu à l'esprit, et il plaignait les hommes qui, « nés sans goût pour les biens communs, » passent à côté du bonheur sans daigner l'apercevoir. Il se disait à lui-même : « Je le forcerai d'être heureux. »

Le dîner fut long. Le colonel aimait à tenir table ; il était gros mangeur et buvait d'autant. Son humeur ne s'était point radoucie. Il trouva tout détestable et gronda beaucoup. Il avait tort ; le repas était excellent et très-bien servi. L'administration officielle du ménage était confiée à une vieille institutrice anglaise, Mlle Trimlet, que le colonel avait prise en amitié parce qu'elle avait la voix forte, l'air grenadier, et que sa lèvre supérieure était ornée d'une paire de moustaches nettement dessinées ; mais Mlle Trimlet n'ordonnait rien, ne décidait rien, sans avoir au préalable consulté Simone, qui lui répondait par un geste, par un signe de tête. Le colonel excepté, dont les éclats de voix faisaient trembler les vitres, on ne parlait guère à la Rosière, surtout dans les mauvais jours ; quand la tempête mugit, tout le monde se tait. On ne laissait pas de s'entendre sans mot dire. Simone regardait M$^{lle}$ Trimlet, qui regardait un domestique, et tout se faisait en son lieu et en son temps. La maison était gouvernée au doigt et à l'œil.

Sur la fin du repas, le colonel s'en prit à tout le genre humain, déclama contre le siècle, insista sur la nécessité de renouveler l'espèce par l'extermination des sujets vicieux. Il appelait cela faire de la politique, et il s'écriait : « Quand donc aurons-nous un gouvernement? » Séverin savait déjà, pour le lui avoir entendu dire, que le premier devoir d'un gouvernement sérieux est de couper le cou, non-seulement à tous les oisifs, à tous les joueurs, mais encore à quiconque n'a pas l'esprit de précision, à tous ceux qui comptent par lieues, sans dire de quelles lieues ils entendent parler. La politique massacrante du colonel opéra ce soir-là tant de coupes sombres, pratiqua tant d'abatis de têtes en France et ailleurs, que les douze cent millions d'êtres humains qui habitent la terre s'en trouvèrent sensiblement diminués. Sa rage d'exécutions sommaires ne connaissant plus de bornes, il finit par expédier d'un seul coup tous les mortels qui ont l'impertinence d'avoir deux jambes et de n'avoir point de rhumatismes.

Simone avait regardé plus d'une fois Séverin du coin de l'œil ; elle craignait qu'il ne trouvât son père odieux ou grotesque. Quand il lui offrit son bras pour la reconduire au salon, elle lui dit :

« Vous verrez que demain il sera charmant et ne
tuera personne. » Une demi-heure plus tard, le
colonel s'était assoupi dans un fauteuil, et Simone
était sortie du salon pour présider au petit coucher
de Mlle Sophie, sa jeune sœur, dont l'humeur vo-
lontaire donnait souvent de la tablature à Mlle Trimlet. Pour désennuyer sa solitude, Séverin parcourut deux ou trois keepsakes ; puis, avisant dans
un coin un grand portefeuille, il l'ouvrit sans scru-
pule. Ce portefeuille renfermait les dessins de
Mlle Saint-Maur, qui avait le crayon net et facile.
Entre deux figures dessinées d'après la bosse, se
trouvait un méchant papier bleu tout froissé. Sur
ce papier elle avait fait de souvenir le portrait du
vicomte d'Arolles ; il était d'une ressemblance frap-
pante, mais plein de retouches et de repentirs.
C'était le fruit d'un patient labeur ; elle avait dû se
reprendre plus d'une fois avant de réussir à se
contenter. Au-dessous elle avait écrit en menus
caractères ces quatre vers de Bajazet :

> Peut-être je saurai, dans ce désordre extrême,
> Par un beau désespoir me secourir moi-même,
> Attendre, en combattant, l'effet de votre foi,
> Et vous donner le temps de venir jusqu'à moi.

Séverin remit le portefeuille dans son coin, et
comme le colonel ne se réveillait pas et qu'au surplus son réveil n'eût pas été gracieux, il quitta le

salon, se fit indiquer sa chambre et se mit au lit, non sans méditer profondément sur l'application un peu risquée que les jeunes filles font des vers de Racine et sur les surprises que réservent les eaux dormantes à qui se donne la peine de les sonder.

Simone avait dit juste, le colonel Saint-Maur passa une bonne nuit, et il se leva dispos, heureux de ne pas sentir sa jambe, réconcilié avec son sort. Sa première pensée fut qu'il logeait sous son toit un jeune homme qui avait des idées exactes, qu'il l'avait fort rabroué la veille et qu'il lui devait une réparation. Il alla frapper de bonne heure à la porte de Séverin, et, s'appuyant sur son bras, il l'emmena faire le tour de la Rosière pour y chercher avec lui un emplacement convenable au chalet qu'il se proposait de bâtir. Chemin faisant, il déploya tout ce que la nature lui avait donné de grâces pour faire oublier à son hôte ses incartades de la veille. Il avait reconnu dans l'ami de son neveu non-seulement un homme de mérite, mais un homme de caractère, et, dût-on l'avoir désagréable, en avoir un était selon lui une obligation d'honneur. Séverin lui conseilla de faire sa bâtisse dans une pelouse, au bord de l'eau, en face d'une île ornée d'un moulin, qui formait un agréable coup d'œil. On prit des mesures, on fixa à peu près le devis : il fut convenu que l'architecte enverrait de Paris ses plans ; il fut convenu aussi qu'au préalable Mlle Saint-Maur serait consultée.

Vers deux heures de l'après-midi, Séverin retourna dans la pelouse, accompagné de Simone, de sa jeune sœur et des remarquables moustaches de Mlle Trimlet. Il faisait un joli temps gris d'automne, qu'égayaient les feuilles jaunissantes des peupliers de la petite île. Par intervalles une éclaircie s'ouvrait dans la brume, le ciel avait des sourires pâles, puis la trouée se refermait, et le panache doré des peupliers tenaient lieu de soleil. Accroupi sur une pierre, Séverin, une feuille de carton sur ses genoux, y traçait rapidement l'esquisse d'un chalet. A quelques pas de là, Simone, assise sur un banc, semblait prêter toute son attention à la leçon d'anglais que Mlle Trimlet donnait à la jeune Sophie, ce qui n'empêchait pas Mlle Saint-Maur de raisonner en français avec elle-même. Elle examinait Séverin à la dérobée et se disait : « Qu'a donc de si particulier ce jeune homme ? Hier matin je ne le connaissais pas, et quelques heures plus tard, dans une charmille, je lui ai parlé de certaines choses dont je n'avais soufflé mot à aucune des personnes de mon entourage. » C'était une bizarre aventure ; depuis peu elle avait un confident à qui elle trouvait tout naturel de révéler ses pensées les plus intimes, sans qu'il lui en coûtât rien, comme si cela coulait de source. Sa mère était

morte très-jeune, son père était bourru, sa sœur
était une enfant, Mlle Trimlet était une personne
anguleuse et rectiligne qui n'aimait pas qu'on cher-
chât midi à quatorze heures. Mlle Saint-Maur avait
rêvé souvent de posséder une amie à qui elle
pourrait tout dire. Le ciel venait d'exaucer son
désir, à cela près que l'amie qui lui était échue en
partage laissait pousser toute sa barbe. Simone ne
savait qu'y faire ; la confiance ne se commande ni
ne se refuse. Plus elle regardait Séverin, plus elle
se persuadait qu'il était un homme absolument sûr
et parfaitement droit, un de ces hommes qui savent
ce qu'ils veulent, qui seront demain ce qu'ils étaient
hier, qu'on est certain de retrouver à la place où
on les a laissés, et qui respectent les autres comme
ils se respectent eux-mêmes.

Mlle Saint-Maur ne se doutait pas que, tout en
dessinant, Séverin faisait, lui aussi, ses réflexions
ou, pour mieux dire, qu'il se livrait à des rêveries
assez singulières. Il pensait aux quatre murs qu'il
avait projeté de se bâtir un jour au bord de la Seine,
dans un endroit assez pareil à celui où il se trouvait ;
mais il ne comptait pas être seul à les habiter, —
c'est une triste chose qu'une maison sans femme.
La maison, il la connaissait, il en avait fait le plan ;
la femme, comment serait-elle faite ? Il la chercha
dans les profondeurs de son imagination, il finit
par l'y découvrir, et il s'avisa qu'elle avait des

yeux gris. « Fort bien, pensa-t-il, mais ce sera
une Simone perfectionnée ; du moment qu'il n'en
coûte rien, donnons-lui une figure qu'il n'y aura
pas besoin de regarder deux fois pour la trouver
charmante. » Mlle Saint-Maur avait baissé la tête
pour suivre de l'œil un scarabée que sa sœur venait
de signaler à son admiration. Séverin eut l'air de
regarder le scarabéé, mais c'était le visage de
Mlle Saint-Maur qu'il observait. Il était occupé à
le retoucher, il lui donnait un nez plus classique,
une bouche un peu plus grande, des lèvres moins
épaisses, des yeux mieux encadrés, un front plus
ample, plus dégagé. Il ne changeait rien à la charmante couleur de ses cheveux ; mais il ne leur permettait pas de descendre jusqu'aux sourcils. Il ne
tarda pas à reconnaître qu'il venait de faire de mauvaise besogne, qu'en voulant corriger ce visage il
l'avait gâté, que la nature a de mystérieuses har-
monies, et qu'on ne peut changer les détails sans
compromettre l'ensemble et sans faire évanouir le
charme. — Soit, pensa-t-il, contentons-nous d'une
seconde Simone.

La leçon d'anglais étant terminée, Sophie témoi-
gna à sa gouvernante un vif désir d'admirer de
plus près les exploits d'un pêcheur à la ligne qui
venait de s'établir sur la berge. Mlle Trimlet la
conduisit au bord du fleuve, et Simone resta seule
avec Séverin.

« Les moments sont précieux, mademoiselle, lui dit-il en souriant. Ne parlerons-nous pas un peu de lui ? »

Elle vint s'asseoir dans l'herbe à deux pas du dessinateur : « Parler de lui ! dit-elle. Est-ce bien prudent ?

— Que craignez-vous ? il n'y a ici personne pour vous entendre.

— Personne, excepté vous.

— Oh ! moi, je ne compte pas. Je représente ici ce personnage absolument nul et insignifiant qu'on appelle un confident de tragédie, et auquel on dit tout.

— Quelquefois plus qu'on ne voudrait.

— Regretteriez-vous déjà les aveux que vous m'avez faits hier après midi ? Il n'y a pas moyen de vous en dédire. Vous m'avez confessé que vous l'aimez un peu et même beaucoup. Est-ce vrai ?

— C'est vrai ; mais j'aurais dû ajouter qu'il me fait peur.

— Et pourquoi cela ?

— Il me semble, répondit-elle en cherchant ses mots, que j'aurai beaucoup de peine à le bien connaître, qu'il y aura toujours en lui quelque chose qui m'échappera.

— Le prenez-vous pour une boîte à double fond et à surprise ? Il n'a rien à cacher.

— Il y a des gens, poursuivit-elle, qui se croient

tenus de cacher précisément ce qu'ils ont de meilleur. Enfin, supposons qu'un jour... »

Elle demeura court, et ce fut Séverin qui se
chargea d'achever sa phrase : « Supposons, lui
dit-il, qu'un jour le vicomte d'Arolles aime passionnément Mlle Saint-Maur. Je tiens la chose
pour faite... Continuez.

— Il pourrait se faire, reprit-elle, qu'il ne lui dît
que la moitié de ses pensées ; elle en serait ré-
duite à deviner le reste... Vous m'avez raconté
qu'il vous avait sauvé deux fois la vie. Je serais
charmée d'épouser un homme capable de se jeter
à l'eau pour m'en retirer ; mais je serais plus heureuse et plus fière s'il pouvait me promettre en
conscience qu'il n'aura jamais de secrets pour
moi.

— Fort bien. Savez-vous ce qu'il faut faire ?

— Quoi donc ?

— Il faut aimer beaucoup le vicomte d'Arolles
et renoncer à voir en lui un être mystérieux et
redoutable. Je désire qu'il vous reconnaisse pour
une personne très-brave, très-courageuse, qui se
croit de force à lui tenir tête, qui se sent capable
et digne d'exercer de l'empire sur lui. C'est à cette
condition qu'il vous aimera tout de bon, et si l'un
de vous doit avoir peur de l'autre, je veux que ce
soit lui.

— Eh ! mon Dieu, s'écria-t-elle, comment m'y

prendrai-je pour devenir terrible? Je ne le suis guère.

— En vérité, est-il besoin qu'une femme ait l'air terrible pour que l'homme qui l'aime craigne de lui mentir? Une seule chose lui est nécessaire, c'est de bien sentir ce qu'elle vaut, et de savoir que lorsqu'elle donne son cœur elle fait un présent de grand prix, et m'est avis que le cœur de Mlle Saint-Maur vaut un million. »

Elle le remercia par un sourire qui exprimait à la fois beaucoup de reconnaissance et un peu d'étonnement. « Vous me donnez des conseils difficiles à suivre, lui dit-elle. Je ferai de mon mieux; mais j'ai un service à vous demander.

— Demandez-moi tout ce qu'il vous plaira.

— Il n'est pas juste que vous fassiez tout pour l'un et rien pour l'autre. Ne réussissant pas à découvrir par lui-même ce que je puis valoir, Maurice a résolu de s'en remettre à votre jugement.

— Qu'allez-vous donc vous imaginer? s'écria Séverin, qui laissa échapper son crayon.

— Convenez qu'il vous a envoyé ici pour m'examiner un peu, pour étudier mes qualités et mes défauts et pour lui rendre compte de moi... Je ne le crois pas, j'en suis sûre. »

Elle le regardait en parlant ainsi. Il n'essaya pas de nier; il ne pouvait plus douter que Mlle Saint-

Maur n'eût beaucoup de bon sens et des yeux qui
voyaient clair.

« Vous êtes l'ami de Maurice, reprit-elle ; je
voudrais que vous fussiez un peu le mien.

— Très-volontiers. Et quel est le service que je
dois vous rendre ?

— Vous m'avez assuré hier que Maurice n'aime
personne plus que moi. Si cela venait à changer...

— Misère ! voilà vos inquiétudes qui vous re-
prennent.

— N'a-t-on pas quelquefois raison d'avoir peur ?
demanda-t-elle.

— A quoi bon ? On a toujours le temps d'avoir
peur... Enfin, si Maurice venait à aimer quelqu'un
plus que vous, que devrais-je faire ?

— Vous m'avertirez loyalement. Me le promettez-vous ?

— Je vous le promets.

— Foi d'ami ? dit-elle en lui tendant la main.

— Foi d'ami ! » répondit-il en pressant cette petite main souple et chaude.

En ce moment, il se fit au ciel une éclaircie, la
brume s'entr'ouvrit et un frisson de lumière pâle
courut sur les eaux verdâtres de la Seine. Séverin
eut une hallucination qui dura quelque secondes.
Tout à coup il vit reparaître au bout de la pelouse
les moustaches de Mlle Trimlet, et au même instant
il sentit une main s'échapper de la sienne, qui

resta vide. Il reconnut son erreur : il n'y avait qu'une Simone, et elle n'était pas à lui.

On dîna ce jour-là beaucoup plus gaîment que la veille. Le colonel ne massacra personne, et quand il eut vidé sa bouteille de porto, il était presque disposé à convenir que la France, vaille que vaille, jouissait d'une espèce de gouvernement. Ce n'était pas la pie au nid, mais il faut s'accommoder de ce qu'on a.

En sortant de table, il proposa à Séverin une partie d'échecs. Comme il était de première force, il le battit à plate couture, et il en conclut que décidément M. Séverin Maubourg était un charmant garçon. Il célébrait un peu bruyamment son triomphe quand Simone quitta le salon.

« Qu'a donc aujourd'hui Mlle Saint-Maur ? s'écria-t-il. Je lui trouve l'air excité comme par un coup de champagne. Vous entendez-vous, monsieur, à faire mousser l'eau de savon ? Peut-on vous demander quelles sornettes vous avez débitées à ma fille ?

— Vous m'aviez prié de la faire causer, colonel. Elle a bien voulu m'honorer de ses confidences.

— Les confidences de Simonette ! Je serais curieux de savoir à quoi cela rime.

— Elle m'a confessé qu'elle aimait beaucoup son cousin.

— Que me chantez-vous là ? Elle est bonne fille,

elle vous a répété par pure bonté d'âme l'air qu'il vous a plu de lui seriner.

— Je vous assure, colonel...

— Ma parole, vous êtes étonnant. En vingt-quatre heures, vous aurez appris à connaître ma fille mieux que moi... Je vous prie de croire que je la connais comme si je l'avais faite.

— Vous êtes très-fort aux échecs ; peut-être l'êtes-vous moins dans l'art de dévider un écheveau.

— Il n'y a pas d'écheveau qui tienne. Si j'ordonne à Simone d'aimer son cousin, elle l'aimera ; mais si je lui disais d'aimer Paul ou Jacques, elle aimerait Paul ou Jacques, l'un après l'autre ou même tous les deux à la fois... Je voudrais voir qu'il en fût autrement.

— Voulez-vous des preuves, colonel ? et me promettez-vous le secret ? »

A ces mots, Séverin alla prendre dans le coin où il l'avait laissé le portefeuille qu'il avait examiné la veille, et il en tira le croquis au bas duquel Mlle Saint-Maur avait crayonné quatre vers.

Le colonel écarquilla les yeux. Il contemplait ce croquis comme un taureau contemple une écharpe rouge ; il lut ensuite les quatre vers de l'air d'un homme qui déchiffre un rébus.

« Mille tonnerres ! que signifie ce galimatias ? s'écria-t-il.

— Cela veut dire que, si vous vouliez con-
traindre Mlle Saint-Maur à ne pas épouser le vicomte d'Arolles, elle vous répondrait de sa voix la
plus tendre :

Peut-être je saurai, dans ce désordre extrême,
Par un beau désespoir me secourir moi-même.

— J'ai des yeux, interrompit le colonel. Ce n'est
pas la peine que vous me récitiez ces fadaises...
Elle s'est donc mise à lire des poétereaux qui lui
brouillent la cervelle ?

— Dans ce cas-ci, le poétereau est Racine.

— Racine ou un autre, les poètes ont-ils jamais
eu le sens commun ?

— Mon cher colonel, lui répliqua Séverin, nous
professons, vous et moi, le culte des idées exactes ;
mais que voulez-vous ? Ce sont les idées vagues
qui gouvernent le monde et la tête des jeunes
filles, et les idées vagues, on ne les tue pas à
coups de canon. Il faut leur laisser le temps de se
débrouiller elles-mêmes. »

Il remit le croquis dans le portefeuille et le portefeuille à sa place. Le colonel employa dix minutes au moins à revenir de son ébahissement.
Simone n'était plus Simone, Simone était un
abîme, et l'abîme appelle l'abîme.

« Vous voilà bien malheureux, lui dit Séverin.
Mlle Saint-Maur se permet d'avoir du goût pour

l'homme qu'elle doit épouser. Vous auriez donc
voulu qu'elle le détestât.

— J'aurais voulu, monsieur, qu'elle ne l'aimât
qu'après m'en avoir demandé la permission. C'est
ainsi qu'en usent toutes les demoiselles bien élevées... Eh! que diable, plus j'y pense, plus je doute
qu'il soit son fait, et j'entends qu'elle soit heureuse.

— A sa façon ou à la vôtre?

— A la mienne.

— Elle le sera, colonel, je vous en donne ma parole d'honneur.

— La belle garantie, ma foi!

— Elle en vaut une autre. Résignez-vous à
votre sort; que me chargez-vous de dire à Maurice? »

Le colonel frappa un grand coup de poing sur
l'échiquier, et s'écria : « Vous lui direz que j'ai
l'insigne bonté de l'attendre pendant six mois encore, mais que, passé ce terme, cinquante mille
petites filles auraient beau me supplier à genoux,
j'ordonnerai, morbleu! et on m'obéira, sacrebleu!
Et puisque ce beau garçon est si redoutable, puisque son sourire et ses grâces enchanteresses font
de tels ravages dans les cœurs, je le consigne à
·ma porte jusqu'au jour où il viendra me demander
en forme la main de Simone. Vous m'entendez,
monsieur Maubourg, quand le plus cher de vos

8

amis remettra les pieds à la Rosière, il sera lié
envers moi.

— Parfaitement, colonel. Le jour où Maurice
rentrera dans ce salon, il n'y verra ni votre notaire, ni le maire de votre commune, ni le curé de
votre paroisse, et cependant ils y seront, et il sera
tenu de le savoir.

— Vous oubliez le gendarme, s'écria le colonel
en retroussant ses manches et découvrant ses
puissants avant-bras, qui avaient la majesté d'une
institution. Et ceci encore, ajouta-t-il. Vous décla-
rerez à mon neveu que je lui interdis de m'envoyer à l'avenir des ambassadeurs. Ils me plaisent
beaucoup en dehors de l'exercice de leurs fonc-
tions, mais en affaires ils ne valent pas le diable.

— Un bon ambassadeur est celui qui réussit, »
lui répondit Séverin en lui tendant la main.

Quoiqu'il fût résolu à repartir le jour suivant
par le premier train, le colonel réussit à le lui
faire manquer, et l'obligea de passer encore la matinée à la Rosière. Ce père terrible s'arrangea du
reste pour que Simone, à qui il gardait rancune,
n'eût plus une minute de tête-à-tête avec son confident. Cependant, quand Séverin lui fit ses adieux,
elle trouva moyen de lui glisser à l'oreille ces mots :
« Souvenez-vous des promesses que vous m'avez
faites. »

# V

Des deux promesses que Séverin Maubourg avait faites à Mlle Saint-Maur, il n'en prenait qu'une au sérieux, et il était décidé à ne pas tenir l'autre. Il s'était dit que, si le vicomte d'Arolles se savait aimé, il lui viendrait des délicatesses de conscience; c'est par là qu'il se proposait de le tenir.

Dès le lendemain de son arrivée, il fut le trouver chez lui, dans un charmant entresol du faubourg Saint-Honoré qu'il habitait de temps immémorial. Séverin eut la surprise de traverser une antichambre pleine de paquets, un salon à moitié démeublé, et d'apercevoir dans le cabinet de travail le désordre d'un déménagement commencé.

« Eh bien! que se passe-t-il donc? lui demanda-t-il. Tu quittes ton nid?

— C'est ta faute, lui répondit Maurice. Tu me

renvoies sur les bancs, il est nature que je me
loge dans le voisinage de l'école. J'ai trouvé rue
Médicis quelque chose qui me convient.

— Que dira ton frère? Tu étais à deux pas de
son hôtel, là-bas tu en seras à une lieue.

— Tant mieux. Quand il viendra me voir, cela
prouvera qu'il m'aime assez pour me sacrifier une
heure d'un temps qui est si précieux à la France.
Je me ménage d'exquises jouissances d'amour-
propre. »

A ces mots, il s'approcha de Séverin, lui tâta le
dos et la poitrine, comme pour s'assurer qu'il ne
lui était arrivé aucun fâcheux accident. « Le coffre
est intact! s'écria-t-il. Voilà qui met ma conscience
en repos... Dieu soit loué au plus haut des cieux!
il paraît qu'on revient quelquefois vivant de la
Rosière, et que le vieux sanglier ne t'a pas décousu.

— Le vieux sanglier, repartit Séverin, est un
brave homme assez finaud qu'il y a moyen d'ap-
privoiser; quand il se fâche, c'est une manière de
vous faire parler.

— Et sa fille, y a-t-il moyen de savoir quelle est
la couleur de ses yeux?

— Ils sont gris, mon cher, et aussi charmants
que gris.

— Pourquoi donc les cache-t-elle? Et ses cheveux? lui tombent-ils toujours sur les sourcils? Ils

finiront par les manger. L'as-tu engagée à changer
de coiffure?

— Je n'aurais eu garde, elle est très-bien comme
elle est, et je te défie de rien changer à sa personne
sans tout gâter.

— Là, Séverin, en tiendrais-tu?

— Mon cher ami, les petites filles ne sont pas
toujours ce qu'un vain peuple pense, et, quand on
les regarde de près, on fait des découvertes fort
étonnantes. »

Le vicomte l'écoutait d'un air un peu narquois.
« Quel enthousiasme! s'écria-t-il. Je commence à
croire que j'ai gardé les manteaux. Est-ce toi qui
épouses?

— Il y aurait à cela beaucoup de difficultés, répondit Séverin.

— Lesquelles?

— Pour abréger, le cœur de Mlle Saint-Maur
n'est plus libre.

— Bah! Et quel est l'heureux mortel...

— Un garçon de très-bonne mine, qui demain
sentira le prix de son bonheur.

— Sais-tu, Séverin, que si j'étais fat... En conscience, est-il possible que ma cousine ait du goût
pour moi?

— Ta cousine n'ignore point ce qu'elle vaut, et
si l'homme à qui elle a donné son cœur dédaignait
cette offrande, elle cesserait bientôt de l'aimer. Je

dois te prévenir aussi qu'elle est jalouse et résolue
à ne partager tes affections avec personne. Je lui
ai certifié que je ne te connaissais aucune liaison
sérieuse ; mais si je venais à découvrir que je me
suis trop avancé, elle a ma parole, je me croirais
obligé de la détromper.

— Merci de l'avertissement, répondit le vicomte.
Malheureux, es-tu bien sûr qu'il n'y ait pas une
femme ici ? » Et il lui fit signe de chercher sous
son canapé et dans ses armoires.

« Oh ! mon cher, reprit Séverin, les femmes que
je crains pour toi ne sont pas celles qu'on cache
dans une armoire.

— Que veux-tu dire ? répliqua-t-il vivement.
Quelle est la femme que tu redoutes pour moi ?

— Aucune. Seulement permets-moi de te repré-
senter que je suis médiocrement édifié de ton langage et de tes réponses.

— Tu trouves que j'ai mauvais ton ?

— Tu n'as pas celui du sujet. En me rendant
sur tes instances à la Rosière, j'ai cru que j'y allais
traiter d'une affaire grave, et je dois te confesser
que je l'ai traitée gravement. Si tu me désavoues,
si tu te moques de moi, me voilà fort compromis.

— Ne te fâche pas, s'écria Maurice. Tu as cau-
tion bourgeoise, je tiens pour bon tout ce que tu
as pu dire et faire ; je te jure que ma première
occupation, quand j'aurai pris ma licence, sera de

me marier, et que parmi toutes les jeunes filles que je ne connais pas, je donne résolûment la préférence à celle qui t'a plu.

— Et qui un jour te plaira beaucoup, ajouta Séverin.

— Je ne dis pas le contraire, répondit-il, tout est possible; allons déjeuner. »

A quelques jours de là, le vicomte d'Arolles était installé rue Médicis. Il eut quelque peine à s'accoutumer à son nouveau quartier et à son aventure; mais il ne composa point de *Tristes* comme Ovide exilé chez les Scythes. Son logement était fort agréable; il était accompagné d'un balcon qui donnait sur le jardin du Luxembourg. Le vicomte s'était mis au travail; il avait pris pour sujet de sa thèse une doctrine controversée de droit international, et, grâce à sa prodigieuse facilité, il eut bientôt fait de débrouiller la matière. A vrai dire, il se demandait quelquefois en vertu de quelle loi providentielle et de quel mystère de prédestination le vicomte d'Arolles se trouvait condamné à devenir licencié en droit; mais il se rappelait aussitôt que c'était lui qui l'avait voulu, qu'il avait eu son idée, et il persistait à la trouver bonne. Il sortait peu, il n'allait guère à son cercle et jamais au théâtre. Il ne poussait jusqu'au boulevard que pour y dîner. Deux fois la semaine, il avait rendez-vous au café Riche avec Séverin. Le plus souvent ils causaient architecture.

Au commencement de décembre, Maurice reçut une visite à laquelle il s'était préparé et qu'il attendait de pied ferme. L'assemblée nationale avait repris ses séances; depuis trois semaines, le comte d'Arolles était rentré dans son hôtel du faubourg Saint-Honoré. Un pied à Versailles, l'autre à Paris, il était dans les affaires jusqu'au cou; il ne savait comment suffire aux hommes et aux choses qui avaient à lui parler et qui se disputaient ses journées. Il profita de son premier moment de loisir pour se transporter rue Médicis. Il trouva Maurice au travail, et ouvrit de grands yeux en le voyant assis devant une longue table surchargée d'in-octavo et d'in-quarto; Vattel y coudoyait Rayneval, Grotius s'y étalait nez à nez ou dos à dos avec Pufendorf et Burlamaqui. Le propriétaire de cette table tenait dans ses mains le second volume du *Manuel diplomatique* de Martens. Il le posa sans le refermer pour aller au-devant de son frère.

« Je suis furieux, s'écria le comte d'Arolles en se campant dans un fauteuil que Maurice venait de débarrasser d'un dictionnaire de législation comparée qui l'encombrait; je suis furieux, te dis-je, et je viens te faire une scène.

— Une scène à moi! repartit le vicomte d'un air de profonde stupéfaction. Franchement, je m'attendais à tout autre chose.

— Me diras-tu ce que signifie ce déménagement

subit dont tu n'as pas daigné m'avertir, et quelle
fantaisie t'est venue de te loger au bout du
monde ? »

Maurice écarta le rideau de sa fenêtre, il montra
du bout du doigt à son frère le jardin du Luxembourg, éclairé d'un rayon de soleil qui s'appliquait
à réchauffer tant bien que mal ses plates-bandes
et ses statues. « Il me semble pourtant, dit-il, que
je ne suis pas ici en Sibérie. Foin des préventions !
J'avais cru, moi aussi, que le monde finissait à la
rue de Rivoli. J'imaginais qu'en passant l'eau on
arrivait dans un endroit réservé aux gens et aux
choses impossibles. Eh bien ! j'ai découvert que,
quoi que vous en disiez, vous autres Parisiens, les
choses et les gens de ce quartier ont la prétention
d'être possibles. Le jour même de mon débar-
quement, j'accostai au carrefour de l'Odéon deux
ombres qui m'ont assuré qu'elles étaient presque
vivantes. La belle invention que les voyages ! que
de préjugés ils dissipent ! comme ils élargissent les
idées d'un homme !

— As-tu fini ton discours ? interrompit Geoffroy.
Je me plains amèrement de ton procédé. Tu m'ap-
partiens, je réponds de toi, et j'entendais t'avoir
sous ma main.

— Ah ! Geoffroy, tu as les bras si longs ! lui répondit-il.

— Il y a anguille sous roche, reprit le comte

d'Arolles. Tu ne me feras jamais croire que tu t'es
retiré ici pour t'y faire ermite.

— C'est pourtant la pure vérité, repliqua Maurice. Voici ma chartreuse, » ajouta-t-il en lui montrant les quatre murs de son salon; puis, lui présentant tout ouvert le second volume de Martens :
« Voilà ma discipline.

— Laisse moi donc tranquille, mon bel anacho-
rète. Mon Dieu! si j'étais sûr... mais là, conviens
que tous ces volumes étalés sont un paysage habilement ménagé pour la vue, et qu'il y a dans cette
table encombrée beaucoup de mise en scène.

— Oh! ces hommes d'état! quels sceptiques!

— Tu travailles sérieusement?

— Le plus sérieusement du monde, dans l'u-
nique intention de te faire plaisir, car tu peux
croire que si je ne consultais que mes goûts parti-
culiers...

— Et tu n'aurais pas pu travailler aussi bien au
faubourg Saint-Honoré?

— Impossible à moi de travailler à Paris.

— Tu n'y vas donc jamais, à Paris?

— Le moins souvent possible. Je me suis mis
sous l'invocation du grand saint Michel, et jusqu'à
nouvel ordre je n'aurai pas d'autre boulevard que
le sien; mais nous avons nos plaisirs, nous allons
boire quelquefois un bock au café de la jeunesse.

— Et tu y dînes ?

— Non. Il m'est resté cette faiblesse de croire que pour vivre il est nécessaire de dîner, et je vais dîner où l'on dîne.

— Allons, je suis enchanté qu'il te reste quelque chose du vieil homme; c'est par là que je te tiendrai... Justement j'ai du monde après-demain, et dans le nombre plusieurs personnes à qui je désire te présenter, à commencer par le ministre des affaires étrangères. Ne te gêne pas; apporte, si tu le veux, ton manuel diplomatique. Entre deux services, tu pourras lire un paragraphe.

— Je te remercie, Geoffroy, je n'irai chez toi ni avec Martens, ni sans Martens, » répondit-il d'un ton résolu.

Le comte d'Arolles saisit le premier volume qui lui tomba sous la main et le jeta à terre avec violence. « As-tu juré de me fâcher tout de bon? Tu passeras l'hiver sans venir dîner chez moi?

— Fais-moi la grâce de m'écouter, repartit Maurice. La chair est faible; je me connais et je crains une rechute. Veux-tu que je travaille? veux-tu que je prenne ma licence?.. En ce cas, laisse-moi dans ma thébaïde. Que je retourne une seule fois dans le monde, et le lendemain j'irai noyer Pufendorf et Grotius dans la fontaine de Polyphème... Et puis, te l'avouerai-je? depuis que je suis redevenu un simple écolier, je me sens mortifié, déchu de ma dignité d'homme, je n'ose plus me montrer... Quand on coupe aux chats leur moustache, ils se réfugient dans un galetas et s'y tiennent blottis jusqu'à ce qu'elle ait repoussé. Permets-moi de vivre pendant la moitié d'une année comme un reclus ; une fois licencié, j'irai dîner chez toi aussi souvent qu'il te plaira. »

Geoffroy regarda quelques instants son frère en silence, puis il s'écria : « Suis-je dupe ? ne suis-je pas dupe ? Tu me parles d'un ton si convaincu...

— Après tout, reprit Maurice, libre à toi de te raviser, de lever ma punition, de me rendre à ma douce fainéantise d'autrefois.

— Dieu m'en préserve ! mais est-il nécessaire de se jeter toujours dans un extrême ?

— Il y a des caractères si mal faits ! Je t'assure que, s'il ne tenait qu'à moi, j'aurais bientôt échangé le mien contre celui de mon portier... Nous finirons peut-être par trouver notre équilibre, donne-moi le temps de le chercher.

— Cherche, cherche, petit. Ferveur de novice ne dure guère, la tienne montrera bientôt la corde ;... mais, par exemple, tu iras expliquer toi-même à ta belle-sœur les raisons que tu as de refuser son invitation. Elle se promettait de t'avoir souvent cet hiver. Elle m'a expressément chargé de t'apprendre qu'elle est chez elle le mercredi et qu'elle reçoit le lundi soir.

— Elle est mille fois trop bonne de se souvenir

de ma chétive existence, dit Maurice en arrangeant les embrasses de ses rideaux, qui pourtant n'étaient point dérangées.

— Je ne me charge point de tes excuses, reprit Geoffroy, tu auras la bonté d'aller les lui présenter toi-même. »

Il regarda sa montre, se leva précipitamment : « Je me sauve, dit-il en remettant son chapeau sur sa tête, je suis attendu à Versailles. Si je manque le train, c'est à toi que je m'en prendrai.

— Et je serai fier, répliqua Maurice, d'avoir dérobé à la France quelques-uns de tes moments. »

Son frère lui prit les deux mains, les secoua, et malgré sa hâte s'arrêta une minute à le regarder. « Étrange garçon! dit-il ; aujourd'hui dans un froc et demain dans un casque, qui sera peut-être l'armet de don Quichotte! Et dire que je veux faire de toi un diplomate!

— Tu es un habile homme! lui dit Maurice ; ce ne sera pas le premier miracle que tu auras fait. »

Il le reconduisit jusqu'à l'escalier. Après avoir descendu quatre marches, le comte se retourna pour lui crier : « Tu peux te vanter de m'avoir rendu la faculté de l'étonnement; je craignais de l'avoir perdue. »

Maurice choisit pour rendre ses devoirs à sa belle-sœur un jour et une heure où il était presque sûr de ne pas la trouver, il lui laissa sa carte.

Dans la même après-midi, le comte d'Arolles, traversant le boulevard dans son coupé, aperçut Séverin, l'appela, le fit monter à côté de lui, et, lui
ayant demandé où il devait le poser, il lui dit brusquement : « Croiriez-vous qu'il refuse dé venir
dîner chez moi ? » Là-dessus il lui raconta l'entretien qu'il avait eu avec son frère. Séverin en fut
frappé plus qu'étonné. « Est-il fou, ou feint-il de
l'être ? reprit le comte.

— Laissons-le soigner son malade à sa guise,
reprit Séverin ; il le connaît mieux que nous.

— Monsieur Maubourg, j'ai toujours détesté les
exagérations et les exagérés.

— Les remèdes de cheval, monsieur le comte,
sont les seuls qui conviennent à certaines constitu-
tions. Respectons la sévère clôture que s'impose
Maurice ; il traite sa volonté comme un prisonnier
dont il redoute les escapades. Un ancien n'a-t-il
pas dit : « Toutes les fois que j'ai été dans la compagnie des hommes, j'en suis revenu moins
homme que je n'étais ? »

— Et un grand saint, reprit le comte, a dit aussi :
« La cellule fréquemment délaissée engendre
l'ennui ; mais à celui qui lui est fidèle elle devient
une chère et douce amie. » Depuis quand Maurice
s'est-il mis à l'école des sages et des saints ?

— Il ne ressemble à personne, et si quelquefois
il révolte. mon petit bon sens, plus souvent il

l'humilie. Soyez sûr qu'il nous étonnera toujours.

— Ce qui revient à dire que, toutes les fois qu'il n'aura par tort, il aura une manière déraisonnable d'avoir raison. Enfin, si c'est la seule qui soit à son usage ;... mais, je vous prie, ayez l'œil sur lui, empêchez-le de se surmener. Les remèdes de cheval emportent quelquefois leur homme.

— N'ayez crainte, vous savez comme moi qu'il a une santé de fer.

— Bien, laissons passer cette quinte. Quant à vous, monsieur Maubourg, qui n'êtes ni un ancien, ni un saint, ni un original, ni un fou, j'ose espérer que vous trouverez de temps à autre une heure à perdre le lundi soir en venant prendre une tasse de thé avec des amis. Mme d'Arolles fait grand cas de vous et sera toujours heureuse de vous voir. »

Séverin ne parla point de sa rencontre à Maurice, qui évitait avec soin de lui parler de son frère. C'était un parti pris : dans leurs longues conversations, il n'échappait jamais au vicomte un mot qui eût rapport au faubourg Saint-Honoré ; on aurait pu croire qu'il avait rayé ce pays de la carte du monde. Il arrive dans les amitiés les plus intimes un moment où les confidences deviennent impossibles. C'était la première fois que ce cas se présentait pour Séverin Maubourg et le vicomte d'Arolles. Ils ne laissaient pas de se rechercher avec autant d'empressement que jadis. Séverin s'accordait encore moins de loisirs que Maurice. Son père était l'un des architectes les plus occupés de Paris, et il avait mis son fils de moitié dans ses affaires. Séverin devait prendre sur ses nuits pour travailler à ses plans de théâtre, dont il était coiffé. Si remplies que fussent ses journées, pendant tout l'hiver il ne manqua pas un seul de ses rendez-vous avec Maurice, et aux soirs fixés il n'arrivait jamais en retard au café Riche. L'un parlait de sa thèse, l'autre de son théâtre, et chacun d'eux gardait pour soi ses arrière-pensées ; mais il aurait fallu qu'ils eussent la mort entre les dents pour renoncer au plaisir de se voir.

Vers le milieu de janvier, Séverin voulut s'ac-quitter envers le comte d'Arolles, et il se présenta à l'un de ses lundis. La presse était si grande dans ce brillant hôtel qu'il eut peine à se faire jour jus-qu'à la comtesse. Elle lui adressa un gracieux sou-rire, accompagné de quelques mots obligeants ; puis elle se remit à parler anglais avec un membre de la chambre des lords qui savait mal le français. Elle avait le don des langues étrangères, elle en devinait les finessses, et son mari lui en était re-connaissant ; de tous les talents qui peuvent ser-vir, ce n'est pas le plus inutile. Quoique Séverin eût appris un peu d'anglais aux États-Unis, il se trouva déplacé dans cet entretien et gagna l'autre extré-mité du salon. Pendant qu'il causait avec un jeune

député de sa connaissance, il observait et admirait
la comtesse. Sa beauté avait tout son prix, tout
son éclat, sous des plafonds dorés peints par Bou-
cher, à la clarté des lustres et des bougies, au milieu d'un tourbillon qui gravitait vers ce soleil
comme vers son centre naturel. Le monde lui servait de bordure ; quoiqu'un Titien soit toujours un
Titien, il gagne à être bien encadré. Séverin ne
reconnaissait plus tout à fait la personne qu'il avait
vue à la Tour, dans le loisir d'une villégiature.
Ses manières, le timbre de sa voix, sa physionomie n'étaient plus les mêmes. Elle ne songeait pas
à s'amuser, elle était sérieusement occupée; elle
se rappelait qu'elle était la femme d'un ambitieux
qu'elle aidait à ne point faire de fautes. A chacun
de ses lundis, elle avait un certain nombre de mots
utiles à placer, et elle les plaçait d'ordinaire avec
autant de discernement que d'adresse.

Le comte d'Arolles vint à Séverin, lui demanda
des nouvelles de son frère. « Mettez-lui donc les
poucettes et amenez-le nous un de ces jours; pro-
mettez-lui en mon nom qu'il aura ici toute la liberté
du cabaret.

— Quel cabaret que le vôtre, monsieur le comte!
fit Séverin en promenant ses yeux sur les lambris.
Il faut en prendre notre parti, les volontés de Maurice sont inflexibles.

— Vous voulez dire ses *nolontés*. »

9

L'instant d'après, il se disposait à sortir. Mme d'Arolles, qui suivait ses mouvements avec plus d'attention qu'il n'aurait pu croire, lui fit un signe de tête et lui montra du bout de son éventail un pouf vacant à côté d'elle. Séverin s'approcha, mais il demeura debout devant la comtesse. Il avait l'air d'un homme qui se sait dans un endroit périlleux et qui n'a garde de s'y établir à poste fixe. Elle lui montra de nouveau le pouf, l'obligea de s'y asseoir. Puis, se renversant un peu dans son fauteuil, les yeux à demi baissés : « Je devine, lui dit-elle, ce que vous disait tout à l'heure M. d'Arolles. Il vous parlait de Maurice. C'est un sujet qui lui tient au cœur... Nous boude-t-il? L'aurions-nous blessé sans le savoir ?

— Rassurez-vous, madame ; il n'est pas susceptible, et il est encore moins rancunier.

— Vous conviendrez cependant que sa conduite est singulière.

— En apparence. Dans le fond, elle est peut-être assez raisonnable.

— En quoi raisonnable?

— Il se déclare hors d'état de concilier l'étude et le monde.

— Un frère et une belle-sœur, est-ce le monde? »

Séverin était bien tenté de lui répondre qu'il y a plusieurs espèces de belles-sœurs. « Il y a, madame, lui dit-il, des liqueurs précieuses qui s'é-

ventent facilement ; blâmez-vous Maurice de bou-
cher avec soin son flacon ?

La comtesse trouvait les réponses de Séverin
par trop laconiques. Elle essaya de le mettre à
l'aise et de dégourdir son éloquence en lui disant
d'un ton dégagé : « Cette histoire est une véritable
légende. » Puis, baissant la voix, elle ajouta : « Entre nous deux, monsieur Maubourg, n'y a-t-il pas
de roman dans cette légende ?

— L'autre jour, j'ai visité ses armoires, je n'ai
rien trouvé de suspect.

— J'y pense, reprit-elle, vous verrez qu'il fait
une retraite spirituelle pour se préparer à la pratique des saints devoirs du mariage,... car ce projet de mariage tient toujours ?

— Je ne saurais vous le dire, repartit Séverin,
qui comptait, mesurait, pesait et soupesait ses
mots,

— Mon Dieu ! je comprends les hésitations de ce
pauvre garçon. C'est une médecine à avaler.
M. d'Arolles aurait pu facilement lui trouver un
parti plus sortable.

— Vous faites peu de cas de Mlle Saint-Maur ?

— Je ne l'ai jamais vue ; mais on la dit laide et
un peu sotte. Maurice la voit-il quelquefois ?

— Que sait-on ? » lui répondit Séverin, puis la
regardant en face : « Il pourrait se faire qu'il se
rendît chaque soir clandestinement à Fontaine-

bleau ; cela expliquerait bien des choses. Vous savez, madame, avec quelle facilité prodigieuse il s'éprend et se déprend. Il n'est pas impossible qu'il ait pris son malheur en goût et qu'il soit aujourd'hui passionnément amoureux de Mlle Saint-Maur. »

La comtesse eut un léger tressaillement, qui n'échappa pas à l'œil pénétrant de Séverin. « Est-ce une simple supposition ? demanda-t-elle en chiffonnant entre ses doigts les dentelles d'une de ses manches, ou vous a-t-il fait des confidences ?

— C'est une supposition, et il y a dix à parier contre un qu'elle n'est pas fondée.

— Je vous croyais amis intimes, vous et lui.

— Je suis son ami, madame, je ne suis pas son confesseur. »

La comtesse le regarda de travers. Il lui parut que Séverin l'avait devinée, qu'en tout cas il se défiait d'elle et qu'elle ne tirerait rien de son obstinée discrétion. Elle tâcha de lui faire comprendre par un imperceptible mouvement du menton que l'audience était terminée, qu'il pouvait se retirer. Au même instant s'approcha d'elle un personnage de conséquence, la poitrine chamarrée de croix et de crachats ; M. de Niollis l'accompagnait. Elle fut toute aux nouveau-venus et opéra un demi-quart de conversion d'épaules qui lui permit de ne plus apercevoir Severin. Il n'avait pas attendu cette manœuvre pour quitter son pouf et bientôt après un salon où il s'était confirmé dans certaines conjectures que plus d'une fois il avait cherché vainement à écarter.

# VI

On a raison de dire que les montagnes finissent
toujours par se rencontrer; le vicomte d'Arolles
en fit l'expérience à son dam. Depuis le commencement de l'hiver, il évitait avec soin tous les endroits où il pouvait risquer de revoir sa belle-sœur.
Il n'allait ni dans le monde, ni à l'Opéra, ni au
bois; mais quand le diable nous assiége, si forte
que soit la place, il finit par la battre en brèche.
Maurice avait la passion du patin; il avait pris depuis longtemps ses degrés dans le bel art qui a eu
la gloire d'être aimé de Goethe et le malheur d'être
chanté par Klopstock. Dans le courant de février,
l'hiver fit un retour offensif; le froid était rigou-
reux, presque russe, et les lacs se prirent. Maurice, dans un jour de faiblesse, céda au démon qui
le tentait. En sortant de déjeuner, il s'achemina à

pied vers le bois. Depuis quelques semaines, il avait fait peu d'exercice, il éprouvait le besoin de fatiguer ses jambes.

Le temps était superbe, et jamais le bois n'avait été plus fréquenté. Dépouillé de son feuillage, il était plus charmant que dans la belle saison; les pins y faisaient des taches vertes et les buissons de chêne des taches jaunes. Dans l'air flottait une poussière d'or, à laquelle l'haleine des chevaux mêlait son brouillard. Pendant que le vicomte parcourait d'un pas rapide l'avenue de l'Impératrice, une vapeur enveloppa le soleil; ses rayons s'éteignirent, son disque devint rouge et mat comme une grosse lune d'automne qui se lève sur les montagnes, ou plutôt on eût dit un énorme pain à cacheter; il n'y avait pas besoin d'être un aigle pour oser le regarder en face. Le vicomte fit la réflexion que certains souvenirs, quand ils commencent à s'éloigner et que le temps les estompe de sa brume, ressemblent à un soleil d'hiver, et qu'on peut les contempler fixement sans danger.

Toutefois, lorsqu'il eut dépassé la porte Dauphine, il fut saisi d'une inquiétude. Tout Paris était là; quelle apparence que la comtesse d'Arolles n'y fût pas? Comme il se disposait à tirer par la droite pour se diriger vers Madrid, il aperçut une élégante calèche découverte, attelée de deux chevaux noirs, laquelle débouchait d'une allée transversale. Dans cette calèche, il y avait, à demi couchée, une femme coiffée d'un chapeau en feutre brun, dont le bord était retroussé sur le devant et fixé à la forme par une cocarde. Elle était enveloppée de fourrures, une grande peau d'ours blanc la recouvrait jusqu'au menton. Maurice la reconnut avant même de pouvoir démêler ses traits; il éprouva une violente secousse et sentit tout son sang affluer à ses joues. Il allait s'esquiver; quelqu'un le frappa sur l'épaule. Il fit volte-face et se trouva nez à nez avec un jeune homme de son cercle, sportsman accompli, qui le retint par le bouton en lui reprochant qu'on ne le voyait plus. Cependant la calèche avançait d'un pas lent, mais inexorable comme le destin. La grande dame au chapeau de feutre s'avisa de tourner les yeux du côté de Maurice. Elle se redressa, sourit et dégagea sa main droite de ses fourrures pour faire à son beau-frère un signe amical. Il la salua gravement, elle se renfonça sous sa peau d'ours, et la calèche s'éloigna. Il parut à Maurice qu'il venait d'avaler un grand verre de poison, et peut-être ne se trompait-il pas.

« Je ne sais si on peut complimenter un homme sur la beauté de sa belle-sœur, lui dit le gandin qui l'avait accosté. Ce qui est hors de doute, c'est que la comtesse d'Arolles est une des plus jolies femmes de Paris. »

Le vicomte le regarda d'un œil fixe et dur ; il le
soupçonnait d'avoir lu dans ses pensées. Il lui
sembla que son secret venait de sortir de son
cœur comme un oiseau s'envole d'une cage dont
on a laissé la porte ouverte ; mais la cage était
fermée, et le gandin ne se doutait pas même
qu'elle contînt un oiseau.

Maurice le quitta brusquement. Il était en proie
à la plus vive émotion, à laquelle se mêlait une
sourde colère contre lui-même. Il s'était promis
de reconquérir sa liberté, et tout ce qu'il avait
gagné sur sa passion par trois mois entiers d'un
régime sévère, il venait de le perdre en un moment. Une calèche avait passé, une femme avait
souri, et il était retombé en servitude. Sa folie
avait le caractère d'une destinée ; elle était venue
s'embusquer dans son chemin, elle l'y avait attendu, elle l'avait repris dans sa main inexorable.
« Je ne puis me sauver, se dit-il, que par un remède héroïque, et le diable me tuera si je ne le
tue. Eh ! sans doute, cet imbécile avait raison,
c'est une des plus jolies femmes de Paris ; mais il
y en a d'autres. Que le hasard m'aide un peu, et
je suis un homme bien maudit du ciel, si tout à
l'heure je n'en rencontre pas une, que je prétends
aimer passionnément avant ce soir. Suis-je donc
changé du tout au tout, qu'il n'y ait plus pour moi
qu'une femme dans le monde ? et quelle femme !

la seule qui se soit permis de me traiter en enfant,
et la seule que je ne puisse aimer sans crime. »

Dix minutes plus tard, il courait sur la glace ;
mais il ne s'amusait point à y dessiner des chiffres
ou des arabesques. Tout entier à sa pensée, il cheminait avec une effrayante rapidité, la tête haute,
l'œil enflammé, et quand une rafale de bise le
frappait à la figure, il croyait entendre le frémissement de sa fureur, qui agitait l'air autour de lui.
On le regardait beaucoup. Parmi les femmes qui
étaient là, il reconnut plusieurs visages ; mais c'é-
tait un visage inconnu qu'il lui fallait et la nouveauté d'une aventure.

Tout à coup il vit paraître une jolie patineuse qui
attira son attention. Agréable, avenante, les traits
mignons, la taille bien prise, l'air exotique, elle lui
parut être, vaille que vaille, ce qu'il cherchait. Elle
portait une veste à brandebourgs, une jupe de couleur voyante, et sa tête était coiffée d'un bonnet à la
hongroise, coquettement penché sur l'oreille. C'é-
tait une baronne autrichienne, arrivée de la veille
à Paris, une vraie baronne, qui n'avait rien d'in-
terlope, et pourtant ce c'était pas tout à fait une
vraie femme du monde, c'était plutôt une femme
de trois quarts de monde, si l'on peut appeler
ainsi ces étrangères sans feu ni lieu, ces infatiga-
bles voyageuses, ces éternelles passantes de la vie,
qui vont, viennent et ne nichent nulle part ; leur

métier est de passer, et elles passent. N'ayant d'at-
taches sérieuses sur aucun point du globe, ni
d'autre occupation que leur plaisir, elles campent,
une saison durant, où il plaît à leur fantaisie, et du
nord au sud, du couchant à l'aurore, elles courent
partout où l'on s'amuse. Il n'y a dans leur tête que
des idées de rencontre, dans leur cœur que des
amitiés de hasard. Elles n'ont ni patrie, ni passé,
ni maison, ni devoirs, ou plutôt leur devoir est de
ne jamais s'ennuyer, leur patrie est le vent qui les
emporte à de nouveaux plaisirs, leur maison est
une auberge, leur passé est leur dernier bal et la
déclaration que leur fit un homme dont elles ont
oublié le nom. Elles sont honnêtes ou ne le sont
pas ; c'est une affaire qui les regarde, et personne
n'a le droit de s'en mêler, car elles évitent le
scandale. Elles échapperont aux rigueurs du grand
jour où seront jugées les âmes, elles n'en ont point,
ni bonne ni mauvaise. Ce qui est certain, c'est
qu'elles se rendent heureuses sans faire précisément le malheur de personne ; au contraire elles
font la fortune des maîtres d'hôtel et l'admiration
de tous les sommeliers. Bêtes et gens, toute la
terre les connaît, et elles connaissent toute la
terre. Une chose cependant leur est inconnue,
elles ne se doutent pas de la physionomie particulière que peut avoir un toit qui a formé une liaison avec vous, dont les lucarnes, quand vous

rentrez le soir, vous appellent par votre nom, et
d'où sort une fumée qui vous regarde d'un air
d'amitié.

Telle était l'aimable baronne autrichienne que
venait d'apercevoir le vicomte d'Arolles. Son pied
courait légèrement sur la glace, comme son cœur
glissait sur la vie sans y laisser d'empreinte visible,
sans que personne pût dire : « Voyez, elle a passé
par là. » Si légère qu'on soit, on est sujette à bron-
cher. Elle venait au-devant de Maurice, qui ne
cessait pas de la regarder. Je ne sais si la fixité de
ce regard la troubla ; peut-être fut-elle surprise de
l'étrange et fière contenance de ce beau jeune
homme qui dans ce moment, possédé d'une idée
fixe, ressemblait à un fou. En arrivant près de lui,
elle faillit tomber. Il lui prit le coude et là retint.
Elle se retourna vers le vicomte pour le remercier
dans l'une des dix langues qu'elle jargonnait. Elle
s'avisa que, s'il était fou, sa folie était charmante
et n'avait rien de dangereux. L'air dont elle le regardait encouragea Maurice. Il lui tendit le bout
du doigt en souriant ; c'était une question. Elle
sourit aussi, mit sa main dans la sienne, et ils par-
tirent pour faire ensemble le tour du lac, comme
deux cygnes voguant de conserve.

Maurice, tout en voguant, examinait la baronne
du coin de l'œil, et il reconnut bien vite à quel
genre de femme il avait affaire. Il lui parut que

cette jeune cosmopolite, sans péchés connus comme sans vertus cachées, avait les cheveux un peu trop jaunes, que ses grâces étaient un peu banales, qu'elles avaient été trop promenées, que son sourire, aussi cosmopolite qu'elle-même, avait pris le chemin de l'école pour arriver de Veinne à Paris, et qu'ayant séjourné à Saint-Pétersbourg, à Lucerne, à Baden et à Nice, il s'était défraîchi en route. Le vicomte fut un instant découragé. Il ne s'abandonna pas à sa mauvaise humeur, il fit travailler son imagination, il se persuada que la femme qu'il tenait par la main avait de quoi lui inspirer une passion de quatre ou cinq mois, et c'était tout ce qu'il demandait à son bonnet à la hongroise. L'animation de la course, la joie d'avoir trouvé subitement un plaisir qu'elle n'avait pas eu la peine d'inventer, qui était venu la chercher sans qu'elle l'appelât, rehaussait ses agréments naturels. Elle était ivre de vent, ivre du bonheur d'aller devant elle sans trop savoir où, de sentir sa main dans une main inconnue. Maurice eût été bien aise de la faire causer ; il fit mine de s'arrêter, lui demanda si elle n'était pas lasse. Elle lui répondit que non, et repartit de plus belle.

Lorsqu'ils furent revenus à l'endroit où ils s'étaient rencontrés, elle dégagea sa main, dit à Maurice avec un accent germanique : « Puis-je savoir, monsieur...

— Le vicomte d'Arolles, répondit-il. Et de mon côté puis-je vous demander...

— La baronne Mardorf. Au revoir, j'espère. »

Cela dit, elle s'en fut rejoindre un groupe d'hommes et de femmes qui, arrêtés sur le bord du lac, avaient contemplé son exploit. Au milieu de ce groupe se détachait un petit homme maigre, à la longue barbe blanche ; il ne ressemblait pas mal à un kobold. C'était le mari. Les diverses parties de son corps ne semblaient pas avoir été faites les unes pour les autres ; on eût dit qu'il était fabriqué de pièces rapportées. Peut-être ce citoyen du monde avait-il fait venir sa tête de Vienne, ses bras de Saint-Pétersbourg et ses jambes de Londres, en s'adressant aux meilleurs faiseurs. Maurice trouva cet homoncule assez plaisant, il se dit avec le poète : « D'où il descend, on ne le sait pas au juste ; mais comme il ne m'a fait que du bien, je n'ai pas à m'occuper de ses origines. »

Il fit encore quelques évolutions sur la glace, tandis que la baronne livrait ses jolis pieds à un grand laquais, doré sur toutes les coutures, qui s'était agenouillé pour lui ôter ses patins. Quelques minutes après, accompagnée du kobold, elle regagna sa voiture. A plusieurs reprises, elle tourna la tête du côté du lac, comme pour y chercher quelqu'un, et Maurice put croire sans fatuité que c'était à lui qu'elle en voulait.

Le lendemain matin, le vicomte d'Arolles était assis devant sa table à écrire, où il n'écrivait pas. Les jambes croisées, il promenait ses regards tantôt sur le médaillon de son tapis de Smyrne, tantôt dans les allées du jardin du Luxembourg. Le ciel était bas, plombé ; la gelée persistait, les marronniers étaient couverts de givre, et les statues grelottaient sur leur piédestal. Le vicomte avait l'air sombre comme le temps. Depuis la veille, il travaillait avec une infatigable contention d'esprit à se persuader qu'il était amoureux d'une baronne autrichienne. Il évoquait obstinément son aimable figure et son bonnet à la hongroise ; mais un malin génie prenait plaisir à traverser ses incantations. A peine avait-il réussi à fixer cette image fugitive, à la parer de grâces presque divines, il s'avisait que des cheveux roux étaient devenus châtains sombres, il voyait de jolies joues à fossettes se changer en un beau marbre veiné de rose, de petits yeux de teinte indécise et rêveuse se transformer soudain en de grands yeux noirs, et ces grands yeux noirs ne rêvaient pas, ils attendaient les passants au coin d'un bois pour leur verser du poison. Enfin, pour compléter ces métamorphoses, le bonnet hongrois faisait place à un chapeau de feutre coquettement retroussé, dont la cocarde jetait des lueurs diaboliques. En vain Maurice cherchait-il à conjurer son mauvais sort, son imagination se sentait comme ensorcelée, et il lui semblait que les arbres chargés de givre avaient deviné son mal, qu'ils montraient du doigt le vicomte d'Arolles en se moquant de lui.

Il avait décidé qu'il retournerait au bois dans l'après-midi. En le quittant, la baronne Mardorf lui avait dit : « Au revoir. » Cela signifiait : À demain. Son domestique entra et lui remit un pli. Il passa les yeux sur l'adresse et n'en reconnut pas l'écriture, qui était correcte, soignée, mais sans élégance ; elle trahissait la plume consciencieuse d'un secrétaire ou d'une femme de chambre qui s'applique. Il ouvrit nonchalamment l'enveloppe, en tira une feuille de papier anglais sans chiffre. Le billet n'était pas de la même main que le dessus ; il consistait en cinq ou six lignes de pattes de mouche que le vicomte prit d'abord pour de l'arabe ; en y regardant de plus près, il s'assura que c'étaient des caractères allemands. L'écriture cursive de nos voisins n'est pas commode à lire pour des yeux velches ; celle du billet était si enchevêtrée, si confuse, que Maurice fut sur le point de renoncer à la déchiffrer. Cependant, la curiosité l'emportant sur la paresse, il vint à bout de ce grimoire. Il avait appris un peu d'allemand au lycée, et, bien malgré lui, il l'avait rappris à Kœnigsberg. S'aidant de ses souvenirs et quelque peu du dictionnaire, au bout d'un quart d'heure il savait de science certaine ce que contenait le billet. En voici la traduction fidèle :

« Vous ne me connaissez pas, et je vous connais peu ; mais une rencontre décide quelquefois de notre vie, et un caprice combattu devient souvent une passion. J'ai hésité, je n'hésite plus. Votre cœur est-il libre ? Pouvez-vous le donner à l'inconnu ? Si votre réponse est celle que je désire, promenez-vous à cheval, entre quatre et cinq heures de l'après-midi, dans la contre-allée de l'avenue de l'Impératrice ; mais ne poussez pas jusqu'au lac. »

Il ne fallait pas être sorcier pour deviner d'où venait cette lettre. Le vicomte d'Arolles ne put s'empêcher de sourire en pensant que, pour convertir leurs caprices en passions, certaines baronnes n'ont besoin de les combattre que deux heures durant, juste le temps de découvrir l'adresse des gens à qui elles ont affaire. A la vérité, il lui déplaisait de recevoir un poulet amoureux écrit en allemand ; mais il passa facilement par là-dessus. Dans l'état d'esprit où il se trouvait, eût-elle été écrite en mongol, cette lettre lui aurait paru un secours envoyé du ciel. Il avait tenté d'oublier et n'y avait pas réussi ; il voulait essayer de s'étourdir, l'Autriche lui venait en aide, il bénit l'Autriche et la baronne Mardorf. Il ne faut pas chicaner le vin sur sa qualité, quand on ne lui demande que le

10

trouble de l'ivresse; le plus médiocre a son prix
pour qui n'aspire qu'à laisser sa raison au fond de
son verre.

Dès quatre heures sonnantes, Maurice arpentait
à cheval la contre-allée de l'avenue du bois. Quoique la neige commençât de tomber à gros flocons,
il ne déserta point son poste et attendit le retour
des voitures. Elles étaient presque toutes fermées et
dans trois ou quatre il crut apercevoir un chapeau
brun au bord retroussé; c'est ainsi qu'une imagination blessée peuple le monde de ses fantômes. Enfin
parut une calèche découverte traînée par quatre
chevaux fringants; elle contenait ce que Maurice
attendait. En passant devant lui, le baron Mardorf fit un demi-sourire et un demi-salut auquel le vicomte répondit sans sourire par un
salut complet. La baronne lui lança un regard furtif et détourna aussitôt la tête. Il pensa un moment
à les suivre de loin; mais il jugea qu'il était dans
son rôle de ne pas avoir trop d'empressement et
qu'aussi bien il recevrait le jour suivant un second
billet qui l'informerait de ce qu'il désirait apprendre. En effet, dès le lendemain, il reçut une seconde livraison d'hiéroglyphes; il les déchiffra plus
aisément que ceux de la veille. Ils disaient ce qui
suit:

« Ainsi votre cœur est libre! Je suis presque
tentée de vous en remercier, ce qui serait fort dé-

raisonnable. Je ne veux pas vous tromper, ni vous laisser croire qu'il m'est facile de disposer de moi. Vous plaît-il de tout oser sur la foi d'un caprice de femme? Si demain, à l'heure où Paris revient du bois, vous traversez la place Vendôme, je croirai avoir reçu la réponse que je souhaite, et avant peu de jours vous saurez qui je suis. »

« Oh bien! pensa Maurice, il paraît que, malgré ses demi-sourires et ses demi-saluts, le baron Mardorf a l'approche terrible et qu'il est aussi dur à réduire que son nom est rébarbatif à prononcer. Nous l'apprivoiserons, nous lui apprendrons la devise de notre famille : qui s'y frotte s'y pique. »

Depuis que l'aventure devenait dangereuse, elle lui paraissait plus intéressante, et il était fermement résolu à la pousser jusqu'au bout. Une seule chose le refroidissait un peu, c'étaient ces perpétuelles promenades auxquelles le condamnait Mme Mardorf. Il se promit de se procurer au plus vite d'autres moyens de répondre à ses billets. Il ne laissa pas de traverser la place Vendôme à l'heure indiquée ; il n'aperçut ni sur le pavé, ni à aucune fenêtre, ni au sommet de la colonne, rien qui ressemblât à une baronne autrichienne. Il entra à l'hôtel du Rhin pour y prendre langue ; le couple qui l'intéressait n'y était point connu. Heureusement pour lui, la lettre qu'il reçut le lendemain lui apprit qu'il était au bout de ses peines.

« Il y aura dans trois jours, lui écrivait-on, une première représentation à l'Opéra-Comique. La femme qui vous écrit y assistera dans une avant-scène ou dans une première loge. Vous la reconnaîtrez à une rose pourpre qu'elle portera à son corsage. Si sa figure n'est pas celle que vous rêviez, si vous n'y trouvez pas de quoi vous inspirer une passion et ce frémissement secret qui accompagne les grands bonheurs, de grâce ne la regardez pas deux fois et ne cherchez point à vous approcher d'elle, car elle vous demande votre cœur et votre cœur tout entier. Si vous pouvez le lui donner, vous trouverez facilement un prétexte pour entrer dans sa loge, et, afin qu'il ne vous reste aucun doute, elle ouvrira devant vous son éventail Pompadour, dont la feuille a été peinte par Watteau, et vous y verrez des bergers et des bergères dansant une ronde autour d'un amour qui joue de la guitare. »

Maurice fit la réflexion que la baronne Mardorf en prenait à son aise, qu'elle lui en demandait beaucoup en réclamant de lui son cœur tout entier, et « ce frémissement secret qui accompagne les grands bonheurs. » Il lui parut que cette aimable voyageuse n'avait pas perdu dans ses pérégrina tions la sentimentalité particulière à sa race, qu'elle n'avait pas laissé aux broussailles du chemin toutes ses illusions. Toutefois il se rappela que les mots n'ont pas le même sens en allemand et en français, que les cœurs germaniques frissonnent à meilleur compte que les autres, que cela se passe à fleur de peau sans tirer à conséquence, et que l'imagination fait le reste. Il forma le ferme propos de devenir Allemand pour la circonstance, de frissonner un peu et d'imaginer beaucoup. Au surplus, la férocité du baron ne pouvait manquer de réchauffer son zèle et de le piquer au jeu. Il se promettait d'être entreprenant, de ne pas s'amuser aux bagatelles de la porte, de brûler plus d'une étape, de brusquer le dénoûment. Il comptait sur les émotions d'une partie de chasse pour distraire son cœur malade, pour brouiller ses voies, pour lui faire perdre la piste de son malheur. Il se mit incontinent à la recherche d'un fauteuil d'orchestre.

Deux jours plus tard, quelques minutes avant le lever du rideau, le vicomte d'Arolles arrivait à l'Opéra-Comique en tenue de guerre, cravaté, chaussé, ganté avec l'irréprochable élégance de ses grands jours, l'air résolu d'un Amadis qui ouvre une campagne. Après avoir pris possession de son fauteuil et salué un ou deux voisins de connaissance, tournant le dos à la scène, il parcourut des yeux toute la salle, qui se garnissait lentement. Il avisa seule dans une première loge de face la marquise de Niollis. Sa toilette verte et or comme la peau d'une salamandre la recommandait à l'attention. Il lui importait peu, elle avait le courage de son opinion et de sa laideur, et l'impertinence de ses petits yeux clignotants et de son sourire qui n'était pas tendre la sauvait du ridicule. Étant la première à faire justice de sa personne, elle s'attribuait le droit d'accommoder de toutes pièces celle des autres, et il y avait dans sa physionomie je ne sais quoi d'inquiétant. On raconte que certains esprits des bois ont été affligés par la nature de vilaines pattes de canard. La plupart les cachent avec grand soin, les autres se moquent de leur disgrâce et s'en consolent en soutenant que tous les esprits des bois et des villes ont quelque chose à cacher. Ils montrent leurs pattes à tout l'univers et s'occupent de découvrir les pattes des autres ; il y a là de quoi remplir une vie.

Ce n'était pas Mme de Niollis que le vicomte d'Arolles était venu chercher à l'Opéra-Comique. Il se rassit, et bientôt après la représentation commença. On donnait comme entrée de jeu les Noces de Jeannette, qu'il savait par cœur. Il n'écouta que d'une oreille et se servit de ses yeux pour inspecter la salle. On entamait la dernière scène quand il vit s'ouvrir la porte d'une loge de côté, où se dessina la taille d'un petit homme dégingandé, affublé d'une longue barbe blanche ; elle était bien à lui, mais on aurait pu croire que c'était lui qui appartenait à sa barbe. Trois femmes l'accompagnaient, et l'une des trois était la sienne. Quel ne fut pas le profond étonnement de Maurice! La baronne Mardorf ne portait point de rose à son corsage. Son chagrin égala d'abord sa surprise; il ne tarda pas à s'en remettre. Décolletée, parée comme une châsse, étincelante de bijoux, Maurice trouva la baronne commune, presque laide. Il s'aperçut que le bonnet à la hongroise lui avait fait illusion, que c'était pour le bonnet et non pour la femme qu'il avait failli en tenir, et il n'est pas le premier à qui soit arrivé pareil accident; mais à ce compte quelle était son inconnue? Une Allemande assurément; mais quelle Allemande? Il se récitait à lui-même les trois billets hiéroglyphiques qu'il avait reçus et dont les pattes de mouche dansaient devant ses yeux. Il n'en tirait aucun éclaircissement. « A quoi bon chercher? se dit-il. Elle m'a écrit: « Vous ne me connaissez pas et je vous connais peu. » Il faut l'en croire, elle était de bonne foi, et mon inconnue est vraiment une inconnue. Attendons. » Là-dessus, il fouillait de son œil perçant tous les coins de la salle pour tâcher d'y découvrir une rose pourpre ou même ponceau, et il n'en trouvait point.

Replongée en plein mystère, on peut croire que son imagination travailla pendant tout l'entr'acte; malheureusement elle mâchait à vide. Le vicomte avait la fièvre, et sa fièvre comptait les minutes.

Un mot qu'il avait presque oublié lui revint à

l'esprit. La dernière fois qu'il était · allé à son cer·
cle, on y avait parlé d'un gros épicier enrichi et vani-
teux de la rue Saint-Martin à qui ses amis avaient fait
croire pendant vingt-quatre heures qu'il était nommé
préfet de la Seine. Maurice ayant trouvé l'invention
un peu grosse, quelqu'un lui avait dit : Oh! vous,
mon cher, vous êtes immystifiable. Avait-on voulu
lui prouver le contraire? Qu'il y eût de par le monde
un homme assez osé pour mystifier le vicomte
d'Arolles, c'était difficile à admettre; à la seule
pensée que cela ne fût pas impossible, ses narines
se gonflaient de colère et ses mains se crispaient.

Soudain sa colère fit place à un tout autre sentiment, voisin de la terreur. Il avait vu paraître dans
une avant-scène une tête blonde un peu ébouriffée,
deux épaules d'un blanc nacré et un buste majes-
tueux aux formes trop ressenties. La femme qui
faisait son entrée était la duchesse de Lestrigny,
qu'il avait plus d'une fois rencontrée dans le
monde Elle demeura un instant debout au bord
de la loge, pendant que ses yeux trottaient autour
d'elle. Ceux de Maurice ne trottaient pas, ils res-
taient fixés sur une rose du rouge le plus foncé,
que la duchesse portait à sa ceinture. Le cœur pe-
sant, il se laissa retomber dans son fauteuil. Mme de
Lestrigny, qui avait fait parler d'elle, était célèbre
pour ses grâces langoureuses ; elle passait pour
avoir été fort bien dans son temps, mais son temps

n'était plus, sa beauté était mûre, et l'excès des précautions lui avait brouillé le teint. Elle faisait une de ces retraites en bon ordre qui sont plus glorieuses que des victoires. Le vicomte consentait à admirer sa vaillance, mais il n'eut pas besoin de descendre dans son cœur pour s'assurer qu'il lui était impossible de répondre aux tendres sentiments que selon toute apparence venait de lui vouer cette beauté sur le retour.

Il essaya de douter encore. Quoiqu'il n'osât pas la regarder, il lui parut que la duchesse le regardait. Il se souvint que le jour où il avait eu la funeste fantaisie d'aller patiner à Madrid, il avait croisé son coupé près de l'arc de l'Étoile, et qu'elle lui avait fait une inclinaison de tête pleine de morbidesse. Autre indice, autre preuve, il se souvint aussi qu'elle habitait à la place Vendôme. Savait-elle la langue de Schiller et de M. de Bismarck ? Elle avait eu longtemps l'habitude de passer l'été à Baden ; peut-être y avait-elle attrapé au vol quelques bribes d'allemand. Le vicomte se sentit comme accablé par la certitude de son bonheur ; il éprouvait le frisson demandé, mais ce n'était pas celui qui accompagne les grandes joies. Il n'était plus Amadis ; le chevalier du Lion venait de se transformer en un beau Ténébreux. Il se rappela cette phrase du dernier billet : « Si ma figure n'est pas celle que vous rêviez, de grâce ne

me regardez pas deux fois. » Il ne savait que faire
de ses yeux et songeait à s'évader ; mais après une
courte ouverture le rideau s'était levé, on jouait
l'opéra nouveau. Il fit de vains efforts pour s'y
intéresser ; il ne put saisir un seul mot de l'in-
trigue, tant il était occupé et tourmenté de la
sienne, dont il maudissait le fâcheux dénoûment.
Il avait trop de courtoisie naturelle pour qu'il
ne lui en coûtât pas de répondre par un mauvais procédé aux avances d'une femme quelconque, fût-ce d'une bouquetière ou d'un modèle d'a-
telier, et assurément la duchesse de Lestrigny
méritait des égards. Il rassembla tout son courage, leva une seconde fois les yeux sur l'avant-
scène. La duchesse avait relevé l'écran placé devant elle, on ne voyait plus que le sommet de sa
tête et de sa coiffure hurlupée. Ce fut un grand
soulagement pour le vicomte. Il avait fait son devoir, il était quitte envers sa conscience. A peine
le premier acte fut-il terminé, baissant la tête
comme un criminel, il se disposa à quitter le
théâtre sans esprit de retour.

Comme il venait d'atteindre l'entrée du couloir,
il s'avisa que plusieurs lorgnettes étaient braquées
sur une loge de face, et son regard s'y porta ma-
chinalement. Cette loge était celle qu'occupait
Mme de Niollis, mais ce n'était point à la marquise
qu'en voulaient les lorgnettes. A sa droite s'était

assise une femme habillée d'une robe de faille
couleur maïs, garnie de dentelles blanches. Elle
ne portait pas un seul bijou, mais elle avait à son
corsage, comme la duchesse de Lestrigny, une
magnifique rose d'un pourpre foncé, et elle tenait
à la main un éventail, qui pouvait bien être un
éventail Pompadour, et dont elle frappait de petits
coups sur le rebord de la loge. Le vicomte d'A-
rolles ne pouvait douter que cette femme ne fût
sa belle-sœur.

Quand il arriva dans le couloir, il avait l'air ef-
faré d'un homme qui a vu tomber la foudre à vingt
pas de lui ; il ne se reconnaissait plus dans le désordre de ses pensées, il lui semblait porter sur
ses épaules la tête d'un autre. Il reprit son par-
dessus à l'ouvreuse, s'en revêtit en hâte et s'enfuit.
Il était fermement, irrévocablement résolu à ne
pas approfondir le redoutable mystère des deux
roses rouges. Si le sphinx de Thèbes faisait un
mauvais parti aux passants peu sagaces qui ne
devinaient pas le mot de son rébus, d'autres
sphinx, habillés quelquefois d'une robe couleur
maïs, dévorent les imprudents qui les devinent.
Le vicomte gagna en trois sauts le péristyle et
bientôt le trottoir du boulevard, sans trop savoir
où il allait. Quand il fut là, il comprit qu'il devait
se diriger vers la rue Montmartre pour retourner
chez lui. Il avait les jambes d'un homme qui se

sauve. Il dépassa la rue Richelieu, puis la rue
Vivienne ; mais peu à peu sa démarche se ralentit.
Il s'arrêta bientôt, resta une minute immobile, le
regard vague, les bras ballants. Il se surprit à dire
à une marchande de journaux : « Que je meure si
je ne sais pas ce qui en est ! » La marchande le contemplait d'un œil ahuri. Il rebroussa chemin et se
retrouva en face de l'Opéra-Comique.

Au moment où il atteignait le haut de l'escalier
qui conduit à la galerie des premières, il aperçut
le baron Mardorf embusqué à l'entrée du foyer
comme une araignée qui attend sa mouche. Le
kobold fit un geste de joyeuse surprise, se précipita au-devant du vicomte, s'informa de sa santé
sur un ton caressant. Sa politesse, ayant beaucoup
circulé, avait acquis l'aimable rondeur d'un caillou
qui, en roulant, a perdu tous ses angles.

« Vous n'êtes pas retourné à Madrid, monsieur
le vicomte, lui dit-il. La baronne Mardorf s'en
plaint.

— J'irai au premier jour lui présenter mes excuses sur la glace, » lui répondit Maurice.

Et il le quitta sans plus de façons. La figure de
M. Mardorf s'allongea. Il avait espéré que le vicomte d'Arolles le désennuierait cinq minutes durant, et il lui en voulait de l'avoir déçu dans son
attente.

Depuis le commencement de l'entr'acte, Mme d'A-

rolles avait eu fort à faire aux empressés qui étaient
venus la saluer dans sa loge. Maurice attendit leur
départ avec impatience. Il entra à son tour. Il avait
repris possession de lui-même et refoulé au fond
de son cœur la violente émotion qui l'avait pris à
la gorge. Il s'était fait un visage. En le voyant paraître, la comtesse s'écria : « Un revenant ! »

Puis elle lui tendit la main : « C'est bien vous ?
en chair et en os ? Il m'avait semblé vous découvrir tantôt à l'orchestre ; mais je n'en croyais pas
mes yeux. » Et, se tournant vers Mme de Niollis :
« Ma chère, lui dit-elle, je vous présente une vertu
en rupture de ban.

— Ah ! vicomte, dit la marquise, c'est une chose
bien grave qu'une première faute. Plaise à Dieu
que vous ne soyez pas ici sans l'autorisation de
votre gouverneur !

— Je suis en règle, lui répondit Maurice, j'ai
dans ma poche une permission de minuit, et j'entendrai la pièce jusqu'au bout. Les enfants aiment
à savoir comment les histoires finissent.

— Oh bien ! je voudrais savoir comment celle-ci
commence, reprit la marquise. C'est un embrouil-
lamini où je me perds. Vicomte, je vous prie,
qu'est-ce qu'il chante, ce premier acte ? »

Maurice se trouva fort embarrassé ; il n'avait de
ce premier acte que l'idée la plus confuse, et lui-
même aurait eu grand besoin d'être mis au clair

Il paya d'audace, se lança dans des explications beaucoup plus obscures que ce qu'il voulait expliquer, brouillant outrageusement la pièce nouvelle et *les Noces de Jeannette*, dont il ne faisait qu'un plat. La marquise se mit à rire.

« Comme on a raison de dire, s'écria-t-elle, qu'il n'est rien de comparable à l'étude du droit pour éclaircir les idées d'un homme !

— Il faut pardonner à ce pauvre garçon, lui dit Mme d'Arolles. Dame ! la première fois qu'on va au théâtre, la nouveauté du spectacle, l'émotion, les toilettes, l'éclat des lumières...

— En conscience, ce n'est pas cela, repartit Maurice.

— Et quoi donc ?

— Si j'ai mal écouté la pièce, reprit-il en regardant fixement sa belle-sœur, c'est la faute de la duchesse de Lestrigny. Elle porte à son corsage une rose pourpre, et cette rose m'a causé des distractions.

— Mais je vous prie, répliqua-t-elle avec enjouement, si vous aimez les roses, croyez-vous que nous n'en ayons pas, nous autres ? Tenez, en voici une qui vaut celle de la duchesse, et pour vous récompenser de la bonne pensée que vous avez eue de rompre votre clôture, je prétends vous en fleurir. »

Ce disant, elle ôta la rose de son corsage et la

présenta au vicomte, qui, après l'avoir contemplée
en silence, la mit à sa boutonnière.

En ce moment, M. de Niollis entra dans la loge,
salua Maurice et prit place derrière Mme d'Arolles.
Elle faisait danser entre ses doigts son éventail,
qu'elle n'avait pas déplié de la soirée. Le marquis
se pencha familièrement vers elle et lui dit : « Lequel de vos deux cents éventails avez-vous apporté
ce soir ? » Et il fit un mouvement comme pour le
lui prendre des mains.

Elle le posa sur ses genoux en disant : « J'y ai
fait un accroc, n'y touchez pas, vous l'achèveriez. »

Le chef d'orchestre venait de frapper trois coups
d'archet sur son pupitre. Maurice voulut prendre
congé de sa belle-sœur. Elle le retint en lui disant :
« Nous ne vous lâchons pas ainsi, vous êtes un
homme trop rare. Vous occupez le fauteuil de
votre frère, et je doute qu'il vienne vous le réclamer. Il dînait ce soir à Versailles. »

Le vicomte n'écouta pas le second acte mieux
que le premier. Le trouble de ses pensées s'ac-
croissait encore par la présence de M. de Niollis,
qui lui portait sur les nerfs. Le marquis affectait
de s'intéresser à la pièce et ne s'occupait sérieusement que des épaules, de la nuque dorée et des
cheveux crêpés de la comtesse. Il attachait sur elle
des regards dont l'indiscrétion révoltait Maurice,
jusqu'à ce qu'il s'avisa d'y découvrir une nuance

de mélancolie chagrine ; le désir, comme on l'a dit, est une douleur commencée. Au milieu de l'acte, M. de Niollis se pencha de nouveau vers Mme d'Arolles et lui dit : « Je vais passer une demi-heure au bal de l'ambassade d'Espagne et je reviendrai vous mettre en voiture. »

Elle lui répondit : « Ne vous inquiétez pas de nous ; Maurice se charge de moi, et je me charge de votre femme. »

Le départ de M. de Niollis rendit au vicomte un peu de liberté d'esprit. Il en usa pour s'acharner de plus belle sur l'énigme dont il s'était juré d'avoir le mot. Il dévorait des yeux la rose qui ornait sa boutonnière ; elle le regardait aussi, elle le défiait, elle semblait lui dire : Tu n'auras pas mon secret. « Il y a dans les trois billets anonymes, pensait-il, des passages qui n'ont tout leur sens que s'ils ont été écrits de sa main, celui-ci entre autres : « Une rencontre décide quelquefois de toute une vie, et un caprice combattu devient souvent une passion. » C'est elle, c'est bien elle. Le mot sur les grands bonheurs qui font frissonner est une allusion évidente à l'effroi que je ressentis une nuit dans le corridor d'une abbaye en ruine. Il n'y a plus de doute, c'est elle. » Sûr de son fait, il lui prenait un frisson qu'il sentait courir dans tout son corps. Cependant Gabrielle était tout entière à la pièce, elle n'avait pas tourné une seule

fois la tête pour s'assurer qu'il était encore là. Il
recommençait à douter et mourait d'envie de lui
arracher son éventail pour y lire sa destinée ; mais
la main qui tenait cet éventail le tenait bien, et
cette main n'était pas de celles qu'on peut ouvrir
de force, on l'eût plutôt brisée.

Le rideau tomba sans que Maurice s'en aperçût.
Mme d'Arolles se tourna vers lui. « Qu'en pensez-
vous ? lui dit-elle. La pièce me semble jolie ;
les situations sont gaies, la musique est chan-
tante.

— Eh ! oui, reprit-il d'un ton glacial, c'est un
opéra aussi médiocre que beaucoup d'autres, des
flonflons guindés sur des échasses, et qui ont la
prétention d'être quelque chose.

— Vous manquez d'enthousiasme, reprit-elle. Il
y a pourtant ici quelqu'un qui vous donne tort.

— Qui donc ?

— Une femme que tout à l'heure je voyais rire à
pleines dents en battant des mains... Vous la voyez
d'ici, c'est votre baronne austro-hongroise.

— Depuis quand est-elle à moi ?

— Depuis que vous avez eu le plaisir de pirouet-
ter avec elle sur la glace. Vous imaginez-vous que
nous ignorions vos prouesses ?.. De tout mon cœur
je vous félicite de votre nouvelle conquête. Seulement je dois vous prévenir qu'il y a des femmes
comme cela à la douzaine ; ce sont des gravures

11

tirées à dix mille exemplaires, et celle-ci n'est pas d'avant la lettre.

— Vous êtes cruelle pour mes illusions, » repartit le vicomte.

Mme de Niollis venait de braquer ses jumelles sur la baronne Mardorf. « Vous avez raison, ma chère, dit-elle, voilà une pauvre créature qui trouve le secret d'être excentrique sans être originale. Très-connu, ce genre de baronnes. Elles sont nées avec une dizaine de bouteilles de vin de Champagne dans la tête; quand le dernier bouchon est parti, elles deviennent de bonnes ménagères ennuyeuses comme la pluie.

— Ah! tenez plutôt, s'écria Mme d'Arolles, vous qui êtes poète, Maurice, il y a là-bas une tête blonde qui doit vous plaire. Elle ne ressemble à rien; ce serait un joli modèle pour Chaplin... La voyez-vous, là, dans cette baignoire?.. Vous arrivez trop tard, elle a disparu.

— Elle est en effet fort bien, » lui répondit-il à l'aventure. Il était dans cet état d'esprit où un homme est incapable de voir dans le monde autre chose que l'ombre portée de ses chagrins.

« Qu'avez-vous donc? lui demanda Gabrielle. Rêvez-vous encore à la rose de la duchesse de Lestrigny? »

Il se hâta d'enfiler la piste. « Point du tout, répondit-il. Je préfère infiniment celle que je porte à ma boutonnière. Elle est d'un plus beau rouge, et puis c'est la vraie.

— Comment la vraie? fit-elle avec étonnement.

— On dit de beaucoup de choses, continua-t-il sans la quitter des yeux, qu'elles se ressemblent comme deux gouttes d'eau, et pourtant sur le nombre il n'y en a jamais qu'une qui ait le je ne sais quoi, les autres sont de méchantes copies, et ne méritent pas qu'on les regarde ni qu'on les garde. Pour conclure, à mon avis, la rose de Mme de Lestrigny ne signifie rien, et il me semble que la mienne a un sens caché, bon ou mauvais. Vient-elle de Dieu? vient-elle du diable? C'est un mystère, mais elle dit ce qu'elle veut dire, et voilà pourquoi j'affirme que des deux c'est la vraie. »

La comtesse ne sourcilla pas. « Bon Dieu! dit-elle, c'est trop subtil pour moi, et je commence à croire que, sous apparence d'étudier le droit, vous vous êtes plongé jusqu'au cou dans la philosophie allemande.

— Vous avez rencontré juste; la semaine dernière j'ai lu beaucoup d'allemand. »

Elle répondit du ton le plus naturel : « Le lisez-vous bien? J'aurais cru que vous l'aviez oublié;... mais pour en revenir à notre guerre des deux roses, avant de trancher le différend, avez-vous examiné de près celle de la duchesse? Je la trouve incomparable.

— La rose ou la duchesse?

— La duchesse est fort bien aussi, et j'ai cru m'apercevoir que tout à l'heure elle vous jetait des regards de reproche. Elle vous en veut de ne pas être allé la saluer.

— Laissez-le donc tranquille dans son petit coin, s'écria Mme de Niollis; qu'irait-il faire dans la loge de cette folle? On aurait dû pour la circonstance y mettre des barreaux.

— Où prenez-vous qu'elle soit folle? Je la trouve ce soir en beauté.

— La duchesse est une oie, ma chère, répliqua Mme de Niollis de son ton le plus sardonique, et les femmes ont besoin d'avoir beaucoup d'esprit pour tenir tête à leur imagination. Que voulez-vous que devienne cette pauvre malheureuse? L'esprit l'inquiète et les conversations l'ennuient. Il faut bien qu'elle s'occupe de l'homme, et elle poursuivra jusqu'au bout sa carrière blonde.

— Défendez-la donc, dit Mme d'Arolles à Maurice, qui ne sonna mot.

— Je ne l'attaque point, » reprit Mme de Niollis en dirigeant sa lorgnette sur le duc de Lestrigny, immobile à côté de sa femme fort agitée. C'était un petit homme fluet, sec comme une allumette. « Plaignons-la plutôt, ajouta la marquise : avoir tant d'imagination et si peu de mari! »

Mme d'Arolles souleva son éventail jusqu'à la

hauteur de son menton, et Maurice, hors de lui,
crut qu'elle était au moment de l'ouvrir. Elle se
contenta d'en effleurer l'épaule de la marquise.
« Convenez, Hortense, lui dit-elle, que vous aimez
à plaindre les gens et que vous seriez ravie, s'il
m'arrivait de faire une sottise.

— Oh! vous, ma toute belle, je vous attends,
vous n'en ferez qu'une, mais elle sera pommée, il
y en aura pour toute notre vie, marmotta la marquise en regardant Gabrielle en dessous. Bah! le
monde vous sera indulgent; il dira : Elle était si
douée qu'il faut bien lui pardonner.

— Votre sentence est irrévocable? Il n'y a pas
d'appel? fit la comtesse.

— Si fait, écrivez des romans; c'est un dérivatif.
Je connais une femme qui, par mesure de précaution, en publie deux chaque année. Sa littérature
est une revanche qu'elle prend sur son honnêteté.

— Hélas! voilà une revanche que je ne prendrai
jamais, dit la comtesse en riant. J'ai une telle horreur des écritoires qu'étant obligée d'écrire moi-
même mes lettres, il m'arrive souvent d'en faire
écrire l'adresse par ma femme de chambre. »

Ce fut un trait de lumière pour Maurice. « C'est
bien elle, » pensa-t-il avec un tressaillement.

Cependant la marquise n'avait pas cessé de coucher en joue l'avant-scène. « Il est certain, dit-elle
Mme d'Arolles, que la rose de Mme de Lestrigny

ressemble singulièrement à la vôtre ; elle est presque noire.

— Ce n'est pas étonnant, lui répondit Gabrielle ; ces deux sœurs ont poussé sur la même branche. Il y a trois jours, la duchesse avait écrit en province pour commander qu'on lui envoyât la plus belle rose de ses serres ; elle en a reçu deux, en a gardé une et m'a fait tenir ce matin la seconde, qui m'a servi à fleurir un Amadis du pays latin.

— Non, ce n'est pas elle, ou on s'est entendu pour me mystifier, » se dit Maurice en retombant lourdement sur lui-même. Il aurait voulu briser quelque chose ou quelqu'un ; sa sombre fureur ne savait à qui s'en prendre. Il eut une longue absence.

« Vicomte, vous êtes muet comme une carpe, lui dit Mme de Niollis.

— Dans mon quartier, répliqua-t-il d'un ton d'humeur, on ne parle que lorsqu'on a quelque chose à dire.

— Ce qui n'arrive qu'aux fêtes carillonnées, reprit-elle. Il faut quitter votre quartier, mon cher monsieur, rien ne se gagne comme le silence ;... mais peut-être êtes-vous décidément féru de votre baronne autrichienne. Si le cas est mortel, nous respectons votre agonie.

— Me permettrais-je d'être amoureux, repartit le vicomte, sans y être autorisé par mon gouverneur?.. Cela me fait penser qu'il se fait tard ; si je rentre après minuit, je serai grondé. »

A ces mots, il fit mine de se lever. Sa belle-sœur l'obligea de se rasseoir. « J'ai promis à M. de Niollis que vous nous mettriez en voiture, lui dit-elle du ton le plus affable, subissez de bonne grâce votre condamnation. »

Heureusement pour lui, on commençait de jouer le troisième et dernier acte de l'opéra nouveau. Quoi qu'il en pût dire, la musique en était neuve et charmante ; elle eut grand succès. A plusieurs reprises la salle éclata en applaudissements. Il semblait au vicomte que le spectacle n'était pas sur la scène, que la pièce qu'on applaudissait, c'était lui qui la jouait, et qu'il était excellent, irréprochable, vraiment inspiré dans un rôle où l'odieux le disputait au ridicule.

Son supplice prit fin. Les deux femmes n'attendirent pas pour lever la séance que les auteurs eussent été nommés et les acteurs rappelés. Mme de Niollis passa de la loge dans le salon attenant, où elle fut longtemps à s'affubler, car elle avait grand' peur du froid. La comtesse d'Arolles la pria de lui tendre son mantelet, et rentra dans la loge pour le mettre. Elle tournait le dos à la marquise et faisait face à Maurice. Elle le regarda ; il y avait dans ce regard je ne sais quoi d'impérieux et de farouche qui s'adoucit par degrés. Il la vit pâlir.

Un violent combat se livrait en elle. L'imprudente avait trop osé et payait sa faute Sa curiosité irritée, mise au défi pendant trois mois, avait voulu faire une expérience ; rien n'est plus dangereux, on ne s'arrête jamais à temps. Les expériences ont leurs entraînements ; sait-on jamais tout ce qu'on veut savoir ? On comptait n'écrire qu'une lettre, on en écrit trois. Gabrielle avait joué avec le feu, et par degrés son imagination s'était allumée. Il connaissait bien les hommes et surtout les femmes, le saint qui a dit : « Ne tentez pas les autres, de peur que vous ne soyez tentés. » Depuis deux heures, elle se disait : Tout ceci n'est qu'une comédie qui m'amuse, et il n'en sera pas autre chose. Elle ajoutait tout bas : N'est-ce vraiment qu'une comédie ? ne se passe-t-il rien en moi ? mon heure serait-elle venue ? Je n'ai jamais aimé ; si j'aime quelqu'un, assurément ce sera lui. De minute en minute, elle se sentait comme envahie par un sentiment tout nouveau pour elle, par une émotion inconnue, dont le trouble lui était délicieux. C'était une autre vie qui commençait ; comme au théâtre, un rideau allait se lever ; qu'y avait-il derrière ? Mais elle croyait démêler au fond de son rêve quelque chose de sombre qui lui faisait peur.

Elle résistait à son cœur étonné, qui la sollicitait ; elle lui répondait : « Non, je ne veux pas. » Cette volonté, si sûre d'elle-même, fut prise d'une

faiblesse, d'une défaillance ; elle passa subitement
à l'ennemi. Par un geste brusque, presque violent,
la comtesse tendit son éventail à Maurice ; il le
déplia d'un coup de pouce. Sur la feuille peinte
par Watteau, il entrevit un amour qui jouait de la
guitare et des bergers enrubannés qui dansaient ;
après quoi il ne vit plus qu'un nuage, et dans ce
nuage une salle de spectacle, laquelle tournait
autour de lui avec une rapidité vertigineuse. Quand
il releva la tête, Gabrielle le regardait encore, et
de ses yeux noirs jaillit un éclair. Il sentit ses genoux ployer sous lui ; il lui resta tout juste assez
de force pour demeurer debout.

« Eh bien ! ma chère, venez vous ? » cria Mme de
Niollis, qui avait enfin terminé sa toilette.

La comtesse reprit vivement l'éventail à Maurice ; ils descendirent l'escalier sans échanger une
parole. Dans le péristyle, elle s'enveloppa de sa
pelisse, que lui présenta un valet de pied, puis
elle gagna sa voiture. Elle y fit monter la marquise, et, se retournant vers son beau-frère, elle
lui dit d'une voix sourde et altérée : « Après-demain, à trois heures, je serai seule. » Quelques
secondes après, la voiture avait disparu.

La nuit était froide et claire. Le vicomte retourna chez lui à pied. Il avait une notion si confuse de toutes choses qu'il s'achemina du côté du
faubourg Saint-Honoré, et il allait sonner à la

porte d'une maison qu'il avait longtemps habitée,
lorsqu'il se rappela fort à propos qu'il avait démé-
nagé depuis quatre mois. Il atteignit la rue Médicis entre une et deux heures. Il passa le reste
de la nuit étendu dans un fauteuil, près de sa
fenêtre, une rose dans les mains. Il vit pâlir et
s'éteindre l'une après l'autre toutes les étoiles du
ciel comme les flambeaux consumés d'une fête.
Déjà du haut des collines l'aube montrait à la
plaine ses yeux clairs et l'éternelle jeunesse de
son sourire quand le sommeil le prit. Il lui sembla
qu'il cueillait des roses rouges au bord d'un abîme.
En se réveillant, il ne vit plus les roses ; mais il
revit distinctement le précipice, et il en mesura la
profondeur.

# VII

Pendant que le vicomte d'Arolles était à l'Opéra-
Comique, Séverin Maubourg avait eu ses émotions d'un autre genre. Il avait reçu la visite d'un
de ses anciens camarades de l'École des Beaux-
Arts, garçon de talent, mais d'une timidité mala-
dive, qu'on appelait le petit Antoine. Dépourvu
d'entregent, de savoir-faire, sensible aux mouches,
mal armé pour la dure bataille de la vie, il s'était
marié à vingt-deux ans ; sa femme ne lui avait
apporté en dot que la beauté du diable, et lui avait
donné quatre enfants. Il nouait à grand'peine les
deux bouts. Séverin, qui l'estimait, lui avait rendu
quelques services ; mais le petit Antoine jouait de
guignon. Ayant entendu parler du concours ouvert
dans une ville du midi pour la construction d'un
théâtre, le programme lui avait plu comme à Sé-

verin. Il avait pris feu, il s'était mis au travail ; il lui semblait que sa tête était grosse d'un chef-d'œuvre sur lequel il fondait déjà son avenir, sa cuisine et sa gloire. Il lui vint aux oreilles que Séverin concourait aussi ; il en fut consterné, et se rendit incontinent auprès de lui pour s'assurer de ce qui en était.

« Est-il vrai que tu concoures ? lui demanda-t-il d'un ton guilleret que démentaient sa pâleur et le tremblement de ses lèvres.

— On te l'a dit ?

— Oui, et je quitte la place, je me retire.

— Pourquoi donc cela ?

— Parce que tu as plus de talent que moi et de la corde de pendu dans ta poche. Tu es un rival trop redoutable... Allons, voilà ma chance ordinaire ! »

Il était fort ému et, pour un peu, se serait mis à pleurer. La lampe de Séverin fumait ; il s'occupa de l'arranger, ce qui lui donna deux minutes pour tenir conseil, il ne lui en fallut pas davantage. Il se retourna brusquement vers le petit Antoine et lui dit : « On t'a mal informé, je ne concours pas.

— Bien sûr ?

— Je ne concours pas, te dis-je ; j'y avais pensé, mais je n'ai pas le temps. »

Le petit Antoine le questionnait du regard, il cherchait à lire sur son visage ; puis il lui sauta au

cou en s'écriant : « A tout hasard, merci ! » Et il
se sauva.

Pendant la nuit qui suivit cet entretien, Séverin
ne rêva pas, comme le vicomte d'Arolles, qu'il
cueillait des roses au bord d'un précipice ; mais il
lui sembla qu'on venait de lui faire subir une dou-
loureuse amputation. Il découvrit à son réveil
qu'il s'était amputé lui-même, que le chirurgien,
c'était lui. Était-ce vraiment lui ? L'homme qui
vient d'imposer à sa volonté un coûteux sacrifice
croit découvrir au fond de son être quelque chose
qui le dépasse ; il y avait en lui un divin prisonnier
dont il ne soupçonnait pas la présence, et tout à
coup son prisonnier est devenu son maître.

Séverin ouvrit ses cartons, il contempla d'un
œil morne ses dessins et ses plans, déjà fort
avancés ; le cœur lui saignait, il était amoureux de
son théâtre. Il ne regrettait pas ce qu'il avait fait
la veille, mais il s'étonnait de son courage et surtout de la promptitude de sa décision. Avait-il agi
dans la plénitude de son bon sens, ou avait-il eu
un transport au cerveau ? Il donnait secrètement
au diable le petit Antoine et ses doléances. « Les
bonnes actions, pensa-t-il, sont vraiment des enfants trouvés, on ne leur connaît ni père ni mère ;
mais il faut avouer que les enfants de l'amour sont
quelquefois bien gênants. »

Une heure plus tard, il lui vint une distraction

qui changea le cours de ses idées. Mlle Saint-Maur
était à Paris, où elle faisait un séjour, comme tous
les hivers, chez sa tante, Mme de Mirevieille. Avant
de la laisser partir, le colonel lui avait fait promettre qu'elle éviterait soigneusement toute rencontre avec son cousin ; mais le hasard dispose de
nous. La veille, sa tante l'avait conduite à l'Opéra-
Comique. Cachée dans l'ombre d'une baignoire,
son cousin ne l'aperçut point ; il était trop occupé
à chercher des roses rouges dans une première
loge. Au milieu d'un entr'acte, elle s'était mise un
instant sur le devant de la baignoire, et Mme d'A-
rolles, qui ne la connaissait pas, avait dit au vicomte : « Tenez, vous qui êtes poète, Maurice, il
y a là-bas une tête blonde qui doit vous plaire ; elle
ne ressemble à rien. » Il avait approuvé du bonnet,
sans regarder ce qu'on lui montrait. S'il n'avait
point vu sa cousine, sa cousine l'avait fort bien vu
et beaucoup regardé. Elle avait fait ses réflexions,
Mme de Mirevieille en avait fait aussi dans un autre
style. Sa nièce l'ayant mise au courant de la négociation conduite par Séverin, elle lui proposa de
mander l'ambassadour, à quoi Simono consontit
avec empressement.

On dépêcha un domestique à Séverin, et dans
l'après-midi, toute affaire cessante, il se transporta
dans la rue de Miroménil où Mme de Mirevieille
habitait un petit hôtel entre cour et jardin. Pour

la première fois de sa vie, il s'avisa de découvrir que la rue de Miroménil n'est pas une rue comme une autre ; ce jour-là du moins elle avait quelque chose de particulier. Il découvrit aussi qu'il était agité, que le cœur lui battait plus vite qu'à l'ordinaire. Il s'arrêta pour souffler, il se disait à lui-même : « Eh bien ! mon fils, qu'est-ce qui te prend ? »

Il trouva Mlle Saint-Maur seule avec sa tante. En le voyant entrer, elle se leva vivement de sa chaise et rougit, mais elle se remit en un instant. Il parut à Séverin qu'elle avait changé depuis quatre mois. Elle avait toujours sa fine taille, son sourire ingénu, sa voix et ses cheveux argentés ; mais son tour de gorge s'était arrondi, elle avait l'air plus formé, plus d'assurance dans le regard, plus de décision dans les mouvements. Elle venait de doubler un cap et de traverser la crise où les petites filles finissent, où la femme commence. Séverin sentit que son rôle de confident devenait plus difficile ou plus dangereux, qu'il n'en avait plus l'esprit, et qu'il avait eu tort de venir.

Elle lui tendit la main en lui disant d'un ton gai : « Grondez-moi, monsieur, grondez-moi bien ; hier soir, il m'a fait peur. »

Elle commença de lui raconter sa soirée théâtrale, et Séverin fut bien étonné d'apprendre que Maurice était allé à une première représentation

et qu'il avait entendu deux actes de l'opéra nouveau dans la loge de la comtesse d'Arolles. Il en
tira des conjectures dont il n'eut garde de faire
part à Mlle Saint-Maur.

« Précisons, spécifions, mademoiselle, lui dit-il,
car il me faut des faits. Quelle énormité a commise ce scélérat pour vous indisposer contre lui?

— Aucune, répondit-elle. Je ne suis qu'une enfant, et je n'ai que des enfantillages à vous raconter.

— Sentait-il le soufre? avez-vous reconnu le
pied fourchu?

— Non, mais il paraissait préoccupé.

— On le serait à moins ; il passera ses examens
dans quinze jours.

— Était-ce bien sa thèse qui l'occupait? J'en
doute. De ma place, je lui demandais : « Qu'avez-
vous? » et son visage me répondait : « De quoi
vous mêlez-vous ! »

— Voilà qui est grave, très-grave. Enfin, où est
le corps du délit ?

— Il n'y en a point, mais il avait un certain
air...

— Au nom du ciel, quel air avait-il?

— Comment dire?.. Un air d'autorité dédaigneuse. Il retournait la tête comme pour chercher
dans la salle quelque chose qui fût digne de lui,
et ne trouvant pas ce qu'il cherchait, il fronçait le

sourcil. Un moment j'ai cru qu'il m'avait aperçue. Point du tout, et je soupçonne qui si quelqu'un lui avait dit : « Mlle Saint-Maur est ici, à vingt pas de vous, » il aurait eu besoin d'un instant de réflexion pour se remettre au fait. Il aurait répondu : « Mlle Saint-Maur ? Attendez,... ah ! oui, je sais qui c'est. »

— Rien n'est plus vraisemblable. Et ensuite ?

— Ensuite, je vous l'ai dit, il a quitté sa place, et un peu plus tard je l'ai vu apparaître dans la loge de la comtesse d'Arolles que ma tante m'avait nommée. Je n'ai pu m'empêcher de me dire que si la comtesse avait une sœur cadette qui fût tout son portrait, ce serait vraiment là une femme pour Maurice, mais que pour jouer dignement ce rôle j'étais vraiment beaucoup trop...

— Trop quoi ? demanda-t-il.

— Trop Seine-et-Marne, » répondit-elle en riant.

Mme de Mirevieille était surprise et un peu choquée du ton confidentiel dont Mlle Saint-Maur parlait à Séverin. Elle l'avait écoutée sans rien dire, mais non sans donner quelques marques d'impatience. Elle trouvait que sa nièce ne le prenait pas assez haut avec le vicomte d'Arolles et ses ambassadeurs. Elle s'écria : « Monsieur, il ne s'agit pas de cela.

— Et de quoi s'agit-il, madame ? lui demanda Séverin en lui faisant face.

12

— Le vicomte est un impertinent. Il nous avait parfaitement reconnues, à telles enseignes qu'au dernier entr'acte Mme d'Arolles lui a montré ma nièce du bout de son éventail. Croyez-vous qu'il se soit dérangé pour venir nous rendre ses devoirs ?

— Soyez sûre, madame, que sa courtoisie ne s'est jamais trouvée en défaut, et que s'il vous avait reconnues...

— S'il n'a pas daigné nous reconnaître, il est doublement impardonnable. Un homme qui peut passer une soirée à deux pas de la personne qu'il doit épouser sans que rien l'avertisse qu'elle est là est un déplorable fiancé.

— Et un homme à pendre, fit Séverin en souriant.

— A pendre, c'est possible, mais en tout cas à ne pas épouser.

— Qu'en pensez-vous, mademoiselle ? » dit-il en se retournant vers Simone.

Elle poussa un profond soupir. « Je pense, répondit-elle, que je ne sais plus où j'en suis, et que je serais fort obligée à la tireuse de cartes qui me prédirait mon avenir.

— Il ne s'agit pas de cela, répéta sèchement Mme de Mirevieille.

— Encore un coup, de quoi s'agit-il ? demanda Séverin à la douairière.

— Ce monsieur se permet de traîner les gens.

Depuis quatre mois, on n'a pas entendu parler de lui à la Rosière.

— Permettez, madame, vous oubliez qu'à cet égard il s'est conformé aux instructions nettes et précises que le colonel Saint-Maur m'avait chargé de lui transmettre.

— Il est des cas, monsieur, où la désobéissance est le premier des devoirs... Quand on n'est pas un fat, on ne fait pas attendre une charmante fille, car, ne vous en déplaise, ma nièce est une charmante fille.

— Je suis entièrement de votre avis, s'écria Séverin en attachant sur Mlle Saint-Maur des yeux qui peut-être parlaient trop.

— Sur votre honneur et conscience ? lui dit Simone, qui lui jeta un regard droit accompagné d'un indéfinissable sourire.

— En doutez-vous ? répondit-il froidement.

— Il faut en finir, monsieur, reprit Mme de Mirevieille. J'ai décidé que Simone ne quitterait pas Paris sans savoir à quoi s'en tenir sur les intentions de son cousin. Nous lui donnons vingt-quatre heures pour s'excuser et pour se déclarer. Si demain soir nous n'avons pas sa réponse, tout est rompu entre nous et lui. Soyez assez bon pour l'en prévenir, et veuillez lui dire aussi que, si sa hautesse nous dédaigne, nous en sommes d'avance parfaitement consolées.

— Ah ! sur ce point, madame, lui répliqua Séverin, permettez-moi de ne pas m'en rapporter à vous.

— Je vous en supplie, s'écria Simone, laissez-le bien à lui-même, ne pesez pas sur sa décision.

— Tenez pour certain que j'aurai soin de votre fierté comme s'il s'agissait de la mienne.

— Ma fierté est hors de cause ; mais si j'osais vous dire toute ma pensée...

— Osez.

— Il me semble que le meilleur parti à prendre dans ce monde est de ne rien désirer, de ne rien demander, de ne rien vouloir et de laisser cheminer les événements. Avec tout cela, on peut être malheureux, mais on n'est pas le complice de son malheur.

— Je vous répondrai qu'il ne faut pas aller à l'Opéra-Comique pour y chercher des règles de conduite.

— Oh ! ce n'est pas d'hier que je suis devenue superstitieuse, cela date de plus loin... »

Ce qu'elle allait ajouter lui parut difficile à dire, et se jetant dans une traverse pour sortir de ce mauvais pas : « Tenez, reprit-elle, Mlle Trimlet, qui est une personne fort raisonnable, m'a souvent répété : « Ma chère enfant, ne demandez rien à Dieu dans vos prières, vous risqueriez de lui demander des chagrins. »

— Eh bien ! répliqua-t-il, vous direz de ma part à Mlle Trimlet que ce qui nous manque le plus souvent, c'est le courage d'être heureux.

— Il ne s'agit pas de cela, interrompit Mme de Mirevieille, à qui il parut que la conversation s'égarait ; nous ne sommes pas ici pour approfondir des questions de haute morale. Nous vous avons fait venir, monsieur Maubourg, pour que vous nous fassiez justice d'un impertinent ; vous avez vingt-quatre heures, ne nous demandez pas une minute de plus... Et surtout gardez-vous de laisser croire au vicomte que ma nièce lui veut du bien. Les peines de cœur, je connais cela. C'est une affaire de trois semaines, comme les rhumes. »

En sortant, Séverin s'arrêta un moment au bas de l'escalier. Il avait la tête lourde, le cœur oppressé ; il se disait : « Je suis par trop complaisant, maudit soit le métier qu'on me faire ! Je n'aurais pas dû la revoir. » Puis, se révoltant contre lui-même : « Eh ! bon Dieu, quand il serait vrai que je la trouve charmante et que je me sens pour elle un dangereux attrait, qu'est-ce à dire ? ni elle, ni personne ne le saura jamais. » Quand il fut dans la rue, il se redressa comme un homme qui répond de lui-même et qui met les passants au défi de le détourner de son chemin.

Ce soir-là, il devait dîner avec Maurice, qui, par extraordinaire, arriva en retard. Il fut frappé de

l'étrangeté de sa figure, qui n'était pas celle de
tous les jours. Le vicomte avait le teint échauffé,
le regard étincelant, le pouls fébrile, des saccades
dans la voix, le parler sec et cassant ; il discourait
d'abondance de cœur sur la première matière
venue, mais sans suite, avec des éclats de gaîté qui
sonnaient creux, s'espaçant sur des vétilles, brouillant tous les tons et tous les sujets. Séverin le regardait avec étonnement ; Maurice s'en aperçut, et
peu à peu il se calma.

Entre la poire et le fromage, il lui demanda des
nouvelles de son théâtre ; Séverin lui raconta la
visite du petit Antoine, et le vicomte fit un haut-
le-corps. Dans la disposition d'esprit où il se trouvait depuis vingt-quatre heures, son romantique
ami lui fit l'effet d'un héros de Berquin ou d'un
habitant de la lune.

« As-tu perdu le sens ? s'écria-t-il.

— Décidément tu ne m'approuves pas ?

— Je t'empêcherai de faire une sottise aussi
musquée.

— Elle est irréparable, je me suis laissé atten-
drir, et après tout je ne regrette rien. Ma carrière
est faite, je vois mon chemin devant moi. Ce pauvre diable est chargé de famille ; puisse son théâtre
l'aider à graisser sa marmite ! S'il n'a pas le prix,
du moins ce ne sera pas ma faute. En admettant
que j'eusse accouché d'un chef-d'œuvre, que

m'aurait-il rapporté, ce concours? Un peu de cette
fumée qu'on appelle la gloire. Il faut la laisser à
ceux qui n'ont pas de quoi s'acheter des régalias...
Tiens, en voici que je te recommande, » ajouta-t-il
en présentant à Maurice son étui à cigares.

Le vicomte se fâcha tout de bon, lui fit une
scène et finit par lui dire : « Vois-tu, mon cher, c'est
un métier de sot et une véritable preuve d'insanité
d'esprit que de se sacrifier à qui que ce soit. La vie
est un combat. Le monde appartient aux forts,
aux habiles, aux attentifs, à ceux qui n'ont pas de
distractions ni d'attendrissements, et c'est affaire à
Dieu de venir en aide aux infirmes et aux distraits.
Tu as du talent, prends-en le plus grand soin, et
laisse les pauvres diables démêler leur fuseau
comme ils peuvent ; le genre humain t'en saura
gré. Tout pour les uns, rien pour les autres, c'est
la loi de la nature. Le monde te paraît mal bâti ?
Ce n'est pas nous qui l'avons fait, et je ne vois pas
d'autre parti à prendre pour un homme d'esprit
que d'être résolûment injuste et de tout s'accorder
en n'accordant rien aux autres.

— Tu parles d'or, lui répondit Séverin ; mais je
veux être pendu si tu es de ton avis.

— Pends-toi... Depuis quelque temps je suis
furieusement revenu de toute espèce de don-qui-
chottisme.

— Depuis quand? » lui demanda Séverin.

Maurice le regarda sans lui répondre. Ils demeurèrent quelques instants les yeux dans les yeux, comme s'ils avaient croisé le fer. Ce fut le vicomte qui rompit le premier. « On étouffe ici, dit-il en se levant, allons nous promener. »

Ils sortirent et arpentèrent l'asphalte. « A propos, dit tout à coup Séverin, tu es allé hier à l'Opéra-Comique; as-tu été content de ta soirée? »

Le vicomte fit un geste de surprise. « Qui a bien pu te dire...

— Nous avons notre police secrète. Je me suis laissé conter que tu as fait une grande station dans la loge d'une femme que tu ne peux souffrir et que tu as surnommée la perle des enfants gâtés.

— C'est encore vrai. On m'avait reconnu; je me suis trouvé pris au trébuchet. Je veux bien passer pour un ermite, mais non pour un butor.

— Et vous avez fait la paix?

— Oui.

— Une paix fourrée?

— Ma belle-sœur a été gracieuse, et je crois avoir été poli.

— Tu ne l'as pas été avec tout le monde. Si tu avais daigné jeter les yeux sur une baignoire, peut-être aurais-tu vu quelqu'un qui te tient de près.

— Qui donc?

— Mlle Saint-Maur.

— Bah! qui pouvait supposer?.. A présent que j'y pense, j'ai la vision confuse d'une tête blonde qui rimait à cela. Elle t'a fait part de son indignation contre moi?

— Nullement; mais par le plus grand des hasards j'ai rencontré Mme de Mirevieille, chez qui elle est en séjour. Elle est persuadée que tu avais reconnu ta cousine et que ta conduite équivaut à une rupture. J'ai pris sur moi de l'assurer qu'il n'en était rien, qu'avant vingt-quatre heures tu lui aurais donné les explications les plus satisfaisantes.

— Tu t'es bien avancé, lui répondit Maurice d'un ton de vive contrariété ; on m'avait donné six mois, attendons l'échéance.

— Eh! tu sais que tu n'es plus libre.

— Quand on n'est plus libre, on se libère, répliqua-t-il sèchement

— Non, on ne se libère pas, » repartit Séverin, et il ajouta en baissant la voix : « Tu es aimé et le bonheur est là.

— Tu es un drôle de corps! s'écria le vicomte. Tu as une manière tranquille, simple et dégagée de vous dire des choses lugubres qui vous donnent la chair de poule... Que veux-tu? Il y a en moi quelque chose qui résiste invinciblement au mariage.

— Tu aurais dû t'en aviser avant de m'envoyer à la Rosière.

— Je ne me suis jamais donné pour un homme raisonnable.

— Encore est-il des occasions où l'on est tenu de l'être, il y va de l'honneur... Il faut que je te quitte, je suis en affaires ce soir. Promets-moi que d'ici à demain tu prendras ton parti en galant homme.

— Je te promets, lui répondit Maurice, qu'avant demain soir je prendrai une résolution quelconque, que toutes les formes seront sauvées et que mon ambassadeur sera à couvert de tout reproche. »

Ils se quittèrent là-dessus, un peu plus froidement que d'habitude. Séverin s'en alla à ses affaires, le vicomte continua sa promenade. Il traversa la place de la Concorde et remonta les Champs-Élysées jusqu'à l'arc de l'Étoile. Il cherchait la solitude et ne la trouva point. Quelqu'un, visible pour lui seul, marchait à ses côtés, réglant son pas sur le sien. C'était un fantôme large de carrure ; il avait le cou un peu engoncé, de l'autorité dans le regard, beaucoup d'esprit dans les coins de lèvres. Ce compagnon gênant, dont il ne pouvait se débarrasser, mettait le vicomte d'Arolles au supplice. Il se flattait par moment d'en être quitte, il croyait le voir s'effiler, s'amincir et bientôt se dissiper dans l'air comme une fumée ; mais l'instant d'après il le revoyait à côté de lui, plus opaque, plus dense que jamais, et il ne pouvait mettre en doute son effrayante réalité. Il disputait avec lui, il lui tenait de longs raisonnements et parfois lui disait des injures. Il cherchait à lui prouver qu'il n'avait aucune raison de l'aimer, qu'il avait au contraire à se plaindre de lui, et il fouillait dans le passé avec acharnement pour y trouver des griefs qu'il lui jetait à la face. L'autre lui répondait : « Tu voudrais bien te tromper toi-même, te donner le change, tu n'y réussiras pas. J'ai toujours été pour toi un frère, presque un père. Dans certaines circonstances, mon affection a été quelquefois indiscrète ou un peu tyrannique ; c'était à bonne intention, et d'une mouche on ne fait pas un éléphant. Tu prétends m'asseoir sur la sellette des accusés ; regarde-moi bien, je suis ton juge et je te fais peur. » Maurice lui criait alors avec rage : « Elle m'aime et je l'aime, cela répond à tout. — Laisse donc, je te juge et je te fais peur, » lui répliquait l'ombre.

Cet entretien, qui n'en finissait pas, mit le vicomte sur les dents. Quand il se retrouva sur le boulevard, il avait le front moite, le teint défait. Pour échapper à l'invisible compagnon qui le poursuivait, il entra dans un petit théâtre ; il éprouvait le besoin de se perdre dans une foule, de voir des faces humaines et de les entendre rire. En retournant chez lui une heure plus tard, il se dit que la

vie ne vaut pas, comme charpente de pièce, la
plus vulgaire opérette, puisque le vicomte d'A-
rolles pouvait parcourir toute la rue Montmartre
sans qu'un passant l'arrêtât pour lui dire : « On vous
a trompé, votre frère n'est pas votre frère. »

Le lendemain, à trois heures précises de l'après-
midi, le vicomte d'Arolles se présentait à la porte
d'un hôtel où il s'était juré de ne plus revenir. Sa
belle-sœur lui avait dit : « Je serai seule. » L'espérance de ce tête-à-tête lui donnait une sorte de
vertige, le transportait de joie et d'épouvante. Il
arrive, il traverse un vestibule ; en s'approchant
du salon, il croit entendre une voix d'homme qui lui
était connue. Il ne se trompait point : quand la
porte s'ouvrit, il aperçut le marquis de Niollis, qui,
tiré à quatre épingles, le dos à la cheminée, se pa-
vanant dans sa gloire, semblait vraiment le maître
de la place. Maurice eut grand'peine à dissimuler
son déplaisir et sa surprise. La comtesse lui tendit
la main avec une sorte de nonchalance, lui demandant de ses nouvelles comme pour la forme  Il tâcha
de se persuader que M. de Niollis avait été intro-
duit par l'inadvertance d'un domestique ; bientôt
il lui vint à l'idée que le fâcheux, c'était le vicomte
d'Arolles, qu'on était impatient de le voir partir,
qu'il venait d'interrompre un important et savou-
reux entretien. Il régna pendant quelques secondes
un silence embarrassé. Après avoir décousu, Ga-

brielle avait peine à recoudre ; elle mit la conversation sur la politique ; puis on aborda la chroni-
que du jour, et le marquis en prit occasion pour
placer un récit qui parut mortel à Maurice. Ce
qu'il y avait de plus clair, c'est que M. de Niollis
ne s'en allait pas ; ses pieds avaient pris racine, et
il semblait comme incrusté dans la cheminée.
Maurice, dont le fort n'était pas la patience, allait se
lever, quand Mme d'Arolles se prit à dire : « J'ai,
moi aussi, messieurs, une histoire à vous raconter ;
une femme de mes amies se trouve dans un cruel
embarras.

— C'est bien invraisemblable, comtesse, répondit le marquis ; les femmes sont-elles jamais em-
barrassées ?

— Cela se rencontre. Et tenez, marquis, et vous
aussi, Maurice, peut-être aurez-vous un bon conseil à me donner. On est venu m'en demander, et
je suis restée court.

— Ceci est encore plus invraisemblable, chère
madame, répliqua M. de Niollis.

— Attendez, et quand vous saurez l'histoire...
Cette pauvre femme, dans un jour de désœuvre-
ment et d'ennui, pour tuer le temps, a conçu la
funeste fantaisie de jouer un tour de sa façon à un
homme qui s'est fait une réputation d'indifférence
un peu usurpée.

— Connaissons-nous ces deux visages ? demanda Maurice, à qui ce préambule causait une sueur froide.

— Vous avez dû les apercevoir dans le monde, mais on croit connaître les gens, et souvent on s'y trompe.

— Et qu'a donc fait cette malheureuse? demanda à son tour le marquis.

— Elle s'est avisée d'écrire à cet indifférent trois lettres anonymes en style assez romanesque ; par la dernière elle lui donnait un rendez-vous dans un lieu public, en le mettant au défi de la reconnaître. Il y est venu, et l'a reconnue.

— Elle devait s'y attendre, dit M. de Niollis en jouant avec son lorgnon. Un homme allumé acquiert des vivacités de pénétration qui dépassent celles d'un chien courant... Après tout, où est le mal ?

— Ah ! marquis, elle s'était amusée, et sa plaisanterie a été prise au sérieux, presque au tragique. On se croit aimé, passionnément aimé... Que faire ?

— Détromper l'imbécile, » répondit tranquillement le marquis.

Il ne s'aperçut pas qu'à ce mot Maurice avait bondi sur sa chaise et dirigeait sur lui un regard aussi perçant qu'une pointe d'acier. Ce regard lui disait clairement : « Si tu as deviné le nom de l'imbécile, tu es un homme mort. » Mais M. de Niollis,

qui avait de bonnes raisons de tenir à la vie, n'a-
vait rien deviné. Il ne s'intéressait guère qu'à lui-
même et aux histoires dont il était le héros ou le
conteur. Il avait écouté Mme d'Arolles avec une
attention polie, et n'était préoccupé que de savoir
si le vicomte ne viderait pas bientôt la place. Si
profond que fût son chagrin, si bouillante que fût
sa colère, Maurice conservait encore assez de bon
sens pour rendre justice à l'innocence du marquis.
Ses traits contractés se détendirent. Il leva nonchalamment les yeux sur un tableau suspendu en
face de lui, récente acquisition du comte d'Arolles,
et il dit à sa belle-sœur : « Voilà un beau paysage;
n'est-ce pas un Hobbéma, madame ? »

Elle lui répondit : « Non, c'est un Ruysdael »
Et se tournant vers M. de Niollis : « Comme vous
y allez, marquis ! Le jeune homme dont je vous
parle n'est point un imbécile ; c'est au contraire, à
ce qu'on assure, un garçon fin, avisé, fort spiri-
tuel, mais dont l'esprit va trop vite. Je donne tous
les torts à la femme.

— En ce cas, pour lui apprendre à vivre, repartit M. de Niollis, je la condamne à aimer passionnément ce jeune homme.

— Vos remèdes sont terribles, dit-elle, et je
doute qu'ils soient goûtés. Ne pourriez-vous trouver autre chose?

— Eh ! vraiment, madame, de quoi vous mettez-

vous en peine ? lui dit Maurice sur un ton d'ironie
dédaigneuse. Qui vous prouve que l'imbécile en
question ne se soit pas amusé, lui aussi, à jouer la
comédie ? Et, en fût-il autrement, accordons-lui
huit jours pour se consoler et chercher à son cœur
un autre emploi. On donne huit jours à ses domes-
tiques, on peut bien les donner à ses chagrins,
encore le plus souvent n'en faut-il pas tant ; quand
on juge la femme qu'on aime, on n'a plus longtemps à l'aimer. »

Parlant ainsi il se leva, s'approcha du tableau
qu'il avait regardé tout à l'heure, l'examina avec
soin. « Décidément, dit-il, voilà un Ruysdael qui
ressemble beaucoup à un Hobbéma. » Puis, pi-
rouettant sur ses talons, il prit congé de sa belle-
sœur, salua le marquis et gagna la porte.

Heureusement pour lui, il était bouillonnant de
colère, et la colère est une précieuse ressource :
elle grise les chagrins, elle les empêche de se
reconnaître. Le vicomte se sentait comme battu
par un vent de tempête, il l'entendait gronder ; il
y avait en lui une houle, la vague écumeuse se
dressait de toute sa hauteur et retombait sur elle-
même avec un terrible fracas. Ce grand bruit l'é-
tourdissait ; il se crut délivré, guéri comme par en-
chantement. Il lui semblait que cette femme était
sortie de son cœur et qu'elle n'y rentrerait pas. Il
lui disait : « Merci, vos remèdes sont efficaces ; ils

sauvent dans la minute les malades qu'ils ne
tuent pas.

La première chose que fit cet homme en colère
fut d'acheter un splendide bouquet qu'il fit porter
incontinent dans un hôtel de la rue de Miroménil ;
puis il se rendit à son cercle, où il écrivit à un
vieux colonel une lettre respectueuse, quasi filiale.
Aussitôt qu'il l'eut mise à la poste, il se transporta
de sa personne dans l'hôtel où son bouquet l'avait
précédé. Mme de Mirevieille lui fit un accueil assez
froid ; mais, quand il le voulait, il avait la langue
dorée. Il fut si empressé, si gracieux, si séduisant,
il se donna tant de peine pour amadouer la bonne
dame qu'elle ne lui tint pas longtemps rigueur.
Elle lui tendit une main de réconciliation en le
traitant de vilain homme ; après quoi, ayant sonné
sa camériste, elle la pria d'avertir Mlle Saint-Maur
qu'une visite l'attendait au salon.

Simone avait éprouvé naguère en présence de
son cousin un pénible accès de timidité, qui avait
glacé sa langue dans sa bouche ; elle s'était vue
hors d'état de lui prouver qu'elle n'était pas une
sotte. Depuis ce temps, il s'était passé bien des
choses dans sa tête, pour ne rien dire d'un événement qui s'appelait Séverin Maubourg. Elle lui
parut une personne toute nouvelle dont il avait à
faire la connaissance. Il constata qu'elle avait des
yeux et qu'ils étaient gris, il rendit justice à ses

13

cheveux, il s'avisa que sa coiffure allait à son visage, et que ce visage avait un charme d'étrangeté, un mystère de poésie qui manque aux beautés classiques. Il admira surtout son air de vérité, de candeur, de jeunesse, la pureté de son regard, la grâce de son sourire aussi frais que s'il n'avait jamais servi, et il se dit que les femmes qui mentent, n'eussent-elles que vingt-cinq ans, sont déjà vieilles.

Mlle Saint-Maur ne put ignorer l'heureuse impression qu'elle produisait sur lui. Il s'en expliqua aussi clairement que peut le faire un homme délicat dont les titres et papiers n'ont pas encore reçu le dernier visa. Il lui échappa pourtant dans le feu de l'improvisation quelques phrases inspirées par un sentiment passionné, et en les débitant il monta sur ses grands chevaux et haussa le ton, comme s'il s'était flatté de faire porter sa voix jusqu'au milieu du faubourg Saint-Honoré. Séverin l'avait averti que Mlle Saint-Maur avait un prodigieux bon sens; il l'oublia et ne s'aperçut point que ce bon sens s'étonnait un peu de sa brusque métamorphose et croyait y découvrir quelque parti-pris qui n'était pas absolument naturel. Simone se disait : Est-ce bien lui qui parle ? est-ce bien à moi que ce discours s'adresse ? En revanche, il lui plut beaucoup par le vif éloge qu'il fit de Séverin Maubourg. Elle trouva que cette fois il avait la note juste, que son enthousiasme était de bon aloi. Il lui conta l'histoire du petit Antoine et l'extravagant sacrifice que lui avait fait Séverin. Ce trait enchanta Mlle Saint-Maur, mais lui donna beaucoup à penser ; elle se demanda si l'ami intime de son cousin n'était pas de ces hommes à qui les sacrifices ne coûtent rien. Elle dit à Maurice : « M. Maubourg est donc un homme parfait, puisque dans l'occasion ce sage est capable d'être fou ?

« Halte-là ! lui répliqua-t-il. Que direz-vous des fous qui sont dans l'occasion capables d'être sages ? N'auraient-ils que la seconde place dans votre estime ? »

Mme de Mirevieille répondit pour Simone : « Rassurez-vous, mon cher vicomte, les jeunes filles bien élevées admirent les sages, mais elles ont un penchant secret à aimer les fous.

— A ce compte les fous ont le gros lot ! s'écria-t-il.

— Dieu leur fasse la grâce d'en sentir tout le prix ! » repartit la douairière.

L'instant d'après, en reconduisant Maurice, elle lui dit à l'oreille : « Eh bien ! que vous en semble ?

— Ah ! madame, lui répondit le vicomte, il me semble que votre salon ressemble prodigieusement au chemin de Damas . »

. Une demi-heure plus tard, il entrait chez Séverin. Il lui cria du seuil : « *Consummatum est.*

— Tu as rompu ? lui demanda Séverin avec une poignante émotion.

— J'épouse. Es tu content ?

— Toi-même, l'es-tu ? reprit Séverin en tâchant de sourire.

— Mon Dieu ! oui, elle est charmante, » répondit-il d'un ton bref.

Il était à mille lieues de se douter que depuis la veille au soir Séverin berçait dans son cœur une inquiétude mêlée d'une confuse espérance. Il se disait : « Et pourtant, si Maurice ne veut pas de son bonheur, ne pourrait-il pas arriver?.. » Il n'achevait ni sa phrase ni son rêve, mais bientôt il les recommençait. Il y avait dans sa vie une porte, non pas ouverte, mais entre-bâillée, par laquelle lui arrivaient des bouffées d'air frais et le chant lointain d'un oiseau. La porte venait de se refermer et l'oiseau de se taire. Il parut à Séverin qu'on avait subitement muré sa vie ; il se sentait prisonnier. Il fit un énergique effort sur lui-même, félicita chaudement Maurice d'avoir pris le bon parti. Maurice, qui ne tenait pas en place, l'écoutait à peine, et, après avoir tourné et viré dans la chambre, il se retira aussi brusquement qu'il était entré.

Le lendemain, Séverin reçut une petite lettre que Mlle Saint-Maur lui avait écrite avant de quitter Paris. Elle était ainsi conçue :

« Monsieur, quel ambassadeur vous êtes ! Tout s'est passé comme vous le désiriez, tout arrivera comme vous l'aurez voulu... Vous m'avez dit que ce qui nous manque le plus, c'est le courage d'être heureux. J'emporte votre mot à la Rosière, et je tâcherai d'avoir ce genre de courage. Peut-être il m'en coûtera. Vous êtes heureux, monsieur, rien ne vous coûte, et le petit Antoine, dont on a eu l'indiscrétion de me parler, ne se doutera jamais du sacrifice que vous lui avez fait. Je m'aperçois que j'oublie de vous remercier, et pourtant je n'avais pas d'autre raison de vous écrire. Excusez-moi, je vous prie, et croyez que je fais des vœux bien sincères pour votre bonheur. »

Cette lettre renfermait un sens caché que Séverin ne devina point ; les esprits d'une certaine trempe raisonnent moins juste dans leurs propres affaires que dans celles des autres. Il ne put cependant échapper à ce philosophe que Mlle Saint-Maur lui avait écrit dans un moment de mélancolie. « Oui-dà, se dit-il, à quoi me suis-je employé ? et ce mariage aurait-il pour conséquence de faire trois malheureux ! »

Il repoussa cette pensée, et, après avoir relu le billet sans le comprendre davantage, il l'approcha de ses lèvres, l'en écarta violemment et le brûla.

# VIII

Trois semaines après, le vicomte d'Arolles avait obtenu sa licence avec tous les honneurs de la guerre. Cette brillante réussite, qui chatouilla faiblement son orgueil, lui valut de son frère le billet que voici :

« Comme on se trompe, mon cher ami ! Il faut que je te confesse ma bêtise. Je m'étais fourré dans l'esprit que tu ne pouvais pardonner à Gabrielle la mauvaise plaisanterie qu'elle t'avait faite un soir à la Tour, en t'obligeant de croire pendant quelques minutes aux revenants. Elle m'a appris que vous vous étiez rencontrés à l'Opéra-Comique et que tu ne lui avais point fait grise mine. Je m'imaginais aussi que la licence te servait de prétexte pour nous bouder et ne pas nous voir, et te voilà licencié de vrai. Je te croyais étonnant, tu es tout simplement admirable ; mécréant que je suis, je m'étais permis d'en douter. Il me tarde de te dire, parlant à ta personne, tout le bien que je pense de toi. Démolis bien vite ta cellule ou saute par-dessus ton mur et viens déjeuner demain. Nous serons seuls avec Gabrielle, qui compte sur toi. »

Maurice accepta sans hésiter cette invitation. Qu'aurait-il pu craindre ? Il était sûr de lui, sûr de sa volonté, sûr de sa colère et de son mépris.

Quand il arriva chez son frère, la comtesse était seule au salon, assise près de la cheminée, ses coudes sur ses genoux, l'œil fixé sur un grand feu qui flambait. Elle était enfoncée dans une rêverie, ce qui étonna Maurice ; il n'imaginait pas qu'elle fût capable de rêver. Elle ne l'entendit pas venir et fut plus d'une minute sans s'apercevoir qu'il était là. Elle tressaillit, se leva et lui dit d'une voix rapide : « Je vous dois des explications. »

Il recula d'un pas. « Des explications, madame ? A propos de quoi ? Tenez-les pour données, je les tiens pour reçues. »

Elle n'eut pas le temps de lui répondre, le comte d'Arolles venait d'entrer. Il courut à son frère, le contempla d'un air attendri, lui secoua les deux mains, s'écriant comme certain personnage de Gil-Blas : « Seigneur licencié, ornement d'Oviedo, flambeau de la philosophie, excusez mes trans-ports, je ne suis point maître de la joie que votre

présence me cause ! » Et se tournant vers sa
femme : « Votre déjeuner, ma chère, sera-t-il à
la hauteur des circonstances ? Vous voyez dans
ce jeune gentilhomme la huitième merveille du
monde, et il mérite d'être traité comme un prince. »

Après cela, changeant de ton : « Mon compliment sera court, dit-il à Maurice ; tu es un homme,
tu sais vouloir, tout est là.

— Bon Dieu ! s'écria le vicomte impatienté, que
de discours à propos de trois boules blanches !

— Il n'y a pas de petites choses, lui répliqua
Geoffroy, il n'y a que de petits hommes, et tu n'en
es pas... mais tu as mauvais visage, mon pauvre
garçon, je te trouve maigri. Nous le remplume-
rons, n'est-ce pas, Gabrielle ? »

La comtesse ne lui répondit que par un signe de
tête et un sourire incertain, et, le déjeuner étant
servi, on se mit à table. Pendant tout le repas, le
comte d'Arolles fit feu de tribord et de bâbord ; le
sang lui pétillait dans les veines, et il cherchait à
mettre en gaîté son frère, qui le laissait dire et
observait Gabrielle à la dérobée. Elle parlait peu,
avait l'air soucieux, paraissait souffrante. Geoffroy
lui fit la guerre sur son manque d'appétit.

« Elle traîne depuis quinze jours, dit-il à son
frère. Ce ne sera rien. C'est un tribut qu'elle paie
à l hiver.

— Et au monde, ajouta-t-elle. Je sors trop.

— Oh! bien, voilà la première fois que vous vous plaignez du monde.

— Il nous fait une vie de galère, reprit-elle avec un accent de mélancolie.

— Mais comme on l'adore, cette galère! » lui dit le comte en la regardant d'un œil d'admiration.

Après le déjeuner, quand on se retrouva au coin du feu, la conversation changea de thème. « Et ton mariage? dit Geoffroy à son frère sans autre préambule.

— Il se porte fort bien, répondit-il. C'est une affaire faite ou peu s'en faut.

— Il te vient donc à la fois tous les genres de sagesse?

— Un instant, ce n'est pas par sagesse que je me marie. » Et il ajouta : « Voyons, nous sommes en famille, je puis être impunément ridicule... Eh bien! j'oserai vous confesser que je tourne au jeune premier, que je suis ridiculement amoureux de Mlle Saint-Maur. »

Gabrielle releva la tête et chercha les yeux de Maurice sans parvenir à les rencontrer.

« Si tu as voulu produire un effet, s'écria le comte, tu ne l'as pas manqué. Pour ma part, j'ai toujours trouvé Simone charmante; mais du diable si je m'étais aperçu que tu en fusses amoureux.

— Que veux-tu? je la voyais au travers de mes souvenirs d'enfance... L'autre jour, je l'ai revue à

Paris, et il m'a semblé que je venais de la découvrir.

— Tu as été subitement touché de la grâce ?

\ — De la sienne, dont le charme est incomparable. »

Gabrielle le regarda de nouveau : « Mettez donc cela en vers, lui dit-elle.

— Ne le découragez pas, ma chère, reprit le comte ; laissez-le nous jouer tranquillement un petit air sur la meilleure de ses guitares. J'ai toujours trouvé qu'il jouait de cet instrument à ravir.

— Que dites-vous là ? répondit-elle. On ne chante pas Mlle Saint-Maur en s'accompagnant d'une guitare ; on prend sa lyre.

— On y ajoute même une corde, fit le comte.

— Puisque vous êtes résolus à vous moquer de moi, repartit Maurice, à votre aise, je rentre dans ma coquille. Après tout, la grande affaire de ce monde n'est pas de chanter Mlle Saint-Maur, c'est de l'épouser.

— Ne te fâche pas. Tu es le plus délicieux garçon que je connaisse. Je te demandais d'épouser, tu as poussé la complaisance jusqu'à tomber amoureux. Te voilà bien ; quand il s'agit de me faire plaisir, tu ne regardes pas aux frais.

— Mon Dieu ! je comprends votre surprise ; moi-même, vous me voyez encore ébahi de mon aventure. Le fait est que j'avais eu comme un autre le

mépris de la jeune fille. Là, franchement, j'ai découvert que c'est le plus sot des mépris, et que la
chose la plus ravissante de l'univers, c'est une
jeune fille, quand elle est blonde et qu'elle s'appelle
Simone. Tenez, j'ai toute honte bue ; on dira de moi
que je me décide à faire une fin, je vous déclare
en confidence que ma fin est un commencement.

— A merveille ! s'écria Geoffroy ; le malheur est
que les hommes finissent d'ordinaire par où ils auraient dû commencer.

— Je suis fort impatiente de faire la connaissance
de Mlle Saint-Maur, dit la comtesse en égratignant
de ses ongles roses l'écran qu'elle tenait à la main.

— Mais vous la connaissez déjà, lui répondit
Maurice.

— En vérité ?

— L'autre soir, au théâtre, vous me l'avez montrée en me disant : « Elle ne ressemble à rien ; ce
serait un joli modèle pour Chaplin. »

— Il me semble en effet me souvenir... elle n'est
pas mal, » repartit la comtesse, et il lui échappa un
petit rire aigrelet qui ne passait pas le nœud de la
gorge. « Voilà qui est plaisant, reprit-elle, sans
moi vous ne l'auriez pas remarquée.

— Une chose plus bizarre encore, c'est que je
ne l'ai pas vue quand vous me l'avez montrée. Ce
n'est que plus tard, en sortant du théâtre ;... mais
je vous ennuie.

— Tu me rajeunis, lui dit son frère.

— Je venais de mettre Gabrielle en voiture,
poursuivit Maurice; je me retourne et j'aperçois
Mme de Mirevieille qui attendait la sienne. A côté
d'elle j'avise, enveloppés dans un capuchon, deux
yeux du gris le plus doux, qui me regardaient, et
ce regard semblait sortir du fond d'un bois.

— Du fond des gorges de Franchard, fit Gabrielle.

— C'est possible. Il y avait dans ces yeux gris
comme une douce sauvagerie qu'étonnaient, sans
l'éblouir, les grâces artificielles de toutes les
femmes un peu trop civilisées qui se trouvaient là.

— Bien obligé pour la civilisation, lui dit-elle.

— Et tu as incontinent offert ton cœur à cette
fille des bois? demanda le comte.

— Je ne lui ai rien offert du tout, pas même
mon bras. J'étais stupéfait, parfaitement sot, et je
me disais : « Malheureux, voilà ton bonheur qui te
regarde! » C'est tout au plus si je conservai assez de
présence d'esprit pour aider Mme de Mirevieille à
trouver sa voiture. Le lendemain, je fus moins sot
et plus éloquent, j'avançai si bien mes affaires que
le surlendemain je vins ici pour tout vous raconter;
mais j'ai trouvé dans ce salon M. de Niollis, qui
n'a pas démarré de la place, et j'ai dû garder pour
moi ma nouvelle.

— C'est vraiment admirable! s'écria la comtesse;
je n'avais jamais cru à Chactas, j'y crois.

— Et moi, je serai ton père Aubry, dit le comte. Si tu as besoin d'un conseil, si tu désires que je donne un coup de pied jusqu'à Fontainebleau...

— Ne te dérange pas, lui répondit Maurice, les fers sont au feu, et je n'ai besoin de personne. »

Geoffroy lui frappa sur l'épaule en lui disant : « Que tu es gentil ! on t'aurait fait exprès que tu ne me plairais pas davantage... A propos, te sens-tu toujours du goût pour la diplomatie ?

— Pour la diplomatie et pour les voyages, plus que jamais. Si je restais à Paris, je n'y ferais rien.

— Tu auras sous peu de mes nouvelles ;... mais je m'oublie, je devrais être à Versailles. On nous annonce une séance orageuse. Le cœur vous en dit-il, Gabrielle ?

— Non, répondit-elle d'un air de sombre irritation ; je ne me sens pas de force à résister à un discours.

— Comme la grippe vous change les femmes ! s'écria Geoffroy. Soignez-vous ; dois-je vous envoyer votre médecin ? »

Elle lui répondit non par un signe de tête. Il s'approcha d'elle, la baisa au front et dit à son frère : « Tiens-tu compagnie à cette malade ?

— Impossible, à mon vif regret ; je suis attendu chez moi. »

Le comte sortit le premier du salon ; Maurice s'avança vers sa belle-sœur pour lui dire adieu. Elle l'attendait debout contre la cheminée, la tête haute, le regard altier et provocant. Il soutint ce regard avec un calme impassible.

« Vous me jugez bien naïve, lui dit-elle en faisant danser son écran dans sa main ; votre histoire est un conte bleu, et je n'en crois pas un seul mot.

— Elle est cependant vraie, lui répondit-il, et je ne m'explique pas votre incrédulité. »

Cela dit, il la salua et rejoignit son frère dans l'antichambre.

A quelques jours de là, le vicomte d'Arolles arrivait à la Rosière, où il s'était annoncé. Il trouva le colonel Saint-Maur dans la meilleure disposition d'esprit, tête à tête avec une grande carte de géographie où il s'amusait à voyager avec le doigt. Il venait de pénétrer au cœur de l'Afrique ; il revint en hâte de Tombouctou pour ouvrir ses bras à son neveu.

« Ah ! vous voilà, beau sire, s'écria-t-il. Enchanté de vous revoir. Vous arrivez ici avec l'intention bien arrêtée de me demander ma fille en mariage ?

— Effectivement, colonel.

— Vous en avez fini, mon prince, avec vos atermoiements ? Vous avez bien fait toutes vos réflexions ?

— Je n'en avais point à faire.

— Et votre plus cher désir est d'épouser cette
demoiselle aujourd'hui même ?

— Le plus tôt possible.

— Tu es comme le lièvre, toi. Tu te donnes du
temps pour brouter, pour dormir, pour écouter
d'où vient le vent, et puis tu prends tes jambes à
ton cou, et tu crois, mon gas, que tout est fait.

— J'osais l'espérer.

— Eh bien ! tout est défait.

— Qu'est-il donc arrivé ? demanda Maurice vivement contrarié.

— Il est arrivé que le diable s'est fourré au
travers de ce mariage, et, quand je le bâtis d'un
côté, il le débâtit de l'autre. Il est arrivé que tu ne
voulais pas et qu'à présent c'est Simone qui ne
veut plus... A son tour, elle demande du temps
pour réfléchir, un mois, deux mois, que sais-je ? Je
l'ai raisonnée, je l'ai prise par tous les bouts. On
n'imagine pas toutes les objections de bibus que
peut inventer une femme qui se bute. C'est une
pluie fine ; on croit que cela ne mouille pas, et on
se sent trempé jusqu'aux os.

— Mais enfin quelles raisons vous a-t-elle données?

— D'où sors-tu ! Est-ce que les femmes donnent
des raisons ? Elle soutient qu'on t'a mis le pistolet
sur la gorge, que ce n'est pas trop d'un mois pour
s'assurer que tu ne te repens pas. Le fond de l'af-

faire, à ce que j'imagine, c'est que sa petite fierté
veut avoir sa revanche et se donner le plaisir de
te tenir le bec dans l'eau. Tu l'as balancée, elle te
balance... Ne prends pas cet air déconfit. On prétend que dans le secret de son cœur elle t'adore ;
c'est l'opinion de Mlle Trimlet aussi bien que de
ton ami l'architecte, qui par parenthèse n'est guère
poli, il n'a pas daigné nous faire sa visite de diges-
tion... Tout ce que je sais, pour ma part, c'est que
j'ai dit cent fois à cette petite des horreurs de toi,
et qu'elle a toujours refusé de les croire.

— Je vous suis fort obligé, colonel. Ne pourrait-
il pas se faire qu'à la longue vos petites calomnies
eussent produit quelque impression ?

— Mes calomnies ? Peut-on te calomnier ?.. Je
lui ai dit que dans le temps tu avais tous les vices,
mais que tu les avais crevés sous toi. Fais-lui voir
leur acte de décès, enfin sois éloquent, sois habile, déploie toutes tes grâces. Elle est au jardin,
va lui parler, je te donne carte blanche, je te la
livre pieds et poings liés. Fais toi-même tes affaires ; si je m'en mêle, je me fâcherai, elle pleu-
rera, et je ferai des bassesses pour avoir la paix.
Est-ce compris ? »

Le vicomte descendit dans le jardin et se mit à
la recherche de sa cousine. Il se flattait de l'amener
sans peine à composition, et il était lui-même impatient de s'engager sans retour. Peut-être res-

semblait-il à ce joueur malheureux qui, après avoir
perdu au baccarat la moitié de sa fortune, craignant de perdre l'autre, s'en alla trouver le concierge d'une prison pour lui demander en grâce
de le mettre sous clef. Il tardait à Maurice d'être
le prisonnier de sa parole et de Mlle Saint-Maur ;
mais les geôliers ne sont pas toujours d'humeur à
mettre les gens sous clef. Mlle Saint-Maur n'était
pas seule au jardin, elle avait sa sœur auprès d'elle.
Mlle Sophie avait attrapé ses quinze ans ; c'est
l'âge de l'ignorance, mais la curiosité commence à
poindre, et l'ignorance, désireuse de s'instruire,
est un tiers fort incommode dans un entretien d'a-
mour. Simone fit accueil au vicomte ; elle ne laissa
pas de prendre sa sœur par la main et ne la lâcha
plus. Ce garde du corps mit l'éloquence de Maurice
à la gêne. Il attendit pour s'expliquer un moment
plus favorable.

On était à la mi-mars. La journée était belle, et
le soleil préparait en secret cet heureux coup d'état
qu'on appelle le printemps ; il promettait des fleurs
aux pêchers et des feuilles à tous les arbres qui
en demandaient. Le vicomte proposa à sa cousine
de faire le tour du parc et de descendre jusqu'à la
Seine. Elle y consentit. Il pelotait en attendant
partie ; il était aimable, empressé, bien disant, approuvait et admirait tout. Simone était fort édifiée
de ses manières et de son langage ; toutefois elle

14

le soupçonnait d'avoir son dessein, et elle se tenait
sur ses gardes. Elle lui répondait avec un peu d'effort ; elle avait des distractions causées par des
inquiétudes. Son avenir lui appartenait encore, elle
n'avait pas prononcé le oui fatal. Elle priait le ciel
qu'il la ramenât de sa promenade saine et sauve,
sans s'être liée par un mot irrévocable. Il lui semblait, comme naguère à Séverin, qu'il y avait dans
sa vie une porte ouverte par laquelle un jour ou
l'autre pouvait entrer quelqu'un. Elle démêlait
mal les intentions de ce visiteur que sa destinée
attendait en silence. Pensait-il à Mlle Saint-Maur ?
N'y pensait-il point ? Savait-on bien quels étaient
ses sentiments et ses vues ? Plus d'une fois elle
avait cru surprendre dans son regard une secrète
émotion, comme si son cœur lui était venu subite-
tement dans les yeux. Sans doute il n'avait rien
dit qui pût la confirmer dans le soupçon qu'elle
avait conçu ; mais avait-il le droit de parler ? Il
aurait fallu le prendre au collet en lui criant :
« Aimez-moi donc, je vous permets de m'aimer. »
N'osant crier, elle lui avait écrit ; avait-il compris
son billet ? La situation de cet homme était aussi
délicate que sa conscience ; cependant tout pouvait
s'arranger. Il arrive tant de choses ! Le point est
de ne pas se presser. Quel malheur si un jour
Séverin venait frapper à une porte trop tôt fermée
en disant à Mlle Saint-Maur : « C'est votre faute,

vous ne m'avez pas attendu ! » Et voilà pourquoi
Mlle Saint-Maur s'était emparée de la main de sa
sœur et la gardait résolûment dans la sienne, malgré les efforts que faisait cette main captive pour
se dégager.

On atteignit l'extrémité d'une avenue d'ormeaux
et un terre-plein qui commande la vue de la Seine.
Le vicomte s'assit sur un banc ; il fallut bien s'asseoir à côté de lui. Sophie s'ennuyait mortellement ;
la conversation n'était pas assez gaie pour la diver-
tir, ni assez tendre pour l'émouvoir. Elle profita
de la circonstance pour s'écarter un peu, et, quand
Simone la chercha des yeux, elle avait disparu.

« Il est donc vrai qu'il vous faut un mois ou
même deux pour vous décider ? » demanda Maurice
à brûle-pourpoint.

L'heure fatale était venue. Simone se résigna,
baissa la tête, détourna les yeux, et répondit :
« Êtes-vous sûr qu'en sollicitant ce délai je ne
songe pas à votre intérêt plus qu'au mien ?

— Les juges qui punissent un coupable l'assu-
rent toujours que c'est pour son bien, répliqua-t-il
d'un ton presque amer ; mais le coupable est peu
reconnaissant à ses juges de la peine qu'ils se donnent pour l'amender. »

Elle trouva qu'il le prenait un peu haut, elle fut
tentée de s'insurger ; il avait dans les yeux quelque chose qui lui imposa.

« De quoi vous punirais je ? répondit-elle doucement.

— Alors c'est une épreuve ?

— Peut-être.

— Soyez persuadée qu'elle est de trop.

— Vous le dites aujourd'hui ; mais demain ? »

Il repartit avec une énergie d'accent qui ressemblait à de la colère : « Je vous jure que demain,
comme après-demain, je serai l'homme que vous
voyez aujourd'hui. Je vous jure que je vous réponds
de votre bonheur, et que, si vous étiez malheureuse
avec moi, je me tiendrais pour un misérable. »

Mlle Saint-Maur fut saisie d'un tremblement.
Il se repentit de l'avoir effrayée, et il prit sa voix
la plus caressante pour lui dire : « Permettez-moi
de penser que dès cet instant nous sommes engagés d honneur l'un envers l'autre. »

Elle regarda couler la Seine, elle crut voir couler
sa destinée. Il lui parut que tantôt elle s'était livrée
à de sottes rêveries, qu'elle s'était grossièrement
abusée, qu'elle avait caressé une chimère et fondé
son avenir sur la plus trompeuse des espérances :
elle était folle de s'imaginer que Séverin eût pour
elle plus que de l'amitié ; ce sage, cet homme de
volonté et de devoir, cette tête ronde, ce puritain
savait-il aimer, ce qui s'appelle aimer ? Elle crut
entendre le bruit d'une porte qui roulait pesamment
sur ses gonds ; il n'y avait personne derrière.

Maurice lui avait pris la main, qu'il porta à ses lèvres en disant : « J'attends, ne me répondrez-vous pas ? »

Tout à coup une voix cria : « Les voici, mais nous arrivons mal à propos. »

Le vicomte se leva tout d'une pièce, il aperçut son frère et un peu loin sa belle-sœur. Heureuse de l'incident, bénissant le ciel qui l'avait entendue, Simone courut à leur rencontre.

« Ma charmante cousine, excusez notre indiscrétion, lui dit le comte d'Arolles ; j'ai de bons yeux, et ce n'est pas ma faute si le bocage a perdu son mystère... Vous voyez des gens qu'un prochain départ empêchera de signer à votre contrat, et qui n'ont pas voulu se mettre en route sans vous avoir présenté leurs meilleurs souhaits. Ma femme était impatiente de faire votre connaissance. »

Puis, allant à son frère et lui prenant le bras, il le tira à l'écart. « Petit Maurice, commença-t-il, j'ai de grosses nouvelles à te conter. Tu es trop absorbé dans tes amours pour soupçonner ce qui se passe dans Landerneau et que nous sommes en pleine crise ministérielle. On m'a offert avec insistance le ministère de l'intérieur. J'ai refusé, cela t'étonne, mais tu vas me comprendre. Tu sais ou tu ne sais pas que j'ai donné à plein collier dans cette grande conspiration avortée qu'on appelle

l'entreprise de la fusion. Que veux-tu ? ma simpli-
cité d'esprit ne pouvait admettre qu'un prince fût
capable de refuser une couronne plutôt que de
s'imposer le modeste sacrifice de coudre une loque
tricolore à son drapeau blanc. Il y a des incrédu-
lités fatales. Quoique Bernardin de Saint-Pierre
nous en donne sa parole d'honneur, je n'avais
jamais cru que Virginie eût mieux aimé se noyer
que d'ôter sa chemise. Il paraît cependant que l'histoire est vraie, puisqu'elle vient de se répéter.
Bref, je me suis outrageusement trompé, et nous
voilà réduits à ta charmante république, que nous
tâcherons de rendre décente et habitable; mais en
ce qui me regarde, on a beau dire qu'erreur ne
fait pas compte, j'estime qu'il faut toujours compter
avec ses erreurs. Si j'acceptais en ce moment un
portefeuille, je serais tiré à deux chevaux entre
les engagements que j'ai pris et ceux que je devrais
subir. Rien n'use plus vite un homme d'État que
les collisions de devoirs et les tiraillements. Je préfère m'en aller, disparaître, faire le plongeon...
Rassure-toi, je ne me retire pas sur le fumier du
bonhomme Job. On m'a offert une ambassade, je
l'ai acceptée, et j'irai passer à Constantinople le
temps qui sera strictement nécessaire aux mues
de ma conscience. Je ferai là-bas de profondes réflexions, ajouta-t-il en riant, sur les beautés du
régime républicain, et à mon retour j'aurai la

tournure et les opinions d'un ministre vraisemblable de la république.

— Quand pars-tu ? lui demanda Maurice d'une
voix fiévreuse.

— Le plus tôt possible. Ma nomination n'est pas
encore annoncée , mais elle est décidée depuis
huit jours, et huit jours ont suffi à ton admirable
belle-sœur pour avancer beaucoup ses préparatifs
de départ. Demain je l'emmène à la Tour, où elle
a de grosses affaires à régler. J'espère que dans un
mois je pourrai me rendre à mon poste. »

Maurice demeura comme perdu dans ses pensées. Sa raison lui criait : « Tu es sauvé! » mais
il est des moments où notre raison nous ap-
paraît comme une étrangère qui ne sait pas nos
secrets.

« Ah çà! j'aime à croire que tu me regrettes un
peu, lui dit Geoffroy en le tirant doucement par
l'oreille.

— Tu n'en doutes pas? »

Le comte d'Arolles se mit à rire et s'écria :
« Nigaud, je t'emmène.

— A Constantinople?

— Apparemment. Tu es si bien commencé! je
prétends achever mon ouvrage. Je te ferai attacher
à l'ambassade, j'en ai déjà touché un mot au ministre. Quand tu auras le pied à l'étrier, je pique-
rai la mule... Marie-toi bien vite, poursuivit-il, tu

viendras nous rejoindre là-bas. Un seul toit, une
seule gamelle, un seul cœur à partager entre
quatre, voilà une partie carrée qui est tout à fait
de mon goût.

— Un instant, s'écria Maurice éperdu, il faut savoir si cette partie est du goût de tout le monde.

— Et qui se permettrait d'y trouver à redire?
Serait-ce Gabrielle par hasard? Elle m'en a donné
l'idée. »

Ces paroles portèrent le dernier coup au vicomte.
Il répondit en cherchant ses mots : « Je lui en
suis fort reconnaissant, mais c'est impossible.
Certainement Simone... Elle ne consentira pas à
s'éloigner de son père,.. Et le colonel lui-même...

— Éternel faiseur de difficultés! répliqua Geoffroy. Ah! tu t'imagines que Simone... Je vais de ce
pas la consulter. »

A ces mots, malgré les efforts que fit son frère
pour le retenir, il se dirigea vers le banc où s'é-
taient assises la comtesse et Mlle Saint-Maur.

L'entretien de ces deux femmes était froid, pénible, contraint. En venant à la Rosière pour la première fois, Gabrielle s'était promis d'y instruire un
procès, d'y faire subir à Mlle Saint-Maur un inter-
rogatoire en forme ; elle n'en eut pas le courage.
Elle se sentait hors d'état d'achever une phrase, où
se trouverait le nom de Maurice ; si accoutumée
qu'elle fût à se posséder, elle craignait de se trahir

en le prononçant. Elle ne parlait à Simone que des choses les plus indifférentes, et son ton était sec, avec une nuance de hauteur. Mlle Saint-Maur n'é-prouvait qu'une curiosité bienveillante pour une femme dont elle admirait l'élégance et l'éblouis-sante beauté ; mais il lui parut que la comtesse l'exa-minait avec une attention indiscrète, qu'elle atta-chait sur son visage des yeux de lynx ou de basi-lic, qu'elle l'analysait, qu'elle l'épluchait. Elle crut découvrir une dureté cachée dans son sourire, une secrète malveillance dans son regard, une griffe sous sa politesse, un scalpel au fond de ses yeux. Les femmes du monde ne se doutent pas de la sû-reté de clairvoyance avec laquelle les âmes droites et simples les pénètrent souvent. Toutefois Mlle Saint-Maur résistait à son impression, qu'elle traitait de déraisonnable. Elle se disait : — Que lui ai-je fait? pour quel motif me voudrait-elle du mal? — Son impression était plus forte que son raisonnement, et, en dépit de sa bonne volonté, elle ne parvenait pas à rompre la glace. Elle fut charmée de voir s'approcher le comte, qui lui cria :

« Que dirait Mlle Simone Saint-Maur si on lui proposait d'aller faire un tour à Constantinople?

— Elle en serait fort surprise.

— Et sa surprise serait-elle du nombre des éton-nements agréables?

— Pourquoi pas? répliqua-t-elle.

— Tu l'entends, Maurice... Silence! Ne te mêle de rien, personne ne te demande ton avis. Je me réserve l'avantage de traiter cette affaire avec elle. »

Aussitôt, offrant son bras à Simone, il l'entraîna d'un pied gaillard le long de l'avenue qui conduisait à la maison, laissant face à face son frère et Gabrielle. Ils se mirent aussi en marche, mais à pas comptés, et virent disparaître bientôt à l'un des tournants du chemin la robe lilas de Mlle Saint-Maur.

La comtesse jeta un regard en dessous à Maurice, qui cheminait à côté d'elle, muet comme un tombeau. Puis elle lui dit : « Je vous fais mon compliment, elle est fort bien, et vous êtes un homme de goût. Quand je l'ai vue l'autre soir, j'ai cru retrouver une figure de connaissance. Sûrement je l'avais rencontrée quelque part, dans le premier roman anglais qu'on m'a permis de lire. Elle doit s'appeler Evelina, ou Mary, ou Queechy, et sous un air timide elle cache une volonté tenace. Savez-vous ce qu'elle compte faire de l'homme qu'elle croit aimer ? Elle l'épouse pour le gouverner et le convertir. L'amour pour ce genre de blondes est une tyrannie douce, une véritable direction de conscience. La vôtre sera en de bonnes mains. »

Il lui répondit : « Vous m'avez deviné. J'avais besoin d'un directeur ; pouvais-je en trouver un plus charmant? »

Elle quitta le ton de l'ironie pour lui dire en s'animant : « Prenez-y garde, je soupçonne Mlle Saint-Maur d'être une personne très-fière. Elle ne voudrait plus de vous, si elle venait à se douter que vous l'épousez par dépit.

— Où prenez-vous, s'il vous plaît, que je l'épouse par dépit?

— Soyons tous les deux de bonne foi. Je suis convenue qu'elle est charmante, convenez que vous ne l'aimez pas.

— Vous vous trompez étrangement, je vous affirme que je l'aime.

— Vous le diriez cent fois que je ne vous croirais pas.

— Vous m'en croiriez si vous connaissiez comme moi Mlle Saint-Maur. Elle a un mérite bien rare que vous ne soupçonnez point.

— Quel mérite?

— Elle a, madame, des yeux et une bouche qui n'ont jamais menti.

— Quand je vous disais que vous l'épousiez par dépit! » répondit-elle en brassant du pied un amas de feuilles sèches. Elle poursuivit d'une voix sourde : « Vraiment oui, je connais des femmes qui mentent ; mais les unes mentent quand elles

affirment qu'elles aiment, les autres quand elles
soutiennent qu'elles n'aiment pas. Ces dernières
méritent votre indulgence. Elles se défendent
comme elles peuvent contre l'homme qu'elles re-
doutent et peut être contre elles-mêmes. Leurs
mensonges sont un bouclier derrière lequel s'a-
britent leur repentir et leur faiblesse. »

Elle regarda fixement Maurice : « Je vous ai
menti une fois, reprit-elle ; mais savez-vous quand?
Il me semble que c'est toute la question.

— J'ai renoncé à la résoudre, répondit-il en évi-
tant son regard, et vous emporterez votre secret à
Constantinople. »

Ils se turent pendant quelques minutes Tout à
coup, s'arrêtant, Gabriellé glissa la main dans une
poche intérieure de son mantelet fourré, elle en
tira un carnet et de ce carnet un papier, qu'elle
tendit à Maurice en lui disant : « Lisez. »

Après un moment d'hésitation, il prit le papier
et lut ce qui suit :

« Je vous aime, et vous le savez; mais vous affec-
tez de ne pas le savoir. Par un jeu cruel vous fei-
gnez de ne pas me comprendre et vous m'avez toujours empêché de m'expliquer. Mon supplice ne
peut se prolonger indéfiniment. Ce que vous me défendez de vous dire, je vous l'écris. Désormais nous
ne pourrons plus ignorer, vous et moi, ce que

nous devons penser l'un de l'autre. Je suis trop
malheureux pour ne pas préférer au doute qui me
tourmente la plus funeste des certitudes. Si après
avoir lu cet aveu vous me permettez de vous revoir, ce sera me permettre d'espérer ; si vous me
punissez de mon audace en me bannissant de votre présence, je ne croirai pas, sachez-le bien, que
vous m'ayez sacrifié à votre devoir. Vos rigueurs
me confirmeraient dans un soupçon qui s'impose
à mon esprit. Depuis quelques mois, il y a dans
votre cœur une passion mystérieuse, contre laquelle vous vous défendez mollement; elle vous
cause un trouble secret, dont les symptômes ne
m'ont point échappé. Qui est mon rival? Je ne le
sais pas encore; mais cet inconnu fera peut-être
votre malheur. Mérite-t-il vraiment d'être préféré
par vous à un homme dont la discrétion vous est
connue et qui saurait cacher au monde sa gloire et
son bonheur? »

Après avoir lu cette lettre, Maurice la froissa
dans sa main, que la fièvre et la colère faisaient
trembler. Soudain il vit accourir au travers d'un
taillis la jolie levrette de Mlle Saint-Maur, qui était
à la recherche de sa maîtresse. En trois bonds,
elle atteignit l'avenue. L'air inquiet, à demi farouche, elle s'approcha de la comtesse d'Arolles, tourna
en cercle autour d'elle, la queue basse, le museau

frissonnant, comme si elle eût flairé un ennemi.
Puis, allant à Maurice, elle se dressa sur ses pattes
de derrière, posa les pattes de devant sur son
épaule, allongea vers lui sa tête fine et ses yeux
humides, dont le regard était presque humain. Il
est question dans *les Mille et une Nuits* de princesses qui, métamorphosées en chiennes par la
baguette d'un enchanteur, en sont réduites à parler avec les yeux. Le regard de la levrette était parlant ; il disait à Maurice : Défie-toi. Il la caressa :
il aurait voulu la garder auprès de lui pour qu'elle
le gardât contre lui-même, mais les princesses en-
chantées sont courtes dans leurs discours comme
dans leurs apparitions, il faut saisir leurs avertissements au vol. La levrette mordilla un instant la
main droite du vicomte, et bientôt fit un bond
comme pour happer le papier qu'il tenait dans sa
main gauche et qu'il mit hors d'atteinte. Elle reprit
terre, tourna une seconde fois autour de Gabrielle,
et repartit comme un trait.

Maurice rendit la lettre à sa belle-sœur en lui disant : « A quelle fin m'avez-vous fait lire cette
brûlante déclaration ?

— Ne vous a-t-elle rien appris ?

— Pardonnez-moi, répondit-il durement, elle
m'a appris qu'un fat irrité peut tout se permettre
avec certaines femmes et leur jeter un insolent défi,
parce qu'il sait bien qu'elles ne se fâchent jamais. »

Elle lui repartit avec une mansuétude qui l'étonna : « Une fois pour toutes, qu'entendez-vous par 'certaines femmes ?

— Celles qui n'ont pas de cœur et qui n'admettent pas qu'on en ait. » Et, se calmant, il ajouta : « Croyez que je vous juge sans colère ; mais vous conviendrez que j'ai le droit de vous juger.

— Encore ne faut-il calomnier personne, répliqua-t-elle. Êtes-vous certain d'avoir lu dans mes pensées ? et ne serait-il pas possible que l'homme qui a écrit cette lettre me connût mieux que vous ?

— C'est de M. de Niollis que vous entendez parler ?

— De lui ou d'un autre, il n'importe ; je parle d'un homme qui peut-être m'a devinée et qui me reproche une passion mystérieuse à laquelle tour à tour je m'abandonne et je résiste. S'il a dit vrai, pensez-vous que je sois à plaindre ou à blâmer ? »

Ils étaient sortis de la forêt, ils longeaient le mur de clôture du jardin. Maurice hâta le pas. Gabrielle se plaça devant lui, au milieu de l'allée, et lui barra le passage. La lèvre plissée, le sourcil frémissant, l'œil en feu, elle s'écria : « Vous ne me croyez pas ? Qu'exigez-vous de moi ? Quel gage de ma sincérité, quelle garantie puis-je vous donner ?

— Un second éventail, répondit-il avec un sourire amer. Pour votre bonheur et pour le mien, vraies ou fausses, vos explications sont venues trop tard. »

Elle eut un emportement de hauteur et de colère. « Vous n'épouserez pas Mlle Saint-Maur, lui dit elle ; ce mariage serait une mauvaise action.

— Pourquoi donc, je vous prie ?

— Vous n'avez plus le droit de disposer de vous... Vous lui offrez votre cœur, je la défie de m'en chasser ! »

Maurice lui imposa silence par un geste énergique ; à l'angle de la muraille, il avait vu apparaître Simone. Elle venait annoncer à Mme d'Arolles que le comte l'attendait, qu'il était pressé de retourner à Paris. Elle n'avait rien entendu, mais ce qu'elle voyait l'étonna. Elle promenait son regard de Maurice à la comtesse, de la comtesse à Maurice, et ce regard les fit pâlir l'un et l'autre. Le vicomte se remit le premier de son trouble. Il s'avança vers sa cousine et lui tendit la main ; elle n'eut pas l'air de s'en apercevoir. Elle laissa passer devant elle la comtesse sans la quitter des yeux ; puis elle dit à Maurice : « Partez-vous aussi ?

— Si vous me le permettez, lui répondit-il, j'attendrai le dernier train.

— Fort bien, dit-elle d'un ton si tranquille et si posé que le vicomte se rassura.

— Mon cher Maurice, lui cria son frère, qui venait au-devant de lui, je te félicite de tout mon

cœur. Tu épouses non-seulement la personne la
plus blonde de l'univers, mais la plus sensée, la
plus avisée, la plus réfléchie, la plus raisonnable.
C'est un plaisir que de causer affaires avec elle,
et si jamais j'ai un cas très-embrouillé à débattre
avec le Grand-Turc, c'est elle que je lui enverrai
pour le mettre à la raison.

— On en dira tant, mademoiselle, que je serai
jalouse de vous, » dit la comtesse à Simone avec un
sourire forcé et un frémissement dans la voix.

Simone la regarda sans lui répondre, et cette fois
ce fut l'oiseau qui fit baisser les yeux du basilic.

Après le départ de son frère et de sa belle-sœur,
le vicomte d'Arolles fit de vaines tentatives pour
se retrouver un instant seul avec sa cousine. Elle
évita soigneusement le tête-à-tête. Pendant le
dîner, elle parut préoccupée, pensive ; elle cherchait à mettre de l'ordre dans ses idées, à démêler
certaines sensations, aussi confuses que vives, qui
lui causaient une sorte d'effarement. Que signifiait
le trouble subit qui s'était peint sur deux visages
au moment où elle avait paru au détour d'une muraille ? Les rôles étaient donc renversés ? Comment
se faisait-il qu'on eût peur d'elle, qui avait eu souvent peur des autres ? A l'exemple de l'animal
« inquiet et douteux » de la fable, à qui tout donnait la fièvre, elle eût dit volontiers : « Ma présence effraie aussi les gens ! » Elle raisonnait avec

elle-même sur son aventure, où sa candeur ne voyait pas clair. Le bandeau de l'innocence sur les yeux, elle allait et venait au bord d'un fossé.

En sortant de table, le colonel, frappé de son air rêveur, lui pinça la joue en lui disant : « Bon voyage, mademoiselle ; vous voilà déjà en route pour la Turquie ?

— Il est bon que je la voie en rêve, lui répondit-elle, je ne la verrai pas autrement.

— Qu'est-ce à dire ? Il est trop tard pour réclamer ; ton enjôleur de futur beau-frère, cette gloire de la tribune, a tiré parole de toi.

— C'était un badinage, répliqua-t-elle avec une douce fermeté ; j'aime trop la Rosière, je n'irai pas à Constantinople. »

Maurice se pencha vers elle et lui dit tout bas : « Parlez pour moi comme pour vous ; nous n'irons pas là-bas, c'est trop loin. »

Elle poussa un soupir de soulagement, et ses yeux témoignèrent au vicomte beaucoup d'estime et un peu de reconnaissance.

« Mille tonnerres ! s'écria le colonel, ces êtres-là sont trop embrouillés pour moi. Cela dit blanc, cela dit noir dans la même minute. Mademoiselle Trimlet, quand donc les femmes auront-elles le sens commun ? »

L'excellente demoiselle, un peu piquée, lui repartit de son ton le plus grenadier : « Mais, avec votre permission, monsieur le colonel, je suis une femme, moi aussi.

— Si peu que rien, ma chère, lui répondit-il; faites-moi ma partie d'échecs. »

Simone leur apporta l'échiquier, et courut à son piano, l'ouvrit, entama un nocturne de Chopin. Comme elle achevait la dixième mesure, Maurice lui prit les deux mains et lui dit :

« Persistez-vous à me mettre à l'épreuve ?

— Oui.

— Et cette épreuve sera-t-elle longue?

— Cela dépend de vous... Il m'est venu un caprice.

— Quel qu'il soit, vous serez obéie.

— Le départ de la comtesse d'Arolles est-il proche ?

— Elle partira demain soir pour la Tour, répondit le vicomte sans oser regarder cette timide qui était devenue intimidante.

— Ainsi vous ne la reverrez pas ?

— Je lui ai fait mes adieux ;... mais pourquoi désirez-vous que je ne la revoie pas ? »

Elle hésita un moment. « Je crois que cette femme ne m'aime pas, et je sens que je ne peux pas l'aimer. Avouez que tantôt elle vous disait du mal de moi. »

Comme il se taisait, elle reprit : « J'ai votre parole ?

— Assurément, mais j'ai la vôtre aussi. Donnez-moi l'assurance que nous sommes engagés l'un envers l'autre.

— C'est Chopin qui vous répondra. »

Cela dit, Mlle Saint-Maur se hâta de recommencer son nocturne. Le vicomte d'Arolles entendit mal les explications que devait lui donner Chopin. Il comprit seulement que sa musique renferme un délicieux poison à l'usage des âmes tristes.

## IX

Le comte et la comtesse d'Arolles devaient quitter Paris le jour suivant dans la soirée. Maurice ne pouvait laisser partir son frère sans essayer de le revoir; il lui devait une explication. Il se rendit chez lui au milieu de la matinée, et ne l'ayant pas trouvé, il lui écrivit. Voici la conclusion de son billet :

« Tu avais chanté victoire trop tôt ; Mlle Saint-Maur a résisté au charme souverain de ta parole, ou, à peine étais-tu parti, elle s'est ravisée. Elle m'a avoué que les lointains voyages n'étaient pas de son goût. Constantinople l'épouvante ; elle se refuse à mettre plus de six cents lieues entre elle et la Rosière. Si j'insistais, cela pourrait tourner mal et mon mariage s'en trouver compromis. J'aime trop mon tyran pour m'exposer à encourir sa disgrâce. Tu me comprendras ; crois à tous mes regrets et fais part à Gabrielle de ma résolution, que sûrement elle approuvera. »

Cette lettre contraria vivement le comte d'Arolles ; il aimait son frère et tenait beaucoup à ses projets. Si occupé, si affairé qu'il fût, il se rendit en hâte à la rue Médicis ; Maurice venait de sortir. Il rumina le cas dans sa tête pendant quelques minutes. Une idée lui vint, il donna l'ordre à son cocher de le conduire au boulevard Haussmann, où demeurait Séverin Maubourg. Il le rencontra sur le pas de sa porte ; l'ayant pris par le bras et arpentant avec lui le trottoir, il lui conta sa déconvenue.

« Ce n'est pas à moi qu'on en peut faire accroire, lui dit-il. Mlle Saint-Maur avait fait bon accueil à ma proposition ; elle avait dit oui, un oui net et de bon aloi. Elle est trop franche pour m'avoir menti, elle est trop raisonnable pour changer si brusquement d'avis ; cette blonde n'est pas une girouette. Le fond de l'affaire est que notre licencié s'est mis en tête de ne pas quitter Paris, il craint d'avoir la nostalgie du boulevard. Il a travaillé pendant six mois comme un enragé pour l'acquit de sa conscience ou plutôt de la mienne ; il est au bout de son effort, il réclame ses invalides. Soyez certain qu'il a le plan très-arrêté de ne plus rien

faire, et comme il a en revanche beaucoup de talent pour défaire, par des moyens plus ou moins
corrects il a obtenu que Mlle Saint-Maur se dédît.
Si elle ne veut plus, c'est qu'il l'a conjurée de ne
plus vouloir. Tenez pour avéré, mon cher monsieur, que la pythie philippise.

— En êtes-vous bien sûr ? » lui répondit Séverin,
à qui les explications du comte d'Arolles donnaient
beaucoup à penser. Il se disait en l'écoutant : « Il
y a de bonnes raisons, des raisons décisives pour
que Mlle Saint-Maur ne puisse pas vivre sous le
même toit que la comtesse d'Arolles ; mais ces
raisons, elle est à mille lieues de les deviner, et
Maurice ne lui a pas révélé son secret. Soit, la
pythie philippise ; cela prouve qu'en cette occur-
rence Philippe se conduit en homme délicat, et je
n'aurai garde de combattre ses scrupules ou ses
inquiétudes. »

« J'en suis sûr, reprit le comte d'Arolles. Je
connais mon sournois, je perce à jour ses ma-
néges. Savez-vous pourquoi il se marie? C'est pour
se débarrasser à jamais de mes conseils et de mes
remontrances. Quoi que je lui propose, il me répondra : Parlez à madame, et au préalable il lui
aura fait sa leçon. Il entend qu'elle soit l'arbitre de
son sort ; mais il tiendra les ficelles du mannequin.
Il se fera ordonner par elle de passer le reste de
sa vie à ne rien faire, et il lui obéira avec déses-

poir, mais en conscience. Voilà une paresse qui
sera bien gardée ; sa hallebarde à la main, le suisse
empêchera que personne n'approche. »

Séverin, de plus en plus pensif, se demandait
par quelle raison secrète les plus fins politiques
sont souvent les plus aveugles des maris. « Vous
calomniez Maurice, répliqua-t-il au comte d'A-
rolles.

— Je n'ai aucune envie de le calomnier. J'ai été
pour lui une façon de tuteur, et il me semble qu'il
est moins mon frère que mon fils. J'ai charge
d'âmes, je prétends que ce beau garçon me fasse
honneur. Mon cher monsieur, vous êtes l'homme
des missions délicates ; celle que vous avez remplie
naguère à Fontainebleau a réussi au delà de toute
espérance. Soyez assez bon, je vous prie, pour
aller faire visite un de ces jours au colonel Saint-
Maur, qui se plaignait à moi de ne plus vous voir.
Vous tâcherez de découvrir le pot-aux-roses. Si
mes soupçons sont fondés, notre homme sera pris
et son petit complot déjoué. S'il était vrai que ma
cousine fût tentée de se rétracter, vous me ren-
driez le service de combattre ses objections.

— Dans le cas où elles me sembleraient mau-
vaises, repartit Séverin.

— Oh! de grâce, ne soyez pas trop conscien-
cieux, lui répondit Geoffroy en riant. Notre conscience est destinée à notre usage personnel, il ne

faut jamais nous en servir pour le compte de nos
amis. Eh! bon Dieu, le beau mérite de les défendre
quand ils ont raison! C'est quand ils ont tort que
notre éloquence leur est précieuse... D'ailleurs
mettez-vous dans l'esprit que j'ai raison, mille fois
raison. Loin de moi, Maurice ne fera rien. Je veux
l'emmener, et je l'emmènerai, si vous voulez bien
me venir en aide. Après tout, je vous demande un
renseignement; faites-moi l'amitié de me le procurer. »

Séverin déclina l'honneur de la nouvelle mission dont on voulait le charger, et qui lui inspirait
des appréhensions qu'il ne pouvait confier à personne. Il chercha quelque échappatoire; le comte
ne se paya pas de ses défaites, et son insistance
fut si vive que Séverin lâcha pied. Il dut promettre
qu'à l'insu de Maurice il irait sous peu à la Rosière
et qu'à son retour il ferait connaître le résultat de
son entrevue au comte d'Arolles, qui lui dit en le
quittant : « Je suis un indiscret, c'est votre faute ;
pourquoi êtes-vous le seul homme à qui l'on soit
tenté de se fier comme à soi-même ? »

Deux heures avant son départ, Gabrielle jeta
elle-même à la boîte une lettre ainsi conçue :

« L'homme qui m'a écrit l'autre jour une déclaration que je vous ai fait lire, ce fat en colère, dont
vous avez deviné le nom, nous rejoindra prochai-

nement à la Tour. Il n'est plus en colère; je ne lui
ai point parlé de son billet doux, et mon silence
lui a rendu quelque espoir. Son intention est de
trouver un prétexte pour nous suivre à Constantinople, il le trouvera sans aucun doute. Qu'ordon-
nez-vous? Décidez de son sort et du mien. Ma raison m'a abandonnée; quand je l'interroge, personne
ne me répond. Je ne me reconnais plus, il n'y a
plus en moi qu'une pauvre insensée; c'est un visage inconnu dont j'ai peur, je la crois capable de
tout. Si vous saviez ce qui se passe dans mon cœur,
je vous ferais pitié... Je vous aime, et je vous l'é-
cris. Me croirez-vous cette fois? Et cette lettre
n'est-elle pas un gage suffisant de ma sincérité?
Vous pourriez la montrer, si la fantaisie vous en
vient, et je la signe de toutes les lettres de mon nom.

« GABRIELLE, comtesse d'Arolles. »

Maurice n'était pas préparé à ce coup, il tomba
dans un morne et profond désespoir. Il avait usé
ses forces à se défendre, il ne lui en restait plus.
Il ressemblait à un général qui à la rigueur peut
se dire victorieux, il a couché sur le champ de
bataille; mais, plus meurtrière qu'une défaite, sa
victoire a décimé ses troupes, il est perdu si l'ennemi fait un retour inoffensif. Maurice se sentit
perdu. Il se disait : « Renoncer à elle, c'est vraiment tout ce que je pouvais faire, au risque d'en

mourir; mais la céder! et à qui! » Rien que d'y
penser, il lui prenait des étouffements, il éprouvait
comme une impossibilité de vivre et de respirer.
Il se tint enfermé tout le jour, allant et venant
dans sa cage, dont il avait condamné la porte,
assistant au combat à outrance que se livraient en
lui deux hommes : l'un était le geôlier de l'autre.
Quand la nuit fut venue, le geôlier avait rendu les
armes, et son prisonnier commandait dans la for-
teresse. Le vicomte se regarda dans un miroir, il
lui sembla qu'il avait vieilli de vingt ans.

Le lendemain, il prit la plume et écrivit ce qui
suit :

« Ma chère cousine, je n'ai pu voir mon frère
avant son départ. Il est venu me chercher sans me
trouver. Je crains de l'avoir blessé en refusant les
propositions qu'il nous a faites et que vous aviez
eu le tort d'accepter. Il se pourrait que je fusse
obligé de me rendre prochainement auprès de lui.
Cette absence forcée me priverait pendant quelques jours du plaisir de vous voir et de vous dire
les sentiments que j'ai voués à la personne du
monde qui me paraît le plus digne d'être aimée et
la plus propre à faire le bonheur d'un honnête
homme. »

Il reçut une réponse fort courte; elle ne contenait que ces mots :

« Mon cher cousin, vous m'aviez fait une promesse; j'ai eu bien tort de l'exiger de vous. Quels
que soient vos plans d'avenir, dites-vous bien, je
vous prie, que vous n'êtes point engagé envers
moi, et croyez que mon respect pour votre liberté
est aussi sincère que mon estime et mon amitié
pour vous. »

« C'est une demi-rupture, pensa Maurice. Elle est
bien prompte à me mettre le marché à la main;
cela prouve jusqu'à l'évidence qu'elle ne m'aime
plus ou qu'elle ne m'a jamais aimé. »

Cette conclusion lui procura quelque soulagement. Il devait dîner le soir avec Séverin. Pour la
première fois de sa vie, il éprouvait de la répu-
gnance à le voir, il ressentait contre lui une sourde
irritation. « Cet impeccable, qui est né sans passions, se disait-il avec amertume, emploie sa vie à
juger les passions des autres; c'est un métier trop
commode. » Il balança s'il irait au rendez-vous.
Cependant la force de l'habitude et du penchant
naturel fut cause qu'à six heures précises il entra
au café Riche. Il avait l'œil cave, le teint blême. Il
dit brusquement à Séverin, qui attachait sur lui
des regards inquiets : « Qu'as-tu donc à me manger des yeux? J'ai la migraine; est-ce défendu? »
Il fut taciturne jusqu'au dessert, et répondit par
monosyllabes au peu de questions que lui fit Séve-

rin. Tout à coup il sortit de son farouche silence
pour discourir avec emportement sur un incident
judiciaire dont tout Paris s'occupait. La cour d'assises venait de condamner à mort un assassin qui
avait donné quelques signes de dérangement d'esprit. Ses avocats avaient plaidé qu'il était fou et
irresponsable; le jury, incrédule à leurs explications, avait livré au bourreau cette tête et son terrible secret. Maurice s'éleva contre ce verdict, et
d'un ton impérieux il entreprit de démontrer que
la justice est une suprême injustice, qu'aliéné ou
dans son bon sens, tout criminel est irresponsable,
que l'homme est invinciblement nécessité à faire
tout ce qu'il fait, qu'il ne s'appartient pas plus que
la paille emportée par un vent d'orage, qu'il a aussi
peu qu'elle la faculté de choisir son chemin, et
qu'il n'y a que les impassibles qui croient au libre-
arbitre. Il raisonnait avec tant de véhémence que
Séverin ne put douter qu'à propos d'un assassin il
ne plaidât une thèse personnelle, il lui parut clair
aussi que Maurice le rangeait au nombre de ces
impassibles dont il récusait le jugement. Il défendit
avec beaucoup de discrétion la cause de la liberté
morale, et, tout en parlant, il décida que dès le
lendemain il se présenterait à la Rosière pour
tâcher d'y apprendre ce qui se passait.

A huit heures, le vicomte leva la séance en disant :

« Je ne me sens pas dans mon assiette, il faut que je rentre.

— Je vais te reconduire, et si tu as besoin d'un garde-malade, me voici.

— Je te remercie. Mes maladies aiment la solitude.

— Dis-moi nettement ce que tu as ; je me connais un peu en médecine.

— J'ai la sainte horreur des médecins, reprit Maurice.

— A la bonne heure. J'irai demain prendre de tes nouvelles.

— Ne te donne pas cette peine. Demain je me porterai à merveille ; je me propose de sortir à cheval de très-bonne heure et de faire de l'exercice tout le jour durant.

— En ce cas, à vendredi.

— A vendredi, c'est entendu ; je tâcherai d'être plus aimable. »

A ces mots, il se leva et sortit. Séverin l'accompagna du regard jusqu'à la porte du café, et ce regard, plein de reproches et de tendresse, disait clairement : « Où en sommes-nous ? Tu ne me dis plus rien, tu te caches de moi, j'en suis réduit à te deviner. Tu souffres, tu es profondément malheureux. La femme que tu aimes malgré toi n'est plus à Paris, et bientôt il y aura l'Europe entière entre vous deux. Tu as refusé de la suivre, mais ton courage est à bout, cette séparation te désespère,

tu as au cœur une blessure qui saigne. Tu as fait
de ta volonté un usage si douloureux que tu ne
peux lui pardonner le supplice qu'elle t'inflige, et
tu te venges d'elle en la niant. Il n'est pas besoin
que tu me parles, je te comprends et je te plains. »
Et les yeux de Séverin disaient au vicomte d'A-
rolles ce que jadis écrivait Henri IV au marquis de
Crillon : « Adieu, mon ami, je t'aime à tort et à
travers. »

Le jour suivant, Séverin Maubourg prit son courage à deux mains, et, quoi qu'il lui en coutât, il
arrivait dans l'après-midi à la Rosière. Le colonel
venait de sortir en voiture avec ses deux filles,
mais il ne devait pas tarder à rentrer. Séverin
arpenta quelque temps le jardin, puis il s'introduisit dans le salon, où le premier objet qui frappa
sa vue fut un portrait de Mlle Saint-Maur, récem-
ment achevé et suspendu au-dessus du piano.
L'artiste qui l'avait fait avait su comprendre et
interpréter son modèle : les yeux à demi fermés
semblaient garder un secret ; la bouche, légèrement entr'ouverte, se disposait à lancer une parole
téméraire, quitte à s'en repentir l'instant d'après.
Séverin s'assit devant le piano, il contempla ce
beau portrait, qui ne lui reprochait pas son indiscrétion. Absorbé dans sa rêverie, il ne s'avisa point
que Mlle Saint-Maur venait d'entrer. Elle s'avança
à pas de loup, observant Séverin aussi attentive-

ment qu'il observait son image et se gardant de
déranger sa contemplation, laquelle ressemblait
moins à celle d'un dilettante captivé par une œuvre
d'art qu'à l'oraison jaculatoire d'un dévot conver-
sant tout bas avec sa madone. Tout à coup il se
retourna, aperçut Simone et perdit contenance.
Cette fois encore, le lièvre pouvait se tenir pour
un foudre de guerre, il avait trouvé plus poltron
que lui.

Cependant Séverin se rappela bien vite qu'il
n'était pas venu à Fontainebleau pour son compte,
que son métier était de racommoder les affaires
des autres. Il se fit un visage de ministre plénipo-
tentiaire, et Simone lui ayant proposé d'envoyer
quérir le colonel, qui, après l'avoir reconduite jusqu'à la porte, était reparti pour faire une visite
dans le voisinage, il lui répondit qu'il reviendrait
le voir un autre jour, que, pour le moment, il était
délégué auprès d'elle. Mlle Saint-Maur le fit asseoir,
s'établit en face de lui près du feu, et prit, elle
aussi, l'air de gravité qui convient aux confé-
rences diplomatiques. Quand il eut achevé de lui
rapporter l'entretien qu'il avait eu avec le comte
d'Arolles, elle lui répondit posément que le comte
se trompait, qu'en refusant d'aller à Constantinople
elle ne consultait que ses propres répugnances.
Elle ajouta que désormais son cousin pouvait prendre le parti qu'il jugerait bon, qu'elle lui avait

rendu sa liberté, et elle récita à Séverin le billet qu'elle avait reçu et la réponse qu'elle avait faite courrier par courrier.

« Comment l'entendez-vous ? s'écria-t-il. Y avez-vous bien pensé ? Il ne s'agit pas d'une rupture ? »

Elle garda le silence ; il poursuivit : « Eh quoi ! pour une vétille, pour une bagatelle ! »

Simone répondit avec un peu d'effort : « N'est-ce vraiment qu'une bagatelle ? On m'avait fait une promesse, on ne la tient pas.

— Maurice n'aurait pas dû vous la faire. Si le comte d'Arolles s'est formalisé de son refus, peut-il se dispenser d'aller s'expliquer avec lui ? Pourquoi donc désirez-vous qu'il n'aille pas à la Tour ? » ajouta-t-il en la regardant.

Elle lui répliqua : « Je ne me défie pas facilement, et pourtant, dès le premier mot que m'a dit la comtesse d'Arolles, j'ai cru deviner qu'elle ne m'aimait pas. Peut-être avait-elle rêvé un autre parti pour Maurice. Admettons que ma défiance soit injuste, pourquoi n'a-t-il pas pris la peine de raisonner avec moi, de me prouver que j'étais absurde ? Il a eu l'air de me donner raison, il m'a promis de ne pas revoir sa belle-sœur, et il la revoit... Eh bien oui, je suis absurde, continua-t-elle en s'échauffant, mais avouez que Maurice attache peu d'importance à ce qui me plaît ou me déplaît. Il me semble aussi que je ne dois plus

16

compter sur lui. Pourrais-je aimer longtemps un homme dont je ne serais pas sûre ? Qu'est-ce que l'affection sans la confiance ?

— Vous avez le jugement bien prompt, lui répondit-il. Maurice tient si bien compte de ce qui peut vous plaire ou vous déplaire qu'il n'est point parti pour la Tour, et que selon toute apparence il n'y mettra pas les pieds.

— Est-ce prouvé ? demanda-t-elle.

— Hier soir, nous avons dîné ensemble à Paris, et nous devons nous revoir après-demain.

— Ah ! » fit-elle, sans rien ajouter. Elle baissa un instant les yeux ; puis, les reportant sur Séverin ; elle lui dit avec un peu d'altération dans la voix : « Vous l'aimez trop. »

Il lui repartit qu'on ne pouvait trop aimer le vicomte d'Arolles, et il en déduisit longuement les raisons. Elle ne l'écoutait que d'une oreille distraite. Une idée lui traversa l'esprit ; à son tour, elle voulut faire une expérience. Elle portait autour du cou un ruban rose, auquel était suspendue une petite croix en émail niellé. Pendant que Séverin discourait d'abondance, elle dénoua comme sans y penser ce ruban, et, après en avoir détaché la croix qu'elle posa sur la cheminée, elle le garda dans ses mains. Tantôt elle l'enroulait autour de son doigt et tantôt le dépliait. Enfin elle le laissa reposer négligemment sur ses genoux, et quand

Séverin se leva pour prendre congé d'elle, s'étant levée aussi, le ruban glissa sur le tapis où il resta.

« Voyons, mademoiselle, lui dit Séverin, votre réponse était bien dure, elle a dû blesser profondément Maurice. Quelle parole de paix lui rapporterai-je de votre part ?

— Avant tout, il faut savoir s'il est à Paris, répondit-elle avec un sourire qui n'était pas exempt de toute coquetterie.

— Il y était hier, il y est aujourd'hui, il y sera demain.

— Croire et savoir sont deux. Attendons.

— Jusques à quand ? »

Le rouge lui monta aux joues, et elle repartit : « Jusqu'à ce que vous reveniez nous voir ; mon père a beaucoup d'amitié pour vous, et il ne se consolera pas d'avoir manqué votre visite. »

Ce disant, elle prit congé de lui et se retira par une porte de dégagement, laissant Séverin trouver lui-même celle qui s'ouvrait sur le vestibule. Il la trouva en la cherchant et sortit. Deux minutes après, Mlle Saint-Maur rentrait au salon d'un pas furtif, le cœur palpitant, anxieuse de savoir ce qu'était devenu son ruban rose. Il n'était plus à la place où elle l'avait laissé, et si le vent l'avait emporté, il l'avait si bien caché qu'elle ne réussit pas à le découvrir. Cet incident lui causa une émotion qui faillit être fatale à Mlle Trimlet, car, l'ayant rencontrée quelques instants plus tard dans le corridor, elle l'embrassa en lui serrant le cou si étroitement que cette majestueuse Anglaise, à demi étranglée, laissa échapper un cri rauque et se demanda avec inquiétude si Mlle Saint-Maur devenait folle.

Cependant, à peine Séverin fut-il monté en wagon, il ne s'occupa guère ni de Mlle Saint-Maur ni de lui-même. Il lui tardait de revoir le vicomte d'Arolles, de s'assurer de sa personne. Il agitait dans son esprit une question de vie ou de mort, et il avait des doutes, des anxiétés qu'il se reprochait. Il ne fit qu'un saut de la gare à la rue Médicis. Il apprit du concierge que le vicomte d'Arolles était parti dans la journée, sans dire où il allait, et qu'il serait absent quelques jours. Séverin éprouva une violente commotion, et le concierge s'étonna de le voir changer de visage.

« Il faut que le cas soit bien grave, puisque le malheureux a éprouvé le besoin de me tromper. Je le sauverai malgré lui. Un jour, il m'a retiré d'une eau profonde où la mort m'attendait, et il m'a mis au défi de lui rendre la pareille. Nous verrons bien. » Voilà ce que se disait Séverin en regagnant le boulevard Haussmann. Les inquiétudes de l'amitié ne laissaient place en lui à aucune autre pensée. Il avait oublié qu'un architecte d'avenir, du nom de Séverin Maubourg, était secrètement amoureux de la fiancée du vicomte d'Arolles, et que le vicomte d'Arolles, aimant ailleurs, entraîné par une criminelle passion, venait subitement de lui laisser le champ libre et le droit de tout espérer. Que lui importait? Il avait à la bouche un refrain, il répétait sans cesse : « Je le sauverai. » En arrivant chez lui, il découvrit dans l'une de ses poches un ruban rose. Il le reconnut avec confusion, et, honteux de sa faiblesse, il le brûla comme naguère il avait brûlé une lettre.

La comtesse d'Arolles aurait pris facilement son parti d'être laissée à elle-même et à la société de ses pensées, dont le tumulte lui donnait beaucoup d'occupation ; mais elle était condamnée à ne jamais connaître la solitude. Aussitôt installée à la Tour, elle y fut rejointe par sa mère, qui avait passé l'hiver à Pau. Quarante-huit heures plus tard, elle vit arriver M. et Mme de Niollis. La marquise avait attrapé, en sortant d'un bal, une grippe opiniâtre, dont elle n'avait pu se débarrasser, et par ordre de son médecin elle faisait un séjour à Biarritz, où elle se proposait d'attendre le printemps. M. de Niollis était allé l'y voir. Elle apprit de lui l'événement et qu'avant peu Mme d'Arolles cinglerait sur les eaux d'azur de la Méditerranée. Il ne réussit pas à lui cacher son amoureux chagrin, elle en ressentit un plaisir extrême, et comme elle était persuadée qu'il ne retournerait pas à

Paris sans passer par la Tour, elle lui offrit de l'y accompagner. Il goûta médiocrement cette proposition, qu'il ne put refuser. « Ils me donneront la comédie, » pensait la marquise. On sait qu'elle aimait à amuser son esprit et que la vie n'était pour elle qu'une salle de spectacle. Elle eût dit volontiers avec Mme de Sévigné : « Mon Dieu ! qu'il y a de folies dans le monde ! il me semble que je vois quelquefois les loges et les barreaux devant ceux qui me parlent ! » Sa gaîté eût été moins vive si elle s'était doutée du projet que nourrissait secrètement le marquis et que Mme d'Arolles avait deviné.

M. et Mme de Niollis arrivèrent à la Tour par un temps doux, mais nuageux. M. de Niollis en prit occasion pour vanter d'un bout à l'autre du déjeuner le ciel éternellement bleu de la Grèce, qu'il n'avait jamais vu et qu'il avait juré de voir avant de mourir. Il partit de là pour célébrer l'Orient et ses beautés pittoresques. Stamboul, sa Corne-d'or, ses ponts, ses coupoles dorées, ses minarets, ses maisons peintes, ses bois de cyprès, quel régal pour les yeux et pour une imagination romantique ! Le marquis ne tarissait pas sur ce sujet ; il y avait du lyrisme dans son enthousiasme, et il s'écriait comme Napoléon I$^{er}$ : « Cette vieille Europe m'ennuie. »

Fatigué de sa chanson, le comte d'Arolles finit par l'interrompre.

« Eh bien ! mon cher, qu'à cela ne tienne. Si le cœur vous en dit, profitez de l'occasion, accompagnez-nous. Mme de Niollis sera de la partie.

— Assurément non, répondit-elle. Le monde se termine pour moi à cinquante lieues de Paris ; j'abandonne le reste à l'indiscrète curiosité des géographes.

— Bah ! nous vous débaucherons.

— Je vous en défie, dit-elle d'un ton décisif.

— En ce cas, marquis, reprit M. d'Arolles, demandez à votre femme un congé de trois mois.

— A quoi pensez-vous ? Vous parlez à un homme qui est conseiller d'état ; où la chèvre est attachée, il faut qu'elle broute, quelque tendresse qu'elle puisse avoir pour l'herbe du voisin.

— Oh bien ! il me semble qu'aujourd'hui surtout le Grand-Turc est à tout le monde, et si le marquis est curieux d'en avoir sa part, pourquoi ne se passerait-il pas cette fantaisie ?

— Ne me pressez pas trop, s'écria M. de Niollis, je serais capable de saisir la balle au bond.

— A votre aise, » lui dit Geoffroy, et il rompit l'entretien. A la vérité il se souciait peu d'être pris au mot. M. de Niollis, satisfait d'avoir attaché le grelot, n'insista pas davantage ; il attendait que Mme d'Arolles se prononçât, à peine l'avait-elle écouté. Elle avait une absence, ses pensées couraient à franc étrier entre Paris et Fontainebleau.

En sortant de table, la marquise la prit par le bras et, sous prétexte de se réchauffer les pieds, l'obligea de faire un tour avec elle dans le parc.

« Pour le coup, lui dit-elle brusquement, c'en est trop. L'aventure tourne au tragique, il faut que nous causions. Que comptez-vous faire de mon mari ?

— De votre mari, ma chère ? lui répondit Gabrielle. Je ne compte rien en faire du tout.

— J'en étais sûre. Alors ne l'emmenez pas à Constantinople.

— Rêvez-vous, Hortense ? où prenez-vous que j'aie l'intention...

— Pas de diplomatie, interrompit la marquise, jouons cartes sur table. Il y a un an révolu, ma toute belle, que M. de Niollis vous fait la cour. Je n'y ai vu aucun inconvénient, vous savez que je n'ai pas de prétentions sur lui, et peu m'importe qu'il grossisse le nombre de vos figurants, car avec vous on figure, et c'est tout. Les espérances dont vous l'amusez, et qu'il est assez sot pour prendre au sérieux, m'ont rendu le service de le délivrer d'autres fantaisies beaucoup plus coûteuses. Voilà bien des mois qu'il pratique le plus pur platonisme et qu'on ne le voit plus guère au foyer de l'Opéra et dans les coulisses des Folies-Dramatiques... Je ne suis pas une ingrate, je vous remercie de vos bons offices, continua-t-elle en lui serrant le bout des doigts ; mais c'en est assez, arrêtons nos

comptes. Je ne permets à M. de Niollis que les
feux de paille. Puisque vous l'avez allumé à ce
point qu'il ne peut plus vous quitter et qu'il songe
à courir après vous jusque dans l'empire du croissant, là, comme Nicole, je n'ai plus envie de rire,
et je mets mes poings sur mes hanches.

— Mais, je vous prie, répliqua Gabrielle en riant
du bout des lèvres, si réellement vous n'avez aucune prétention sur votre mari, pourquoi voulez-
vous contrarier son humeur voyageuse ?

— Ne biaisons pas, reprit la marquise. Il est
convenu que je me soucie fort peu des infidélités
de M. de Niollis et que je leur abandonne tout
Paris jusqu'à l'enceinte de l'octroi ; mais je n'entends pas faire le ridicule métier de femme abandonnée. Je n'entends pas non plus qu'il sacrifie
ses occupations, ses affaires au bon plaisir d'une
coquette. Ceci passerait la plaisanterie, je défends
mes droits, et je déclare tout net à la charmante
Dorimène « qu'il y a longtemps que je sens les
choses et qu'il ne serait ni beau ni honnête à elle
de prêter la main aux sottises de mon mari. »

— Raisonnons un peu, lui dit Gabrielle sur un
ton plus grave. Si M. de Niollis s'est mis en tête
de voyager, dépend-il de moi de l'en empêcher ?

— Parfaitement, et vous n'en doutez pas.

— Me soupçonnez-vous, par hasard, de lui avoir
inspiré ce beau projet ?

— Je vous soupçonne d'avoir reçu ses confidences, de ne l'avoir point découragé, et de n'être pas fâchée de découvrir jusqu'où s'étend votre pouvoir sur lui.

— Vous vous trompez bien, répondit Gabrielle, et mes figurants m'occupent moins que vous ne le pensez.

— Il n'y a qu'un mot qui serve, s'écria la marquise avec une vivacité mêlée d'aigreur. Ma chère, je vous le dis encore, que voulez-vous faire de M. de Niollis ?

— Rien du tout, je vous le répète.

— Dites-le-lui, cela suffira. » Et comme la comtesse gardait le silence. « Je dois vous prévenir, ajouta-t-elle, que je ne suis pas bonne tous les jours. Oui ou non, me promettez-vous que M. de Niollis ne partira pas avec vous ? »

Gabrielle tressaillit, et s'écria tout à coup : « Oui, je vous le promets. » En dépit de sa myopie, dont on ne se défiait pas assez, Mme de Niollis s'aperçut qu'elle tenait ses yeux obstinément attachés sur un point noir qui venait d'apparaître au bout de l'avenue, qu'un éclair de joie triomphante avait passé sur son visage et qu'elle était hors d'elle-même. Sous prétexte de la remercier de sa promesse, la marquise lui prit la main et constata que cette main tremblait comme la feuille.

« Eh bien ! qu'est-ce donc ? lui demanda-t-elle.

— Que voulez-vous que ce soit? lui répondit Gabrielle, qui ne savait plus où elle en était.

— Je vous dis qu'il vous arrive quelque chose ou quelqu'un, reprit la marquise, qui braquait ses yeux clignotants sur l'avenue. Je crois entendre le grelot d'un cheval.

— Vous avez raison, repartit Mme d'Arolles en reprenant possession d'elle-même. Effectivement c'est une voiture qui nous arrive. Je serais curieuse de savoir quel fâcheux elle nous amène.

— Je partage votre curiosité. Vous qui avez la vue longue, ne distinguez-vous pas d'ici qui ce peut être?

— Attendez, je crois en vérité que c'est mon beau-frère, répondit Gabrielle en feignant un profond étonnement.

— Le sauvage?.. A-t-il ses plumes et une boucle passée au bout du nez? brandit-il son tomahawk?

— Ne craignez rien; il a l'air très-pacifique.

— Vous ne l'attendiez pas?

— Non, et je ne devine pas quelle raison l'amène... Il n'a pu voir Geoffroy le jour de notre départ, peut-être a-t-il daigné pousser jusqu'à la Tour pour lui en témoigner son regret.

— Il a donc des vertus de famille, ce jeune homme! s'écria Mme de Niollis, dont l'esprit était en travail et voyait s'ouvrir devant sa curiosité des chemins nouveaux, mais effrayants. Il me semble

qu'il est descendu de voiture, ajouta-t-elle. Allez
seule à sa rencontre, ma chère, je vous gênerais
dans vos attendrissements réciproques. »

Gabrielle était trop émue pour se préoccuper
beaucoup des arrière-pensées que pouvait avoir la
marquise. Elle s'élança au-devant de Maurice. Ils
demeurèrent quelques secondes sans trouver une
parole. Le regard de Mme d'Arolles exprimait l'i-
vresse du triomphe, celui du vicomte une sorte de
résolution désespérée, la fureur d'un vaincu qui se
promet de faire payer cher sa défaite à son vainqueur. Sa figure inquiéta Gabrielle, qui balbutia :
« De grâce, ne dites pas un mot à M. de Niollis, je
vous jure qu'il partira dès ce soir.

— Et moi, je vous jure que ce n'est pas à lui que
je pensais, » répondit-il d'un ton bref.

Ils rejoignirent Mme de Niollis. Pour tout compliment, elle déclara au vicomte qu'elle lui trouvait mauvais visage, et elle lui demanda s'il sortait
de maladie. « Vous devriez l'emmener chez les
Osmanlis, dit-elle à la comtesse, un changement
d'air le referait.

Nous ne demandons pas mieux, répondit Gabrielle, mais il lui est survenu un accident.

— Lequel ?

— Il se marie.

— Et Mlle Saint-Maur n'a pas le goût des voyages ? reprit la marquise ; je comprends cela. Vi-

comte, je vous félicite de votre accident ; je m'étais imaginé que vous auriez votre vie durant le bouquet sur l'oreille. »

Le comte d'Arolles fut encore plus charmé qu'étonné de voir apparaître son frère ; mais sa joie se tourna en un vif déplaisir quand le vicomte lui donna l'assurance formelle que Mlle Saint-Maur était intraitable et prête à rompre plutôt que d'épouser un attaché d'ambassade, bref qu'elle l'avait mis en demeure d'opter entre elle et Constantinople.

Le comte finit par l'en croire. « Je te soupçonnais, lui dit-il, de ne pas aller de franc jeu dans cette affaire, je te fais réparation. Il m'en coûte de renoncer à l'avenir que je rêvais pour toi. Voilà mes plans à vau-l'eau ; toi seul pourrais les repêcher, mais ce n'est pas une chose à te demander. »

Une heure plus tard, se trouvant seul avec Mme de Niollis, il lui fit part de ses regrets et de ses perplexités. Il se plaignit à elle qu'il s'était bien trompé sur le compte de Mlle Saint-Maur, qu'il lui avait cru l'esprit plus élevé et plus libre. Il se demandait, disait-il, si une petite fille à la cervelle étroite, qui refusait de sortir de sa coque, était bien le parti qui convenait à son frère ; il en doutait et ne tenait plus guère à ce mariage.

« Mais lui-même, demanda la marquise, qu'en pense-t-il ?

— Il m'a soutenu naguère qu'il était épris de
Mlle Saint-Maur à en perdre les yeux ; c'est possible, quoique invraisemblable. Ce que je vois de
plus clair, c'est qu'il est dans sa nature de détester
tous les genres de tyrannie, et Mlle Saint-Maur est
une imprudente ; si elle tient la bride trop courte
à son cheval, elle le fera cabrer... Voyons, ma
chère marquise, donnez-nous un bon conseil.

— Oh ! moi, je me récuse, dit-elle. Je me sens
une sympathie naturelle pour les femmes qui n'aiment pas l'Orient. »

Pendant qu'ils conversaient ainsi dans un coin
du jardin, M. de Niollis, qui depuis son arrivée
guettait l'occasion, venait de se procurer un tête-
à-tête avec la comtesse d'Arolles. A la vérité, elle
alla au-devant de son désir. Elle sortait du salon
avec sa mère, quand il y entra par une autre porte.
Elle laissa la duchesse de Riaucourt descendre
seule le perron, et faisant volte-face, elle marcha
droit à M. de Niollis et lui dit de l'air et du ton
d'un exécuteur qui annonce à un condamné que
l'instant fatal est venu : « Pouvons-nous espérer,
marquis, que vous penserez quelquefois à nous
pendant notre longue absence ? »

Cette brusque entrée en matière n'effraya pas le
marquis, il crut y reconnaître une de ces coquettes
provocations auxquelles il était accoutumé, et il
répondit, le sourire aux lèvres : « Cette longue

absence serait ma mort, et je tiens à la vie. Je vous
suivrai.

— Vous êtes-vous assuré d'abord si j'y consen-
tais ?

— Oubliez-vous, madame, que qui ne dit mot
consent ?

— Ah ! permettez, je n'avais pas pris au sérieux
un projet qui me paraît folâtre, répondit-elle en
levant la tête par-dessus les nues ; mais, puisque
j'en trouve le moment, je vous dirai, marquis, que
vous vous gâtez. Vous tournez au tragique ; autrefois vous vous contentiez d'être charmant, et on
pouvait avoir de l'amitié pour vous. Vous êtes devenu un homme de plume, et j'ai peu de goût
pour certain genre de littérature. »

Il la regarda d'un air étonné, mais ne se démonta
point. « Il y a quelque temps déjà que je cultive
les lettres ; pourquoi avez-vous attendu jusqu'aujourd'hui pour me le reprocher ?

— Je partais, répliqua-t-elle ; c'est une réponse
qui en vaut une autre. »

Son accent était si hautain, si sec, que M. de
Niollis s'alarma. « Si ma lettre vous a offensée, lui
dit-il humblement, oubliez-la ; je vous promets de
ne plus écrire.

— Je ne sais ni oublier ni pardonner, » répondit-elle.

Il ne pouvait croire que ce fût son dernier mot ;

il lui dit avec un air penché : « Je suis résolu à obtenir mon pardon, et je ne connais pas d'homme plus indiscret ni plus entêté que moi. »

Elle fronça le sourcil, et, d'un ton menaçant : « Marquis, prenez-y garde, j'ai la mauvaise habitude de laisser traîner les lettres qu'on m'écrit ; il arrive quelquefois que c'est le comte d'Arolles qui les ramasse. »

Il n'y avait plus à s'y tromper, M. de Niollis perdit ses dernières illusions. Dissimulant du mieux qu'il pouvait son trouble, son chagrin, son mortel dépit, il dit à la comtesse avec un sourire noir : « Ne me ferez-vous pas la grâce de me dire à quel heureux mortel vous me sacrifiez ? »

Elle n'eut pas le temps de lui répondre. Mme de Niollis venait d'entrer, suivie de Geoffroy, qui cria au marquis : « Eh ! mon cher, que complotez-vous là avec ma femme ?

— Nous ne complotons pas, nous nous disputons, répliqua-t-il. Mme d'Arolles me soutient qu'elle est enchantée d'aller en Turquie, et je prétends, moi, que dans le fond elle en est désolée.

— Quel revirement soudain ! Vous avez employé tout le temps du déjeuner à nous vanter les merveilles de l'Orient et le ciel bleu de la Grèce.

— Je faisais de la littérature, repartit M. de Niollis ; cela m'arrive quelquefois ; c'est un défaut que mes amis me reprochent. En réalité, on ne vit

que sous le ciel de Paris, et je n'ai aucune envie
d'en voir un autre.

— Êtes-vous contente ? demanda tout bas Gabrielle à la marquise.

— Je vous remercie de vos bontés pour moi, lui
répondit Mme de Niollis, mais sous bénéfice d'in-
ventaire. »

Le marquis prit prétexte d'une lettre qu'il avait
reçue dans la journée pour affirmer au comte d'A-
rolles que des occupations urgentes le rappelaient
à Paris, et il se mit en route après le dîner. On
engagea la marquise à rester jusqu'au lendemain.
Elle y consentit sans se faire prier. Sa curiosité
était aiguisée, elle voulait avoir le mot de la
charade.

La soirée parut mortellement longue au vicomte
d'Arolles. Son frère l'emmena dans le fumoir, où
seul à seul avec lui il l'entretint d'affaires qu'il
avait à régler et qui lui causaient quelque tracas.
Maurice entendit mal les explications qu'il lui donnait, et comprit vaguement qu'il s'agissait d'un
acte à passer par-devant notaire, de bois à affer-
mer, d'un preneur dont la solvabilité n'offrait pas
des garanties suffisantes, d'un intendant voleur
qu'il fallait remplacer, de renseignements, d'infor-
mations à prendre. Une chose en revanche lui
parut claire, beaucoup trop claire : son frère se
voyait dans la nécessité de s'absenter de la Tour

17

pendant vingt - quatre heures. Voulant expédier toutes ses affaires d'un seul coup, il avait résolu de se rendre à Bayonne le lendemain dans l'après-midi, et d'y coucher pour pouvoir le jour suivant se transporter à Bordeaux par le premier train du matin.

Tout en parlant, Geoffroy vaguait dans la chambre, sans regarder son frère, qui était assis dans l'ombre ; son visage l'eût inquiété. Maurice était presque livide, il sentait couler sur son front une sueur froide. Quelque chose se mourait en lui, il assistait à l'agonie de sa conscience. Les derniè-res volontés des mourants sont sacrées ; cette conscience expirante donna un ordre au vicomte, il l'exécuta en disant à Geoffroy :

« Veux-tu que je t'accompagne à Bayonne et à Bordeaux ?

— Certes non, lui répondit le comte, je ne saurais que faire de toi. Tu resteras pour garder la bergerie. »

Puis, il se remit à parler de ses bois, de coupes, de récolements et des imperfections du code fores-tier, dont il se proposait de demander un jour la réforme. Au milieu de son discours, il s'avisa que Maurice s'était levé et se dirigeait vers la porte.

« Je t'ennuie ? lui cria-t-il. On a toujours tort de s'ennuyer, et, pour les bons esprits comme le tien, tout a son intérêt, même une adjudication de glandée, de panage et de paisson.

— Je ne sais pas si j'ai un bon esprit, lui répondit Maurice d'une voix trouble ; mais je me sens las. »

Et il ouvrit la porte pour sortir.

« Tu t'en vas te coucher sans crier gare ? » lui dit Geoffroy en allant vivement à lui et lui tendant la main.

Le vicomte, quoi qu'il en eût, fut obligé de mettre sa main dans cette main. Un frisson lui courut dans tout le corps.

« Or çà, j'espère que tu ne commences pas une maladie, » reprit Geoffroy, et, son frère ne répondant pas, il ajouta : « Mais, j'y pense, je te tiens là une heure durant à t'assommer de détails de ménage, et tu n'as en tête que la question d'Orient... Mon cher, quelle que soit ta décision, je l'approuve. Quand on aime, tout est dit, et tu aimes Simone. »

Maurice, qui avait déjà franchi le seuil, rentra dans la chambre et s'écria : « Qu'en sais-tu ? »

Si en ce moment son frère avait su lire sur son visage et l'eût interrogé, il lui aurait tout dit, car son secret l'étouffait ; mais Geoffroy lui répondit en riant : « Tu as raison, après tout je n'en sais rien, et peut-être ne le sais-tu pas toi-même. Il faut pourtant tâcher de le savoir... Bonne nuit, la nuit porte conseil. »

L'instant d'après, le comte d'Arolles s'était renfoncé dans ses bois, qui lui tenaient au cœur, et Maurice, après avoir parcouru un long corridor, avait atteint la porte de sa chambre. Elle était située au rez-de-chaussée, au pied d'un escalier à balustrade qui conduisait à une grande pièce servant de bibliothèque, sur laquelle s'ouvrait à gauche l'appartement du comte d'Arolles et à droite celui de la comtesse. Maurice demeura immobile et comme pétrifié pendant quelques minutes; il contemplait cet escalier. Il aurait pu se vanter comme Danton d'avoir regardé son crime en face. Cependant sa conscience aux abois remuait encore, elle parlait. Il lui prit une impatience furieuse de mettre quelque chose d'irréparable entre elle et lui.

## X

Le jour suivant, deux heures avant le déjeuner, par une douce matinée de soleil printanier, Mme d'Arolles proposa une promenade en voiture à sa mère et à Mme de Niollis. Le vicomte fut invité à se mettre de la partie ; il refusa d'abord, puis accepta.

Il était assis dans le break en face de sa belle-sœur, et s'il avait pu choisir sa place, il en eût pris une autre ; il n'était plus maître de lui, et ne savait que faire de ses yeux. Comme elle, il se grisait de sa passion ; mais ces deux ivresses ne se ressemblaient guère. L'une était sombre, morose, taciturne ; l'autre était agitée, nerveuse, parlait haut, riait à gorge déployée. La gaîté évaporée et bruyante de Gabrielle ne fut point remarquée de sa mère. La duchesse de Riaucourt ne s'occupait

que d'elle-même ; elle prenait de sa personne un
soin presque dévot, elle était comme recueillie
dans l'étude de ses sensations. D'une santé délicate, elle passait sa vie à s'écouter. Se plaignant
d'avoir toujours ou trop chaud ou trop froid, elle
traînait partout avec elle deux ou trois châles, des
pèlerines, des cravates, qu'elle ôtait tour à tour et
remettait, en rêvant aux quatorze maladies mor-
telles dont elle était attaquée. Ce matin-là, elle venait d'en découvrir une quinzième, et selon que le
soleil brillait ou se voilait, elle s'empressait de
s'affubler ou de se défubler, sans s'apercevoir qu'à
ses côtés, sur les coussins du break, il y avait une
tragédie commencée. Mme de Niollis était un
témoin plus perspicace, plus dangereux ; mais on
ne se défie pas des myopes, et au surplus pour la
circonstance sa malice s'était fourrée de bonhomie
et n'avait pas l'air de penser à mal.

Au bout de trois quarts d'heure, le break s'engagea dans une vaste forêt de pins, dont le sol ra-
boteux, accidenté, formait des gorges sauvages. La
comtesse d'Arolles s'avisa tout à coup qu'elle avait
soif et se souvint que près de là, au pied d'une
roche creuse, il y avait une source renommée pour
la fraîcheur de son eau. Elle ordonna au cocher
d'arrêter, sauta lestement à terre, enfila un sentier
qui, après une courte montée, descendait rapidement vers la source. Maurice la suivit. Après deux

minutes de marche, il retourna la tête et n'aperçut
plus ni la voiture ni la route, que lui cachait un pli
du terrain. Il pouvait se croire seul au monde avec
cette femme qui cheminait devant lui et qu'il dévorait des yeux. Où le menait-elle? au désespoir ou
au bonheur? il ne le savait pas encore, mais il voulait le savoir.

Ils atteignirent la source; elle était à demi tarie.
Gabrielle ôta l'un de ses gants, recueillit quelques
gouttes dans le creux de sa main. Après avoir bu,
elle trempa de nouveau le bout de ses doigts dans
le petit bassin, et les présenta tout humides à Maurice, qui les approcha de ses lèvres. Elles étaient
brûlantes, il leur fallait autre chose que trois gouttes
d'eau pour les désaltérer.

Gabrielle s'adossa contre le rocher, et ferma à
moitié les yeux. Elle regarda en elle-même; ce
qu'elle y voyait l'étonnait beaucoup. Pour la première fois elle aimait, et il lui parut qu'elle faisait
un beau rêve. Il n'y avait autour d'elle que la solitude et le silence d'une forêt, et cette forêt remplissait l'univers, il n'y avait rien au delà. Le
monde, ses ambitions, ses vanités, ses calculs, ses
intrigues, ses plaisirs, ses hochets, tout avait disparu. Les délices et les douleurs de la passion, un
grand bois et dans ce bois un homme qu'elle aimait, cela seul était réel, tout le reste n'était que
mensonge et fumée, tout le reste n'existait pas.

Elle aurait voulu que ses pieds prissent racine dans la terre humide qu'ils foulaient, et rester toujours près de cette fontaine, près de ce rocher, parmi ces pins qui exhalaient un parfum de résine et qui la regardaient avec un sourire mystérieux, comme s'ils avaient lu dans les profondeurs de son âme.

Maurice se livrait à d'autres imaginations. Il rêvait que la femme qui était là, devant lui, les yeux à demi fermés, lui appartenait, que tout à l'heure il la prendrait dans ses bras et l'emporterait au bout du monde. Hélas! qui a jamais vu le bout du monde?

Il s'approcha d'elle et lui dit : « Fuyons ensemble. »

Elle tressaillit, passa la main sur son front et se réveilla. Elle reconnut que si les forêts sont belles et sentent bon, on ne saurait cependant y vivre toujours, qu'aussi bien elles ont leurs bornes, qu'elles finissent quelque part et que par delà il y a autre chose. Elle s'était figuré pendant deux minutes que le monde n'existait pas, elle revint de son erreur; elle crut entendre comme un confus bourdonnement de voix humaines qui arrivait jusqu'à elle à travers le silence d'un bois de pins.

Elle dit à Maurice avec un pâle sourire : « M'enlever! A quoi bon? Avant peu nous partirons ensemble pour les pays du soleil, sans que personne y trouve à redire. » Elle ajouta en appuyant sur ces mots : « Sans elle, n'est-ce pas ? »

Il ne répondit rien. Elle reprit : « Vous doutez encore de mon cœur ?

— Je douterai jusqu'à ce que vous soyez à moi, » répliqua-t-il d'une voix presque terrible.

Elle éprouva une secousse et frémit d'inquiétude.

« Je ne veux pas, continua-t-il, d'un bonheur pareil à la source que voici, d'un bonheur qui ne se donne que goutte à goutte. J'entends boire le mien à pleine coupe, jusqu'à perdre la raison, jusqu'à oublier tout ce qui n'est pas vous. »

Puis il la regarda fixement, et lui dit avec l'accent d'un maître qui ordonne : « Vous n'avez plus le droit de me rien refuser. »

Elle sentit que c'en était fait, qu'elle était vaincue. Profondément troublée, elle ferma tout à fait les yeux, et elle eut une sorte d'étourdissement. Pour ne pas tomber, elle s'appuyait de la main sur une saillie de la roche. Elle perdit pendant quelques secondes la notion de toutes choses. Il lui parut qu'elle descendait dans un abîme, et qu'après en avoir touché le fond, elle remontait lentement à la surface. Elle revit le jour, les arbres, un sentier qui semblait fuir devant elle. Alors elle reprit conscience d'elle-même, elle s'aperçut qu'un bras s'enlaçait autour de sa taille, que deux lèvres frémissantes se promenaient sur ses cheveux, sur son front, et bientôt se collaient sur sa bouche.

Soudain une voix s'écria : « Après vous, ma chère, s'il en reste. »

Maurice n'eut que le temps de faire un saut en arrière et de se retourner, la marquise était à dix pas de lui. Il était impossible qu'elle eût rien entendu, et on pouvait croire qu'elle n'avait rien vu, car, en arrivant à la source, elle se pencha pour boire, puis se redressa, et du ton le plus tranquille : « Il ne reste rien, dit-elle, vous avez tout bu. »

Le vicomte fut entièrement rassuré. Depuis qu'il avait acquis la certitude de son bonheur, dont il venait de toucher les arrhes, il avait recouvré son empire sur lui-même. Il s'arma d'un superbe sang-froid pour dire à la marquise : « Il faut convenir que Gabrielle a le génie des mystifications. Voilà à quoi se réduit cette source jaillissante d'eau vive dont elle nous faisait fête.

— Eh ! oui, répondit Mme de Niollis en se penchant vers le bassin où s'égouttait le rocher, sa source n'est qu'une cuvette ; mais on trouverait encore moyen de s'y noyer.

— J'aime les belles morts, lui repartit Maurice, et si jamais je me noie, ce sera dans le Niagara.

— Puisque vous êtes encore en vie, lui dit la marquise, profitez-en pour retourner au plus vite

auprès de Mme de Riaucourt qui s'impatiente et
m'a envoyée à votre recherche. Elle se plaint que
ce bois est humide ; depuis que vous l'avez quittée
elle a eu le temps de finir un rhume et d'en commencer un second. »

Maurice prit les devants et s'empressa d'aller
calmer l'impatience de la duchesse. Les deux
femmes le suivirent de loin. Le sentier était raide
et la marquise avait le souffle court. Elle s'arrêta
un moment pour reprendre haleine. Puis, s'étant
tournée vers Gabrielle, elle lui dit à brûle-pourpoint : « Permettez, ma chère, que je vous arrange
votre chapeau ; il a cruellement souffert dans le
brusque abordage de tout à l'heure. »

La comtesse sentit ses jambes se dérober sous
elle. Il y avait là un tronc d'arbre couché en travers ; elle s'y assit, la tête basse, les bras pendants.

« Oui, j'ai tout vu, reprit la marquise, et c'est à
peine si j'en crois mes yeux. C'en est donc fait ?..
Eh ! quoi, vous si fière, si sûre de vous, si superbe, vous qui piaffiez dans la vie et sur les
cœurs comme une cavale andalouse !.. Je vous
trouvais accomplie dans votre genre, je vous
croyais destinée à jouer à la perfection jusqu'au
bout le rôle des grandes coquettes, je vous prédi-
sais une superbe carrière, et tout à coup cette
chute, ce funeste accident... Vrai, je suis en colère
contre vous pour l'amour de l'art. »

Gabrielle ne disait mot ; la marquise poursuivit : « Ainsi quelqu'un a su trouver le défaut de ce cœur de diamant ! Vous êtes prise, tout à fait prise ?.. Mais parlez donc... En lisant le journal ce matin, j'y ai vu l'histoire d'un petit garçon qui s'amusait à faire des ricochets dans la rivière ; il s'imaginait que les rivières avaient été inventées pour cela, et le pauvre diable s'est noyé. Comme lui, vous vous amusiez à lancer vos galets, et vous avez perdu pied, le courant vous emporte... Vous me direz que vous savez nager ; n'en croyez rien, ma chère. Quand la passion s'en mêle, on ne nage plus, et les plus habiles sont d'une gaucherie sans pareille. Depuis hier, vous faites maladresse sur maladresse, et tout à l'heure encore, dans cette voiture... Si votre mère n'a rien vu, c'est qu'elle ne voit rien. Quelle bénédiction qu'une mère qui est toujours entre deux rhumes ! »

Mme d'Arolles continuait de se taire. « J'aime à croire au moins, reprit Mme de Niollis, que vous en êtes au premier acte de la pièce, au prologue, que vous pouvez en être quitte pour un chapeau perdu... Oh ! il est perdu, ne vous faites pas d'illusions ; mais vous, si l'on pouvait vous sauver... Voyons, ne sauriez-vous faire un effort héroïque de volonté ? »

Gabrielle posa ses deux coudes sur ses genoux et son visage dans ses mains. La marquise la re-

garda un instant, puis elle lui dit encore : « Vous
prétendiez un jour que je serais bien aise de vous
voir faire une sottise. Oh ! pas celle-ci, ma chère,
elle est trop grosse. Ce n'est pas une comédie que
votre histoire, c'est un drame, et un drame des
plus sombres. Songez qu'après deux ans et demi
de mariage ce pauvre comte a la candeur d'être
amoureux de vous comme au premier jour, et songez aussi que ce qu'il aime le plus au monde après
vous, c'est son scélérat de petit frère... En vérité,
votre aventure me navre, elle finira mal ; tâchez
d'inventer autre chose. »

Elle s'approcha de Gabrielle, qui ne donnait pas
signe de vie, et lui mettant la main sur l'épaule :
« Savez-vous quoi, ma belle? Voulez-vous que je
vous rende M. de Niollis? Franchement, j'aimerais
mieux cela. »

Gabrielle se leva tout à coup comme mue par
un ressort, et lui répondit : « Vous disposez de
mon secret et de ma vie ; que comptez-vous en
faire?

— Oh ! bien, ma belle, s'écria la marquise en
reculant d'un pas, me croyez-vous capable d'aller
raconter votre accident à votre mère ou à votre
mari? Si c'est là votre seule inquiétude, soyez tranquille, et apprenez que je n'aime pas assez mon
prochain pour le sauver au prix d'une petite in-
famie. »

A ces mots, elle lui offrit son bras, en l'engageant à s'y appuyer, et cinq minutes après elles
avaient rejoint la voiture, qui reprit le chemin du
château. Entre Gabrielle et Maurice, les rôles
étaient intervertis. Il était gai, causant, loquace,
verbeux, tandis qu'elle ne pouvait prendre sur elle
de remuer les lèvres. Mme de Riaucourt continuait
de rêver à ses quinze maladies, et la marquise
rentrait si bien ses griffes que si le vicomte avait
eu des inquiétudes, elles se seraient dissipées.

Après le déjeuner, Geoffroy expliqua à Mme de
Niollis les motifs qui l'obligeaient à s'absenter de
la Tour pendant vingt-quatre heures. Elle l'écouta
en le regardant d'un air de profonde pitié.

« Décidément les grands politiques ont l'esprit
d'opportunité, se disait-elle *in petto*. Celui-ci est
bien de la confrérie, et on n'est pas plus mari que
cet homme-là.

— Je partirai dans quelques heures, lui dit-il,
nous ferons route ensemble.

— Je suis désolée, mon cher comte, de devoir
renoncer à l'agrément de votre compagnie. Je vais
partir à l'instant, on m'attend à Biarritz »

Elle avait hâte de déguerpir. Le secret qu'elle
avait surpris lui pesait. Elle craignait de commettre malgré elle quelque indiscrétion ; elle se
défiait des soudaines échappées de son esprit, et
n'était pas sûre de pouvoir retenir sa parole un

peu trop libre. Quant à s'enfermer dans une voiture tête à tête avec le comte d'Arolles, elle n'aurait eu garde. Ce berger qui abandonnait la bergerie, quand le loup était dedans, l'agaçait, l'irritait, lui portait sur les nerfs, lui échauffait la bile
par son air de parfaite placidité ; elle n'entendait
pas s'exposer à la tentation de lui en trop dire, ni
au supplice de passer deux heures avec lui en
tenant sa bouche cousue et en avalant sa langue.
Pour s'acquitter tout à fait envers sa conscience,
elle lui dit : « Savez-vous une chose ? J'ai bien envie d'enlever Gabrielle. Je l'emmènerai et je la
garderai quelques jours à Biarritz.

— Impossible, chère madame, lui répondit-il.
Nous attendons des hôtes cette après-midi, les uns
de Tarbes, les autres de Mont-de-Marsan, deux
familles au complet, une vraie fournée. Gabrielle
ne pourra quitter la place avant huit jours ; elle
ira vous voir dès qu'elle sera de loisir.

— Ah ! bien, mon grand homme, pensa la marquise, puisque tu as des objections à tout, je t'abandonne à ton étoile. »

Elle roulait une heure plus tard sur la route de
Bayonne ; mais la fatalité n'est pas un vain nom.
Elle avait cheminé l'espace d'une lieue, quand,
par la maladresse de son cocher, qui prit mal un
tournant et ne sut pas éviter une borne, l'un des
essieux de sa voiture se rompit. Elle en fut quitte

pour une légère contusion et pour l'embarras de
ne pas savoir comment continuer son voyage.
L'accident était survenu dans un endroit désert ;
nul secours à portée de voix. Elle gagna clopin-
clopant le hameau voisin. On se mit en quête d'un
charron ; il fallut aller assez loin pour le trouver.
Bref, la marquise, qui s'était remisée tant bien que
mal dans un cabaret borgne, était occupée à s'y
ronger les poings, lorsqu'elle vit un équipage arriver à bride abattue et un gros homme court passer
sa tête à la portière, en s'écriant :

« Voilà qui vous prouve, chère madame, qu'on
n'échappe pas à sa destinée, il était écrit que je
vous emmènerais à Bayonne. »

Mme de Niollis dut se résigner à son sort et accepter la place que le comte d'Arolles lui offrait
dans son coupé. A peine y fut-elle installée :
« Pourriez-vous m'expliquer, lui dit-il, ce qui arrive à Gabrielle ?

— Quoi donc ? lui demanda-t-elle.

— Vous savez comme elle est raisonnable ; elle
l'a été fort peu tout à l'heure. Elle m'a prié,
presque supplié de ne pas quitter la Tour aujour-
d'hui.

— Bah ! dit la marquise, et quelles raisons vous
a-t-elle données ?

— Voilà le point ; devinez. Je vous le donne en
cent ; je vous le donne en mille... Après m'avoir

soutenu contre l'évidence que je pouvais me dispenser d'aller à Bordeaux et y dépêcher à ma place un chargé de pouvoir, elle m'a représenté qu'en mon absence elle et ses hôtes seraient treize à table, et qu'au surplus on ne se met pas en route un vendredi... Est-ce concevable? Voilà les premières superstitions que je lui découvre.

— Et vous avez tenu bon?

— Ah! vous conviendrez que si je me mettais à avoir peur du vendredi, autant vaudrait me retirer tout de suite dans un ermitage. Au demeurant, je me suis annoncé pour demain à Bordeaux, il n'y avait pas à m'en dédire. »

La marquise faisait ses réflexions. « Puisque Gabrielle n'a pas renoncé à se défendre, pensait-elle, cela prouve qu'il y a encore de la ressource, et que, si nous sommes en pleine crise, il n'est pas impossible de conjurer le dénoûment ; mais sans contredit, il y a péril en la demeure. » Elle cherchait dans sa tête ce qu'elle pourrait bien dire au comte pour lui persuader de retourner à la Tour. Ce n'était pas facile à trouver, et, ne trouvant pas, elle se taisait ; mais elle était furieuse de se taire, et la langue lui démangeait. Après une longue pause, elle s'écria : « Assurément, c'est singulier.

— Quoi donc?

— Cette inquiétude de Gabrielle.

— Oh! c'est plus que singulier, c'est bizarre.

Encore un coup, qui pouvait la soupçonner de croire au nombre treize et au vendredi ?

— Elle n'y croit pas.

— Et vous en concluez ?

— Je ne conclus rien, je cherche.

— Que cherchez-vous ?

— Le vrai motif qu'elle pouvait avoir de vous retenir à la Tour. Vous savez qu'en toutes choses la vérité c'est ce qu'on ne dit pas.

— Et quel motif voudriez-vous qu'elle eût ?

— Quand je vous dis que je cherche... M'est avis que les hommes devraient toujours prendre au sérieux les inquiétudes des femmes.

— Ce n'est pas écrit dans mon catéchisme, et d'ailleurs de quoi peut s'inquiéter Gabrielle ?

— Eh ! bon Dieu, il arrive tant de choses !... Il faut faire comme le philosophe.

— Que faisait-il, votre philosophe ?

— Il se représentait en sortant de chez lui tous les accidents qui pouvaient survenir en son absence et les fâcheuses nouvelles dont il aurait le régal à son retour.

— Avec votre permission, votre philosophe était un sot. S'il avait passé par les affaires publiques, il aurait su que ce qui arrive c'est précisément ce qu'on n'a pas prévu. Qui aurait pu prévoir que, tel que vous me connaissez, je voterais pour la république ?

— Cela prouve contre vous, et j'en tire la conséquence qu'il faut s'attendre à tout.

— Même à la république.

— Et se défier de tout le monde, reprit-elle.

— Du centre droit comme du centre gauche.

— De tout le monde, vous dis-je, même de
son cocher, même de son chien, même de son
frère.

— Oh ! s'il n'y avait que mon petit frère pour
empêcher les restaurations... C'est un révolution-
naire en chambre, il a l'imagination républicaine,
cela lui passera. »

La marquise ne put réprimer un geste de dépit.
« Dieu ! que cet homme est agaçant, pensait-elle. Il
ne comprendra rien, si je n'en dis trop. » Elle reprit au bout d'un moment : « Savez-vous qu'il est
délicieux, votre petit frère ? Il a dû faire bien des
passions, c'est un de ces hommes dont les femmes
se coiffent.

— Je voudrais que sa cousine fût assez coiffée de
lui pour lui sacrifier son horreur des voyages.

— L'épouse-t-il ? ne l'épouse-t-il pas ? Fiancé de
Mlle Saint-Maur à perpétuité, ce n'est pas une po-
sition sociale.

— Entre nous soit dit, je le crois hésitant.

— S'il l'aimait, il n'hésiterait pas... Êtes-vous
bien sûr qu'il n'aime pas ailleurs ?

— Mais, chère madame, ayez donc le sens commun. S'il aimait ailleurs, il ne penserait pas à m'accompagner à Constantinople.

— A moins de supposer...

— A moins de supposer quoi ?

— Non, je ne vois pas dans ce cas-ci ce qu'on pourrait supposer, » lui répondit-elle avec un sourire singulier.

Il la regarda d'un air d'étonnement; mais aussitôt il tira de sa poche un portefeuille bourré de papiers qu'il se mit en devoir de passer en revue pour s'assurer qu'il n'avait oublié aucune des pièces qui pouvaient lui faire besoin. Il compulsa le dossier en discourant savamment sur l'exploitation des forêts, tandis que la marquise se disait : « Ah! le pauvre homme ! décidément c'est un pauvre homme ! Dieu le bénisse, lui, sa république et ses bois ! » Elle s'accota dans un coin de la voiture et ne desserra plus les dents jusqu'à l'arrivée. Il y avait une rage concentrée dans ce silence.

Au coup de sept heures, ils étaient à Bayonne. Le comte déposa Mme de Niollis à la gare. Elle était outrée, exaspérée contre lui, impatiente de ne plus le voir. Elle le somma d'aller bien vite à ses affaires, et pour passer le temps, après avoir pris son billet, elle se promena dans la cour. Un coup de sifflet annonça l'arrivée du train qui venait de Paris, et bientôt après la marquise vit passer devant elle une barbe châtaine et des yeux verts qui ne lui étaient point inconnus. L'année précédente, elle avait vu Séverin à la Tour, et depuis elle avait souvent entendu parler de lui. Elle l'arrêta au passage, et lui demanda s'il allait au château. Il lui répondit que telle était son intention, mais que, la nuit s'avançant, il attendrait jusqu'au lendemain pour se mettre en route.

« Aussi bien, lui dit-elle, le comte d'Arolles est à Bayonne, où le retiennent d'importantes affaires qu'il sera charmé de vous expliquer jusque dans le moindre détail. Il en parle à ravir, et c'est intéressant quoique un peu long. »

Soudain elle se ravisa. Il lui parut que le ciel venait de lui envoyer par le chemin de fer cette paire d'oreilles providentielles, dans lesquelles elle brûlait de verser son secret, et elle dit à Séverin :

« Est-il vrai, monsieur, que vous êtes un homme de toute confiance?

— Je m'en pique, répondit-il un peu étonné.

— Est-il vrai que vous êtes l'ami intime du vicomte d'Arolles, le Tiberge de ce Des Grieux?

— Mais vraiment, madame...

— On assure également, interrompit-elle, que vous êtes dans les meilleurs termes avec son frère le comte, qui a pour vous une estime particulière.

— Y a-t-il un service que je puisse leur rendre à l'un et à l'autre?

— Oui, monsieur, et ce service consiste à partir sur-le-champ pour la Tour. Vous y trouverez deux fous qui ont grand besoin d'être surveillés par un sage. Je vous propose un rôle de trouble-fête, c'est souvent le plus utile qu'on puisse jouer dans ce monde.

— Je ne vous comprends pas, madame, lui repartit Séverin, qui ne la comprenait que trop.

— En ce cas, tant pis pour vous et pour eux... Vous n'êtes pas sans avoir entendu parler de certain barbier qui avait promis de garder le secret du roi Midas ; il serait mort d'une indiscrétion rentrée, s'il n'avait rencontré des roseaux sur son chemin. Je suis le barbier, vous êtes les roseaux, et je ne mourrai pas. Bonsoir, monsieur, je me sauve, bon voyage. »

Et à ces mots, elle disparut.

# XI

Il était venu une idée bizarre au vicomte d'A-
rolles. Son frère possédait un cheval vicieux, inap-
privoisable, tristement célèbre par ses ruades et
ses haut-le-corps ; il avait joué de terribles tours
aux audacieux qui s'étaient avisés de le monter, et
personne ne s'en avisait plus. Aussitôt que le comte
d'Arolles se fut mis en route pour Bayonne, Maurice, malgré les représentations du valet d'écurie,
sella lui-même ce cheval et partit sur son dos pour
courir la campagne. Il acquittait ainsi une dette
qu'il pensait avoir contractée envers ce qui lui restait de conscience. « Il y a quelques chances pour
que je ne revienne pas vivant de ma promenade, »
se disait-il. C'était une bonne carte qu'il mettait
dans le jeu de son frère, il rétablissait ainsi quelque égalité dans la partie. Peu s'en fallut que l'é-

vénement qu'il prévoyait ne s'accomplit. A plusieurs reprises le cavalier et sa monture engagè-
rent une lutte formidable, et des passants qui en
furent témoins ne purent retenir un cri d'effroi ;
mais le cavalier était si consommé dans son art
qu'il rentra au château valide et intact.

Pendant le dîner, il s'irrita de ce que Gabrielle
était tout entière à ses devoirs de maîtresse de
maison. Les avertissements de Mme de Niollis lui
avaient profité. Elle s'observait beaucoup, s'occupait de ses hôtes, et il était impossible de soupçonner le trouble profond qui la dévorait. Maurice
s'appliquait en vain à composer son visage, à
éteindre son regard, comme on couvre un feu
trop ardent. Il se disait : « Je dois avoir l'air
étrange. » Heureusement la plupart des convives
ne le connaissaient pas, et ils pouvaient supposer
que c'était son habitude d'être singulier.

Dans le courant de la soirée, il s'assit à une
table de whist et désola par ses distractions
Mme de Riaucourt, qui était sa partenaire. Il lui
avait fait perdre deux parties, et il sortait du jeu
quand il s'aperçut que Gabrielle était debout devant la cheminée, le pied droit posé sur un chenet,
l'œil fixé sur une flamme bleue qui dansait capri-
cieusement entre deux bûches. De l'endroit où il
était, il ne pouvait la voir ; mais il suivait tous ses
mouvements dans une glace placée en face de lui.

Saisi d'une subite inquiétude, il se demanda s'il
n'était pas condamné à ne posséder de la femme
qu'il aimait avec fureur que cette vaine image, sur
laquelle s'acharnait son regard. Il lui parut qu'a-
verti par un secret pressentiment, il en repaissait
ses yeux pour en garder le souvenir jusqu'à la fin
de sa vie; mais elle-même, la reverrait-il jamais?
Cette idée lui causant une insupportable angoisse,
il quitta sa place, traversa tout le salon pour aller
à la comtesse. A son approche, deux personnes
avec qui elle s'entretenait s'éloignèrent. Il la regarda; ce n'était pas son ombre, c'était bien elle.
Il se pencha vers la pendule, elle marquait onze
heures un quart. Il prit sur la cheminée un livre
que lui-même y avait posé, et, après s'être assuré
qu'aucun indiscret ne pouvait l'entendre, il glissa
ces mots à l'oreille de Gabrielle, qui depuis quelques instants se demandait avec anxiété ce qu'il
allait lui dire : « Avant deux heures d'ici, je rappor-
terai ce livre dans la bibliothèque. »

Il la regardait comme un dompteur regarde sa
lionne. Elle frissonna de la tête aux pieds, fit un
geste d'effroi ; puis elle pâlit et rougit coup sur
coup et détourna les yeux, qu'elle tint longtemps
baissés. Lorsqu'elle les ramena sur Maurice, ils
n'exprimaient plus que l'entier abandonnement
d'une volonté qui se livre à son destin.

Il sortit du salon et gagna sa chambre. Il avait

la fièvre ; il se tâta le pouls, qui battait près de
cent fois par minute. Il avait peine à respirer ; il
ouvrit sa fenêtre et s'accouda sur le rebord. Un
vent d'orage, un vrai siroco s'était levé, soufflant
par bouffées et menant grand vacarme dans les
bois de pins, qu'il remplissait de voix étranges,
tantôt douces et caressantes, tantôt furieuses ou
lamentables. Il parut à Maurice qu'une de ces voix
prononçait son nom, et qu'une autre répondait :
« Avant deux heures d'ici, elle sera dans la bibliothèque. » Peu après une rafale courut le long des
toits, avec un cri furieux qui le fit tressaillir ; on
eût dit les aboiements d'une meute lancée à la
poursuite de quelque proie. Il posa sa main sur
son cœur haletant de désir, et sans savoir qu'il
parlait, il dit tout haut : « Voici la meute. » Par intervalles le vent s'apaisait, les arbres qu'il venait
de froisser et de meurtrir dans ses puissantes
étreintes se redressaient, il n'en sortait plus que
des bégaiements et de faibles soupirs. Par moments encore, tout se taisait, et il semblait à Maurice qu'il y avait dans le monde un homme heu-
roux et que le ciel faisait silence autour de ce grand
bonheur auquel tout conspirait.

Il quitta la fenêtre, regarda sa montre ; elle marquait minuit, il s'assura qu'elle n'était pas arrêtée.
Il se promena dans sa chambre ; il marchait avec
précaution. Il lui arriva de heurter une chaise, et

il recula en faisant le geste d'un homme qui se met
en garde. Bientôt il entendit au bout du corridor
un bourdonnement de voix mêlé d'éclats de rire ;
les hôtes du château se retiraient dans leurs chambres. Deux minutes après, il reconnut un pas traî-
nant, qui était celui de la duchesse de Riaucourt,
accompagné du coup sec d'une canne sonnant sur
les dalles. La duchesse s'arrêta, comme pour attendre quelqu'un, et l'oreille de Maurice fut ca-
ressée par le frôlement d'une robe de soie, lequel
ne ressemblait à rien. Cette musique remplissait
le corridor, et il y avait dans l'air un frémissement
qui signifiait : « La voici, c'est elle. » En effet c'é-
tait bien elle, car Mme de Riaucourt, qui l'avait
attendue, lui donna un baiser sur le front et murmura : « Bonne nuit, mon enfant. » Le vicomte
n'entendit plus rien que le bruit décroissant d'une
canne et d'un pas mal assuré qui s'éloignaient, et
dans une autre direction un léger piétinement sur
un escalier de marbre : puis une porte s'ouvrit, se
referma, après quoi le silence régna dans le château.

Maurice eut peine à reprendre ses esprits. Ces
quatre mots : « Bonne nuit, mon enfant » l'avaient
plongé dans une rêverie. A quoi pensait la duchesse ? Était-elle tombée en enfance ? Cette femme
ne savait donc pas que la nuit qui commençait ne
ressemblait à aucune autre, qu'elle était destinée à
faire époque dans l'histoire des amours heureuses

ou tragiques, qu'elle appartenait au vicomte d'A-
rolles, qu'elle était sa possession, qu'elle lui avait
été réservée de toute éternité pour être son partage dans le monde ! Il apercevait dans une déchi-
rure des nuages quelques étoiles scintillant à l'ho-
rizon. Personne ne les avait jamais vues ; c'étaient
des étoiles toutes neuves, qu'on venait d'allumer
au ciel pour servir de décoration à la fête qui se
préparait.

Il fut quelque temps aux écoutes. Une femme de
chambre descendit en hâte l'escalier, il l'entendit
passer devant sa porte, et au dedans tout rentra
dans le repos. Cependant au dehors la tempête
continuait de faire rage. Cette fois, Maurice se
figura que le vent était un ouvrier aux ordres de
sa passion. Elle lui avait commandé de gémir, de
geindre, de rugir, de chanter jusqu'au matin tous
les airs de son répertoire, afin que si quelque habitant du château venait à entendre le grincement
d'un gond ou le murmure étouffé de deux voix, il
se rendormît en se disant : « C'est le vent qui s'a-
muse. » Le vent ne s'amusait pas, il travaillait. Le
vicomte d'Arolles l'avait pris à son service ; par
des enchantements de lui seul connus, il se faisait
obéir de celui qui règne sur les girouettes et les
forêts.

L'heure s'avançait, il comptait les secondes, l'attente lui devenait un supplice ; il résolut de se

mettre en chemin. Il allait sortir, quand il s'avisa que son volet était demeuré ouvert. Il retourna sur ses pas pour le fermer ; comme il le tirait à lui, le volet résista, et il eut beau redoubler son effort, il ne put faire lâcher prise à la main vigoureuse qui le retenait.

« Qui est là? » s'écria-t-il.

Une voix répondit : « Quelqu'un à qui tu avais donné rendez-vous pour ce soir. »

Il reconnut cette voix et laissa échapper l'espagnolette. Le volet se rouvrit, Maurice aperçut la tête d'un homme qui s'appelait Séverin Maubourg' et qui en un clin d'œil enjamba la fenêtre. Le vicomte recula comme si la statue du commandeur lui était apparue. De tous les représentants rouges, blancs ou noirs de l'espèce humaine, il n'en était pas un seul dont il souhaitât moins la visite en ce moment. Il contemplait avec des yeux effarés ce visage tranquille ; cette âme bien portante faisait peur à son âme malade, ce sage épouvantait ce fou.

« Je t'ai causé une surprise désagréable, lui dit Séverin en s'approchant pour lui serrer la main. Il est certain qu'on n'entre pas ainsi chez les gens par la croisée à une heure indue. Que veux-tu? j'ai pris pour venir ici un triste cabriolet dont le cocher était ivre. Il a failli deux fois me verser, je l'ai planté là et j'ai dû achever ma route à pied.

Toutes les portes étaient closes. Comme j'hésitais
à sonner, j'ai aperçu de la lumière et une fenêtre
ouverte. Ton rez-de-chaussée est fort bas et me
voici.

— Que viens-tu faire? lui demanda Maurice en
dégageant sa main.

— Vraiment mon entreprise est fort romanesque,
répliqua-t-il. Je me suis mis en tête que le séjour
de cette maison est malsain pour toi, et je viens
t'enlever.

— De quoi te mêles-tu? lui dit Maurice d'une
voix âpre et rude.

— Tu as gagné jadis deux parties, j'ai juré de
gagner la belle, » répondit-il sans s'émouvoir, et
il ajouta : « Je te dérange beaucoup... Est-ce que
par hasard tu attendais quelqu'un ? »

Maurice le regarda quelques instants en silence,
puis il s'adossa contre la cheminée, croisa ses
jambes, réussit à sourire, et répondit à Séverin
avec un flegme ironique : « Tu te trompes, je suis
attendu. »

Séverin attachait sur lui un regard anxieux et
scrutateur, et se demandait s'il avait parlé sérieusement. Le vicomte reprit : « Selon toute apparence, tu es arrivé ici avec un discours préparé. Je
ne veux pas que tu perdes le fruit de tes veilles.
Débite-moi ta harangue, je t'accorde cinq minutes. » Et comme Séverin se taisait, il poursuivit :

« Eh quoi! tu restes court? Parle-moi de la vanité des grandes passions. Je ne sais pas si tu en as jamais eu, mais tu es né curieux, tu as sûrement découvert comment c'est fait;... mais va donc, je t'écoute. »

Séverin lui repartit : « Mon discours ne sera pas long, je n'ai qu'un mot à te dire. Je me suis aperçu en route que les hirondelles sont revenues. La première, dont le cri perçant te réveillera demain, t'apprendra qu'il y a dans le monde un malheureux de plus. »

Le vicomte fronça le sourcil. « Laisse-là tes hirondelles et tes métaphores, parle-moi français.

— Te flattes-tu par hasard d'être heureux, reprit Séverin, quand tu auras une trahison sur la conscience?

— Voilà un début qui promet, fit Maurice d'un ton sarcastique ; tu as toujours aimé les grands mots.

— J'en cherchais un autre, je ne l'ai pas trouvé; la langue est si pauvre ! »

Maurice se pencha vers lui et murmura en remuant à peine les lèvres : « Est-ce ma faute si cet homme est mon frère?

— Tu as raison, c'est la sienne, et son aveugle confiance méritait un châtiment.

— Eh! vraiment de quoi peut-il se plaindre? reprit le vicomte sur une note plus haute; quel

tort lui ai-je fait? Qu'aime-t-il dans cette femme?
sa fortune, sa situation, son intelligence. Je lui
laisse tout cela, je ne veux d'elle que sa beauté et
son cœur.

— Voilà un partage bien entendu, s'écria Séverin, et auquel il ne peut manquer de souscrire.
Encore faudrait-il lui en demander son avis. »

Maurice le saisit à bras-le-corps, le secoua en
disant : « Elle m'aime, et tout à l'heure j'aurai la
joie de le lui entendre dire.

— Et tu la croiras, répondit Séverin, elle-même
se croira sur parole, je ne doute pas de votre bonne
foi... Cette coquette a engagé contre toi une partie
trop forte pour elle ; elle a joué d'abord ses petites
cartes, puis ses atouts. Tu l'as prise par la jalousie,
elle a perdu, il faut qu'elle paie. Elle paiera de
grand cœur ; mais demain, ou si tu veux, après-
demain, elle se souviendra qu'il existe un homme
qui est aujourd'hui ambassadeur, qui avant peu
sera ministre, et que seul il peut lui donner tout
ce que sa vanité désire, tout ce que souhaite son
orgueil, et cet homme lui deviendra plus cher qu'il
ne l'a jamais été, tu ne seras plus pour elle qu'un
péril, elle n'aura pas de repos que tu n'aies disparu de sa vie... Voilà ton histoire, elle n'est pas
gaie.

— Tu l'as contée avec agrément, lui repartit
Maurice, et il regarda de nouveau sa montre. Ah !

s'écria-t-il, tu as volé dix minutes à mon bonheur...
Adieu, les hirondelles dont tu me menaces ne de-
vanceront pas l'aube; quand j'entendrai leur cri,
que je meure à l'instant, j'aurai vécu.

— Tu n'iras pas à ce rendez-vous.

— Et qui m'en empêchera? répliqua-t-il d'un air
terrible.

— Moi! » répondit Séverin, qui se précipita vers
la porte, et par un geste impétueux donna un tour
à la clé, qu'il fit disparaître dans sa poche.

Maurice serra les poings « Ta vie est en danger! lui cria-t-il avec fureur, me rendras-tu cette
clé?

— Prends donc garde, lui dit Séverin; nous fai-
sons du bruit, on viendra. »

Le vicomte n'était plus en état de l'entendre. Il
courut à l'autre bout de la chambre, prit sur une
table un couteau de chasse, le tira violemment de
sa gaîne; puis il marcha sur Séverin, l'œil en feu,
le bras levé. Le désordre de ses pensées se pei-
gnait sur son visage, et Séverin eut peur de ce
fou. Après un instant d'hésitation, il s'élança sur
lui pour le désarmer et n'y parvint pas. Dans la
lutte il se fit une entaille à la main. Il pâlit, mais il
lui vint un sourire aux lèvres, et il dit : « Tu m'as
sauvé deux fois la vie, tu peux me la reprendre,
elle est à toi. »

Le vicomte s'aperçut tout à coup que Séverin

s'était blessé, que sa main était ensanglantée. Il
regarda couler ce sang, l'œil farouche, les lèvres
sèches et tremblantes, et il fut un moment à rêver.
Puis, laissant tomber son couteau sur le parquet,
il cria à Séverin : « Tu te chargeras de lui dire
que tu t'es jeté entre nous, et que je n'ai pas eu
le courage de te tuer. »

A ces mots, il enfonça son chapeau sur sa tête,
gravit l'appui de la fenêtre et d'un bond s'élança
dans la pelouse, à travers laquelle il s'enfuit à toutes jambes.

# XII

Après avoir quitté Mme de Niollis et fait à l'hôtel
un dîner fort sommaire, le comte d'Arolles s'était
mis à courir Bayonne pour se procurer les renseignements dont il avait besoin et qui se trouvèrent
plus favorables qu'il n'avait osé l'espérer. Ayant
l'esprit en repos de ce côté, il eut le loisir de penser à autre chose, et, comme il traversait la rue
du Gouvernement, il s'avisa de se souvenir que
quelques heures auparavant il était en voiture avec
la marquise de Niollis et qu'elle avait souri d'un
air bien singulier, en lui disant : « Non, je ne vois
pas dans ce cas-ci ce qu'on pourrait supposer. »
Elle avait bien dit cela, et son sourire signifiait :
« Supposez tout, car tout peut arriver. » Le comte
se rappela peu à peu toutes les particularités d'un
entretien auquel, préoccupé de ses affaires, il n'a-

vait accordé que la moitié de son attention. Il fit
aussi la réflexion que, s'il y avait des gens qui con-
sidéraient Mme de Niollis comme une méchante
femme et si d'autres lui croyaient du cœur, personne n'avait jamais imaginé de la tenir pour une
diseuse de riens. De nouveau il se remémora avec
une sorte d'acharnement toutes ses paroles; il les
répétait à demi-voix et imitait involontairement les
intonations, les jeux de physionomie, les gestes de
la marquise, comme pour se les rendre plus pré-
sents et pour en démêler le sens caché. Une inquiétude le prit. Il ressemblait à un homme qui
soulève des pierres avec défiance, craignant de
trouver dessous un scorpion.

Tout à coup, de nouvelles traces se réveillant
dans son cerveau, il se rappela que la veille, dans
un fumoir où il causait seul à seul avec son frère,
il avait cru remarquer dans son attitude, dans ses
manières, dans son langage, quelque chose d'inso-
lite, de la contrainte, de l'embarras, et qu'en le
quittant, ce frère lui avait touché la main de mauvaise grâce. Il se dit : « Qu'est-il venu faire à la
Tour? Je ne lui avais pas demandé d'y venir. »
Puis, épluchant ses impressions et remontant dans
le passé, plus il examinait en détail la conduite un peu bizarre du vicomte depuis six mois,
plus il se persuadait que Maurice avait eu des raisons particulières et mystérieuses de demeurer la

moitié d'un hiver sans venir le voir. La marquise
lui ayant conseillé de tout supposer, il supposa
tout, et du sein de la nuit il vit jaillir un trait de
lumière qui éclairait un irréparable malheur. Il
resta comme foudroyé, se demandant s'il était vrai
que dans ce monde toutes les affections fussent des
chausses-trapes, si c'est la volonté du ciel que nous
soyons mis au supplice par ce que nous aimons le
plus, si elle nous condamne à voir s'ouvrir sous
nos pas, au moment où nous y pensons le moins,
un abîme béant qui dévore notre vie. Dès qu'il fut
capable de prendre une résolution, de suivre une
idée, il se décida à repartir sur-le-champ pour la
Tour. Il avait renvoyé son coupé, il prit une voiture de louage. Chemin faisant, tantôt il disait :
« C'est impossible! » et il se débattait contre le
monstre dont son esprit était hanté, tantôt son
malheur lui paraissait certain; il s'interrogeait
alors pour savoir ce qu'il allait faire, et si terrible
était cette question qu'il n'osait pas y répondre.

Il quitta sa voiture à l'entrée du parc, suivit à
pied l'avenue principale. Se rabattant sur la droite,
il gagna le jardin et s'introduisit dans son appartement par un escalier dérobé dont il avait la
clé. Quand il eut repris haleine, rassemblé ses
forces et son courage, s'avançant à pas de loup,
il ouvrit avec précaution la porte de la bibliothèque; le gond ne laissa pas de crier. A ce bruit, une

autre porte s'entr'ouvrit ; c'était celle qui conduisait à l'appartement de la comtesse. Il demeura
immobile, retenant son souffle. Gabrielle était là,
dans l'ombre du tambour. Il ne la voyait pas ; mais
il l'entendit s'écrier : « Ah ! Maurice. » Il y avait
dans ce cri de la passion, du reproche, de l'angoisse
et une secrète épouvante. Personne ne lui répondant, elle avança la tête, en soulevant un flambeau
qu'elle tenait dans sa main droite et dont la clarté
alla frapper un visage qui n'était pas celui qu'elle
attendait. Elle poussa un sourd gémissement et
tomba raide à la renverse. Le comte essaya de lui
faire reprendre ses sens, il n'y réussit pas. Il sonna
pour avoir du secours, une femme de chambre
parut, il laissa Gabrielle à ses soins, et se dirigea
d'un pas précipité vers l'appartement de son frère,
qui n'y était plus.

Après avoir suivi des yeux le fugitif dans sa
course échevelée, Séverin le sauveteur était demeuré embarrassé de son rôle. Qu'allait penser le
comte d'Arolles de ce départ subit ? Quelle explication lui en donner sans éveiller ses soupçons ? Au
surplus quels étaient les projets de Maurice ? Était-il
parti sans esprit de retour ? Tout en agitant ces
questions, Séverin ramassa le couteau de chasse,
le serra dans un tiroir ; puis il lia sa blessure, qui
n'était pas profonde. Il rêvait aux moyens de sauver
la situation, quand on frappa à la porte. Il retira

de sa poche la clé qu'il y avait enfouie, et il se hâta d'ouvrir. Quelqu'un le saisit au collet, en lui criant : « N'essaie pas de nier, elle a tout avoué. »

Le comte reconnut aussitôt son erreur et lâcha prise. Séverin avait peine à se convaincre que c'était lui, tant son visage était labouré par la douleur, bouleversé par la colère.

« Monsieur Séverin Maubourg, reprit Geoffroy en promenant des yeux hagards autour de lui, vous êtes son confident et peut-être son complice. Il faut que je le trouve... Où l'avez-vous caché? »

Séverin s'inclina respectueusement devant ce grand désespoir qui ne se possédait plus, et il répondit : « Ne le cherchez pas, monsieur le comte ; pour votre bonheur et pour le sien, il n'est plus ici. Il est parti et ne reviendra plus.

— De qui parlez-vous? s'écria le comte avec violence. Qui avez-vous dans l'esprit? Dites-moi, je vous en conjure, que c'est un inconnu, un étranger; dites-moi que cet homme ne m'était de rien... Vous vous taisez, monsieur; vous voyez bien que vous n'osez pas prononcer son nom. » Et il ajouta : « Dieu soit loué, il a eu peur de moi.

— Je vous jure qu'il ne vous savait pas ici, repartit Séverin. Il n'a eu peur que de lui-même. Ce coupable s'est enfui pour ne pas devenir criminel. »

Le comte le toisa d'un œil superbe. « Je vous

trouve hardi dans vos affirmations, monsieur. Où est la preuve de ce que vous prétendez me faire croire ? »

Séverin lui répondit : « Si mon témoignage est nul, j'en appelle à vous, à votre raison, à vos souvenirs. Est-il faux que Maurice ait reculé avec horreur devant le précipice ouvert ? Est-il faux qu'il se soit courageusement défendu, qu'il ait combattu son mal et fait violence à son cœur en s'éloignant de la femme qu'il aimait, en essayant de l'oublier ? Est-il faux qu'il ait tenté d'en aimer une autre, de mettre un engagement d'honneur entre lui et sa passion, et que vous-même, par une cruelle fatalité, vous ayez traversé tous ses efforts ?... Soyez juste, son malheur égale sa faute.

— Je crois vraiment que vous me demandez de le plaindre, repartit le comte ; la proposition est osée... J'y consens toutefois, à la condition qu'il se répétera tous les jours de sa vie qu'il est un lâche..., car il savait que je ne pouvais pas le tuer.

— Si vous aviez pu le tuer, il serait encore ici, » lui répliqua Séverin.

Le comte se laissa tomber sur une chaise et cacha son visage dans ses mains. Il se recueillit, il raisonna longtemps avec lui-même. Il reconnut qu'il y avait beaucoup de vrai dans ce qu'avait dit Séverin ; il se souvint aussi des efforts qu'avait faits la comtesse pour l'empêcher de s'éloigner.

Quand il releva la tête, son visage exprimait la
mâle et tranquille résolution d'un homme qui est
né pour gouverner les autres parce qu'il a appris
à se gouverner lui-même.

« Mon cher monsieur, dit-il à Séverin d'un ton
d'autorité, s'il m'est échappé quelque expression
offensante, je vous prie de vouloir bien l'oublier.
Je devine ce que vous êtes venu faire ici et les
obligations que je puis vous avoir. Je crois à votre
parfaite loyauté, monsieur, et peut-être serez-vous
sensible à ma confiance ; après ce qui vient d'arriver, n'est-ce pas un miracle que je me fie encore
à quelqu'un ?.. Je n'ai qu'une question à vous faire.
Pouvez-vous m'assurer qu'il ne s'est rien passé
d'irréparable et que je peux encore pardonner ?

— Je vous l'affirme sur mon honneur, s'écria
Séverin avec force, j'en suis certain comme de
mon existence.

— Je désire, reprit le comte, qu'il ne se pro-
nonce plus ici une parole inutile. Un seul mot encore. Êtes-vous assez sûr de votre autorité sur
Maurice pour pouvoir me promettre en son nom
qu'il ne cherchera pas à revoir Mme d'Arolles ?

— Je prends cet engagement sans hésiter, reprit-il, et tenez qu'en ce moment c'est lui-même
qui vous parle.

— Bien, monsieur. Ma femme, après avoir laissé
échapper un cri qui la dénonçait, s'est évanouie.

Quand je la reverrai tout à l'heure, elle ne pourra
pas se douter que je possède son secret, jamais elle
ne saura que je l'ai soupçonnée. »

Séverin, vivement ému, s'avança vers lui et lui
prit les deux mains en s'écriant avec effusion : « Je
ne vous dirai jamais assez, monsieur le comte,
combien je vous admire.

— Bah ! répliqua-t-il d'un ton amer, je prends le
monde pour ce qu'il est et pour ce qu'il vaut. » Et
cet homme d'éloquence et de tribune ajouta : « Je
saurai me taire. Ce que la vie a de meilleur, ce
qu'elle a de vraiment divin, c'est le silence. »

Quelques heures après cet entretien, Séverin
arrivait à Bayonne, où il chercha vainement Maurice. Il pensa qu'il le trouverait à Paris et il ne l'y
trouva point. Pendant plusieurs jours de suite, il
passa soir et matin à la rue Médicis. Au bout d'une
semaine, il apprit que le vicomte était de retour,
mais qu'il avait condamné sa porte. Séverin mit
tout en œuvre sans parvenir à forcer la consigne.
Il en fut réduit à écrire à Maurice pour lui raconter
ce qui s'était passé et la promesse qu'il avait faite
en son nom. Le surlendemain, il dut partir pour
Bruxelles, où l'envoyait son père. Il y reçut deux
lettres, qui avaient fait route ensemble. L'une était
ainsi conçue :

« Tu as cherché à me voir ; à quoi bon ? Tu au-

rais pu deviner que j'étais occupé ou absent. Je
me suis rendu à Fontainebleau pour dégager définitivement ma parole; c'était inutile, on la tenait
pour dégagée. On m'a permis de passer une heure
seul à seul avec Mlle Saint-Maur. Voici en deux
mots son secret : elle aime et prétend avoir sujet
de penser qu'elle est aimée. Après l'avoir entendue, j'ai causé avec le colonel, et je crois pouvoir
t'assurer que si tu te présentes sous peu à la Rosière, tu y seras convenablement reçu; à propos,
tu feras bien d'y rapporter un ruban rose, qui ne
t'appartient pas. Tu as donc des faiblesses, grand
philosophe? Tu voles des rubans et tu aimes les
yeux gris. Ces yeux sont à toi, je te les donne. Qui
de nous a eu le dernier? En conscience, je préfère ma folie qui fait des heureux à certaines sa-
gesses austères et grandioses dont le mérite se
réduit à faire avec ostentation le métier de bourreau.

« Tu m'as mal cherché à Bayonne, j'y étais. J'ai
écrit de là et fait remettre à son adresse par une
voie sûre une épître fort ridicule assurément. Je
n'espérais point de réponse, je n'en ai point reçu.
Je n'ai pas songé sérieusement à me tuer; il me
reste une prétention ou une vanité, je veux bien
mourir. Pourquoi faut-il que notre pays soit condamné par ses désastres à de longues années de
paix? Te rappelles-tu, faiseur de phrases, ce que

nous ressentîmes, toi et moi, un jour que les obus pleuvaient autour de nous et que, nous serrant la main, nous criâmes : Vive la France ! J'aurais dû mourir ce jour-là, ou un autre jour encore, au pied d'un rocher, dans une forêt de pins, près d'une source qui coulait goutte à goutte. Elle était là, immobile, les yeux à demi fermés. Dieu ! qu'elle était belle dans ce bois ! Que ne suis-je tombé sans souffle à ses genoux, foudroyé par mon bonheur !.. Je ne me tuerai pas. Tu crois aux hirondelles ; peut-être y en a-t-il dans le pays où nous allons tous en quittant ce monde. Quand elles me réveilleront par leurs cris aigus, je veux me souvenir que si je n'ai pas su vivre, j'ai su du moins choisir ma mort.

« Tu as pris un engagement pour moi; c'est bien. Mon frère m'a écrit. Son billet, un peu court, commence ainsi : « Mon cher Maurice. » Non, il n'a jamais trouvé à la tribune un effet d'éloquence qui vaille ces trois mots. Quelle sueur ils ont dû lui coûter ! Vrai, je l'admire ; c'est un maître homme, et tu peux te dispenser de me faire son éloge. Tu as la voix belle, mais tu détonnes quelquefois... Il m'annonce qu'il n'ira pas à Constantinople, qu'on a fait de nouvelles instances auprès de lui, qu'il entre au ministère, qu'avant trois jours il arrivera au faubourg Saint-Honoré. J'ai compris; mais où aller? J'ai couru, je me suis remué, je me suis servi de son nom et j'ai obtenu qu'on m'attachât à une mission géographique ou militaire, que sais-je? chargée de reconnaître le cours du Cambodje. Me voilà en route pour la Cochinchine ; quand tu reviendras à Paris, je n'y serai plus. Adieu ; il y a en toi un chirurgien dont j'ai pris le sourire en horreur. Nous reverrons-nous jamais ? Que les yeux gris que tu aimes te rendent heureux ! »

Cette lecture causa à Séverin une poignante émotion, où se mêlaient à parts égales la joie la plus vive et le plus amer regret qu'il eût jamais ressentis. Plongé dans un trouble indicible, il ne songeait pas à ouvrir le second pli qu'on venait de lui remettre. Il le décacheta pourtant, et lut ce qui suit :

« Monsieur, une femme que vous avez sauvée vient d'apprendre par un entretien avec Mme de Niollis tout ce qu'elle vous doit. Permettez-lui de recourir encore à votre loyale intervention. Dans une heure de faiblesse, d'égarement ou de dangereuse pitié, elle a écrit à un homme dont les poursuites avaient lassé sa résistance et troublé sa raison une lettre à laquelle elle ne peut penser sans rougir. Vous exercez sur votre ami un empire absolu ; sans lui parler de la démarche que je fais en ce moment auprès de vous, obteniez de lui qu'il détruise ce funeste papier. Vous voyez, monsieur, la confiance que j'ai dans votre discrétion ; soyez certain de la gratitude que je vous ai vouée, et dont j'espère vous donner un jour quelque preuve. »

« Non, madame, s'écria Séverin, je ne lui réclamerai pas la lettre qu'il a reçue de vous, mais je lui enverrai celle-ci. Elle l'aidera peut-être à se consoler, en lui apprenant le juste prix de ce qu'il a perdu. »

FIN.

Coulommiers. — Typogr. ALBERT PONSOT et P. BRODARD.

www.ingramcontent.com/pod-product-compliance
Lightning Source LLC
Chambersburg PA
CBHW072105020726
47501CB00003B/714